Obras da autora publicadas pela Record

Acidente
Agora e sempre
A águia solitária
Álbum de família
A amante
Amar de novo
Um amor conquistado
Amor sem igual
O anel de noivado
O anjo da guarda
Ânsia de viver
O apelo do amor
Asas
O baile
Bangalô 2, Hotel Beverly Hills
O beijo
O brilho da estrela
O brilho de sua luz
Caleidoscópio
A casa
Casa forte
A casa na rua Esperança
O casamento
O chalé
Cinco dias em Paris
Desaparecido
Um desconhecido
Desencontros
Um dia de cada vez
Doces momentos
A duquesa
Ecos
Entrega especial
O fantasma
Final de verão
Forças irresistíveis
Galope de amor
Graça infinita
A herança de uma nobre mulher
Um homem irresistível

Honra silenciosa
Imagem no espelho
Impossível
As irmãs
Jogo do namoro
Jogos perigosos
Joias
A jornada
Klone e eu
Um longo caminho para casa
Maldade
Meio amargo
Mensagem de Saigon
Mergulho no escuro
Milagre
Momentos de paixão
Uma mulher livre
Um mundo que mudou
Passageiros da ilusão
Pôr do sol em Saint-Tropez
Porto seguro
Preces atendidas
O preço do amor
O presente
O rancho
Recomeços
Reencontro em Paris
Relembrança
Resgate
O segredo de uma promessa
Segredos de amor
Segredos do passado
Segunda chance
Solteirões convictos
Sua Alteza Real
Tudo pela vida
Uma só vez na vida
Vale a pena viver
A ventura de amar
Zoya

DANIELLE STEEL

uma mulher livre

Tradução de
ELAINE MOREIRA

5ª edição

EDITORA RECORD
RIO DE JANEIRO • SÃO PAULO
2022

CIP-BRASIL. CATALOGAÇÃO NA PUBLICAÇÃO
SINDICATO NACIONAL DOS EDITORES DE LIVROS, RJ

S826u
5ª ed.

Steel, Danielle, 1947-
    Uma mulher livre / Danielle Steel; tradução de Elaine Moreira. – 5ª ed. –
Rio de Janeiro: Record, 2022.
    294 p.;

    Tradução de: A Good Woman
    ISBN 978-85-01-09662-3

    1. Ficção americana. I. Moreira, Elaine. II. Título.

16-30412

CDD: 813
CDU: 821.111(73)-3

Copyright © 2008 by Danielle Steel

Texto revisado segundo o novo Acordo Ortográfico da Língua Portuguesa.

Todos os direitos reservados. Proibida a reprodução, no todo ou em parte, através de
quaisquer meios. Os direitos morais da autora foram assegurados.

Direitos exclusivos de publicação em língua portuguesa somente para o Brasil
adquiridos pela
EDITORA RECORD LTDA.
Rua Argentina, 171 – Rio de Janeiro, RJ – 20921-380 – Tel.: (21) 2585-2000,
que se reserva a propriedade literária desta tradução.

2022
Impresso no Brasil
Printed in Brazil

ISBN 978-85-01-09662-3

Seja um leitor preferencial Record.
Cadastre-se no site www.record.com.br e receba
informações sobre nossos lançamentos e nossas promoções.

Atendimento e venda direta ao leitor:
sac@record.com.br

Às mulheres livres — às *grandes* mulheres!
Às *Melhores* mulheres que conheço:
Beatrix, Sam, Victoria, Vanessa e Zara.
Cada uma delas especial e única,
corajosa, amorosa, sábia, talentosa,
criativa, perseverante, honesta, com integridade,
autocontrole e generosidade.
Vocês são minhas heroínas, minhas modelos,
meus tesouros e minha alegria.
Obrigada pelas lições que me ensinaram
e pelo amor ilimitado que compartilhamos.

Com todo o meu amor,
Mamãe/d.s.

Capítulo 1

Na manhã de 14 de abril de 1912, Annabelle Worthington lia tranquilamente na biblioteca da casa de seus pais, com vista para um imenso jardim murado. Os primeiros sinais da primavera haviam começado a aparecer, os jardineiros haviam plantado flores, e tudo parecia belo para o retorno de seus pais nos próximos dias. A casa que compartilhava com eles e o irmão mais velho, Robert, era uma mansão imponente, nos limites setentrionais da Quinta Avenida em Nova York. Os Worthingtons, e a família de sua mãe, os Sinclairs, estavam diretamente relacionados aos Vanderbilts e aos Astors, e um tanto mais indiretamente a todas as famílias mais importantes de Nova York. Seu pai, Arthur, era dono e administrador do banco mais prestigioso da cidade. A família dele estava no ramo financeiro havia algumas gerações, e o mesmo se dava com a família da mãe dela em Boston. Seu irmão, Robert, tinha 24 anos e trabalhava para o pai havia três anos. E, claro, quando Arthur se aposentasse, Robert administraria o banco. O futuro, assim como a história da família, era previsível, indubitável e seguro. Era reconfortante para Annabelle crescer protegida por aquele mundo.

Seus pais se amavam, e ela e Robert sempre foram próximos e se deram bem. Nada jamais havia acontecido que pudesse aborrecer ou abalar a família. Os pequenos problemas que surgiam eram imediatamente minimizados e resolvidos. Annabelle cresceu em um mundo perfeito, foi uma criança feliz, cercada de pessoas gentis e amorosas. Os últimos meses haviam sido bem empolgantes, apesar de temperados por um desapontamento recente. Em dezembro, pouco antes do Natal, ela foi apresentada à sociedade em um baile espetacular oferecido pelos pais. Era seu *début*, e todos garantiam que foi o baile de debutante mais elegante e extravagante que Nova York viu em anos. Sua mãe adorava dar belas festas. O jardim havia sido coberto e aquecido. O salão de baile da casa estava magnífico. A banda era a mais cobiçada da cidade. Quatrocentas pessoas compareceram, e o vestido que Annabelle usou a fez parecer uma princesa de conto de fadas.

Annabelle era pequena e delicada, menor até que a mãe. Uma loirinha com longas e sedosas madeixas douradas e grandes olhos azuis. Era bonita, com mãos e pés delicados e traços perfeitos. Passou a infância inteira ouvindo o pai dizer que ela se parecia com uma boneca de porcelana. Aos 18, possuía um corpo esguio, bem-proporcionado e atraente, e tinha modos requintados. Tudo nela emanava aristocracia, que era sua herança, e meio no qual ela e todos os seus ancestrais e parentes haviam nascido.

A família tivera um Natal encantador nos dias subsequentes ao baile; mas depois de toda a agitação, de festas e noites acordadas com o irmão e os pais, usando leves vestidos em noites de inverno, na primeira semana de janeiro, Annabelle foi acometida por uma violenta gripe. Seus pais ficaram preocupados quando o quadro rapidamente evoluiu para bronquite, e, por pouco, não evoluiu para pneumonia. Felizmente, a juventude e a boa saúde da jovem a ajudaram a se recuperar. Porém, ela ainda permaneceu doente e teve febres noturnas por quase um mês. O médico declarou que seria imprudência Annabelle viajar fragilizada como estava. Seus pais e Robert haviam planejado a viagem fazia meses, para visitar amigos na Europa, e a jovem ainda estava convalescendo quando partiram no *Mauretania*, em meados de fevereiro. Annabelle havia viajado com eles no mesmo navio várias vezes antes, e a mãe se ofereceu para ficar com ela em casa daquela vez, mas, na época, em que partiram Annabelle já se sentia bastante bem para que a deixassem sozinha. Havia insistido com a mãe para que não fosse privada da viagem pela qual ansiava havia tanto tempo. Todos lamentaram deixá-la, e Annabelle ficou tremendamente desapontada, mas até ela admitia que, apesar de estar muito melhor na época em que eles partiram, ainda não estava completamente recuperada para a longa viagem de dois meses ao exterior. Garantiu à mãe, Consuelo, que cuidaria da casa enquanto a família estivesse ausente. Todos confiavam plenamente nela.

Annabelle não era o tipo de moça com quem deveriam se preocupar, ou do tipo que tiraria proveito da ausência da família. Seus familiares apenas lamentavam, assim como ela, que Annabelle não pudesse ir com eles. Estava bem-humorada quando se despediu deles no cais da Cunard em fevereiro, mas voltou para casa se sentindo um pouco abatida. Manteve-se ocupada lendo e tocando projetos na casa que agradariam sua mãe. Fez belos bordados e passou horas consertando as melhores roupas de cama e mesa da família. Não se sentia bem o bastante para passeios, mas sua melhor amiga, Hortense, a visitava com frequência. Hortense também fizera seu *début* naquele ano, e as duas moças eram amigas desde crianças. Hortense já tinha um pretendente, e Annabelle havia apostado com ela que James a pediria em casamento na época da Páscoa. E Annabelle estava certa. Havia uma semana que eles tinham anunciado o noivado. Annabelle mal podia esperar para contar à mãe, que estaria em casa em breve. Sua família chegaria em 17 de abril, tendo zarpado quatro dias antes de Southampton em um navio novo.

Foram dois longos meses de ausência, e Annabelle sentia saudades. Mas isso lhe dera a oportunidade de recuperar a saúde e ler muitíssimo. Depois de terminadas as tarefas da casa, ela passava todas as tardes e noites na biblioteca do pai, absorta nos livros. Os seus preferidos eram os que tratavam de homens importantes ou de ciência. Nunca se interessou muito pelos romances que a mãe lia, menos ainda por aqueles emprestados por Hortense, os quais considerava um disparate. Annabelle era uma moça inteligente, que, tal qual uma esponja, absorvia eventos mundiais e informações. Isso lhe dava muito assunto para conversar com o irmão, que até admitia intimamente que a profundidade dos conhecimentos dela geralmente o deixava humilhado. Embora tivesse aptidão para os negócios e fosse extremamente responsável, Robert adorava frequentar festas e sair com os amigos; Annabelle, por sua vez, apesar de gostar de passar parte de seu tempo com os amigos, era séria e tinha paixão por aprender coisas novas, pela ciência e pelos livros. Seu cômodo preferido na casa era a biblioteca do pai, onde passava grande parte do dia.

Na noite do dia 14, Annabelle leu até de madrugada na cama, por isso acabou acordando tarde na manhã seguinte, o que não era comum. Quando se levantou, escovou os dentes e penteou o cabelo, depois vestiu um robe e foi tomar o café da manhã. Ao descer, achou muito estranho o silêncio da casa e não viu nenhum dos criados. Aventurando-se pela copa, viu vários deles curvados sobre o jornal, que foi dobrado às pressas. Percebeu no mesmo instante que a fiel governanta, Blanche, estivera chorando. Ela era muito emotiva, por isso qualquer história triste envolvendo animal ou criança a levava às lágrimas. Annabelle estava esperando uma dessas histórias quando sorriu e deu bom-dia, mas, ao fazê-lo, William, o mordomo, começou a chorar e saiu do cômodo.

— Meu Deus, o que aconteceu? — Annabelle olhou assustada para Blanche e para as duas criadas. Notou então que todas estavam chorando e, sem saber o porquê, seu coração perdeu o compasso. — O que está acontecendo aqui? — perguntou, esticando por instinto a mão para pegar o jornal.

Blanche hesitou por alguns instantes antes de lhe entregar o jornal. Annabelle viu a manchete assim que o desdobrou. O *Titanic* havia afundado durante a noite. Era o novíssimo navio em que seus pais e Robert haviam embarcado na Inglaterra para voltar para casa. Seus olhos se arregalaram enquanto lia depressa os detalhes. Eram bem poucos, só dizia que o *Titanic* havia naufragado, que os passageiros foram colocados em botes salva-vidas e que o *Carpathia*, da White Star Line, havia chegado rapidamente ao local. Não falava nada sobre vítimas fatais ou sobreviventes, apenas presumia-se que os passageiros de um navio tão grande e tão novo haviam sido removidos a tempo e que todos teriam sido resgatados. O jornal relatava que o enorme navio atingira um *iceberg* e que, embora a ideia de que aquela embarcação pudesse afundar fosse absurda, naufragara várias horas depois. O inimaginável acontecera.

Annabelle entrou em ação imediatamente e ordenou a Blanche que o carro e o motorista de seu pai ficassem preparados. Estava quase na porta da copa para subir correndo e se trocar quando disse que tinha de ir ao escritório da White Star imediatamente buscar notícias de Robert e de seus pais. Não lhe ocorreu que centenas de pessoas fariam o mesmo.

Suas mãos tremiam quando vestiu, aleatoriamente, um simples vestido de lã cinza, pôs meias e sapatos, pegou o casaco e a bolsa, e desceu correndo a escada novamente, sem se preocupar em prender o cabelo. Parecia uma criança com o cabelo esvoaçando quando cruzou em disparada a porta e a bateu. A casa e todos nela já pareciam congelados em um estado de luto antecipado. Enquanto Thomas, o motorista do pai, a conduzia ao escritório da White Star, no fim da Broadway, Annabelle enfrentava uma onda de terror silencioso. Viu um jornaleiro na esquina anunciando as últimas notícias. Tinha nas mãos a edição mais recente do jornal, então ela fez o motorista parar e comprar um exemplar.

O jornal noticiava que ainda não sabiam quantas vidas tinham sido perdidas e que os relatórios sobre os sobreviventes estavam sendo transmitidos pelo rádio do *Carpathia*. Annabelle pôde sentir os olhos se encherem de lágrimas ao ler a notícia. Como isso podia ter acontecido? Era o maior e mais novo navio no mar. Era sua viagem inaugural. Como podia um navio como o *Titanic* afundar? E o que havia acontecido aos seus pais, a seu irmão e a tantos outros?

Quando chegaram ao escritório da White Star, havia centenas de pessoas aos berros tentando entrar. Annabelle não conseguia imaginar um jeito de passar pela multidão. O robusto chofer a ajudou, mas ela ainda levou uma hora para entrar. Explicou que o irmão e os pais eram passageiros da primeira classe no infortunado navio. Um frenético atendente pegou seu nome; outros afixavam listas de sobreviventes nas paredes do lado de fora. Os nomes estavam sendo citados pelo operador de rádio do *Carpathia*, auxiliado pelo operador sobrevivente do *Titanic*. Estava escrito em letras grandes no topo da lista que a relação, naquele momento, ainda estava incompleta, o que dava a muitos esperança pelos nomes que ainda não se viam.

Annabelle segurou uma das listas, com as mãos trêmulas, e mal conseguiu ler devido às lágrimas, mas foi perto do final que viu um único nome. Consuelo Worthington, passageira da primeira classe. O pai e o irmão não estavam na lista, mas, para acalmar os nervos, lembrou-se de que ainda estava incompleta. Eram pouquíssimos os nomes na lista.

— Quando saberão dos outros? — perguntou Annabelle ao atendente quando devolveu a lista.

— Em poucas horas, espero — respondeu ele, enquanto outros gritavam e chamavam atrás dela. As pessoas estavam soluçando, chorando, discutindo, e várias outras lutavam lá fora para entrar. O cenário era de pânico e caos, terror e desespero.

— Ainda estão resgatando pessoas dos botes? — perguntou Annabelle, forçando-se a ter esperanças. Ao menos sabia que a mãe estava viva, embora não soubesse em que condições. Mas os outros familiares certamente haviam sobrevivido também.

— Pegaram os últimos às oito e meia desta manhã — disse o atendente com olhos melancólicos. Já ouvira relatos de corpos boiando na água, pessoas gritando para serem resgatadas antes de morrer, mas não cabia a ele falar aquilo, nem tinha coragem de contar àquelas pessoas que centenas de vidas foram perdidas, ou talvez mais. A lista de sobreviventes até agora pouco passava de seiscentos, e o *Carpathia* avisara que haviam recolhido pouco mais de setecentos passageiros, mas não possuíam todos os nomes ainda. Se isso fosse tudo, significava que mais de mil passageiros e tripulantes tinham sido perdidos. O atendente também não queria acreditar.

— Devemos receber o restante dos nomes nas próximas horas — disse com simpatia, enquanto um homem de rosto vermelho ameaçava agredi-lo se não lhe entregasse a lista, o que o atendente fez de imediato. As pessoas estavam nervosas, apavoradas, perdendo o controle em seu desespero na busca por informação. Os atendentes estavam distribuindo e afixando tantas listas quanto podiam. Por fim, Annabelle e Thomas voltaram para o carro, a fim de aguardar mais notícias. Ele se ofereceu para levá-la para casa, mas ela disse que preferia ficar para verificar as listas à medida que fossem atualizadas nas horas seguintes. Não havia outro lugar aonde quisesse ir.

Ficou sentada no carro em silêncio, parte do tempo com os olhos fechados, pensando nos pais e no irmão, desejando que tivessem sobrevivido e, ao mesmo tempo, grata pelo nome da mãe estar na lista. Não comeu nem bebeu o dia inteiro, e os dois iam verificar a lista a cada hora. Às cinco da tarde, foram avisados de que a relação de sobreviventes estava completa, com a exceção de algumas crianças que ainda não podiam ser identificadas pelo nome. Mas todos os outros recolhidos pelo *Carpathia* estavam na lista.

— Algum passageiro foi recolhido por outros navios? — perguntou alguém. O atendente meneou a cabeça. Embora outros navios tivessem retirado alguns corpos da água congelante, a tripulação do *Carpathia* foi a única capaz de resgatar os sobreviventes, grande parte nos botes salva-vidas, e poucos na água. Quase todos aqueles que estavam no Atlântico congelante morreram antes do *Carpathia* aparecer, embora o resgate tivesse chegado ao local duas horas depois de o *Titanic* ter naufragado. Era um tempo muito longo para que alguém conseguisse sobreviver na frígida temperatura do oceano.

Annabelle verificou a lista mais uma vez. Eram 706 sobreviventes. Viu o nome da mãe novamente, mas não havia outro Worthington na lista, nem Arthur nem Robert, e tudo o que pôde fazer foi rezar para que fosse um engano. Talvez uma omissão, ou talvez, quem sabe, estivessem inconscientes e não pudessem dizer os nomes às pessoas que estavam ajudando. Não havia como ter mais notícias. Foram avisados que o *Carpathia* chegaria a Nova York em três dias, no dia 18. Tudo que ela podia fazer era ter fé e ser grata pelo fato de sua mãe ter sobrevivido. Recusava-se a acreditar que o pai e o irmão estavam mortos. Simplesmente não podia ser.

Ao voltar para casa, ficou acordada a noite inteira e não conseguiu comer nada. Hortense foi visitá-la e passou a noite lá. Conversaram pouco, ficaram apenas de mãos dadas e choraram muito. Hortie tentou tranquilizá-la. A mãe dela também fez uma breve visita para confortar Annabelle. Não havia palavras que suavizassem o ocorrido. O mundo inteiro estava chocado com a notícia. Era uma tragédia de proporções épicas.

— Graças a Deus você estava doente demais para ir — murmurou Hortie ao se deitar na cama com a amiga, depois que a mãe foi embora. Esta havia sugerido que a filha passasse a noite com a amiga e que ficasse lá até o retorno de Consuelo. Não queria que a moça ficasse sozinha. Annabelle apenas assentiu diante do comentário, sentindo-se culpada por não ter ido com eles, imaginando se poderia ter ao menos ajudado sua família, ou alguém.

Nos três dias seguintes, ela e Hortie vagaram pela casa feito fantasmas. Hortie era a única amiga que ela queria ver ou com quem desejava falar em seu estado de choque e tristeza. Annabelle não comeu quase nada, apesar dos apelos da governanta. Todos choravam o tempo todo, por fim Annabelle e Hortie saíram para tomar um pouco de ar fresco. James foi com elas, mostrando-se gentil com Annabelle ao dizer o quanto lamentava o acontecido. A cidade e o mundo não conseguiam pensar em outro assunto.

Ainda eram relativamente poucas as notícias vindas do *Carpathia*, exceto pela confirmação de que o *Titanic* havia afundado e que a lista de sobreviventes estava completa e era definitiva. Apenas bebês e crianças não identificados não constavam da lista, pois só seriam reconhecidos pelos membros da família no porto, caso fossem americanos. Do contrário, teriam de ser devolvidos às suas famílias angustiadas em Cherbourg e Southampton. Seis delas não pertenciam a nenhum dos sobreviventes e eram pequenas demais para dizer o próprio nome. Outras pessoas cuidavam das crianças na ausência dos pais; não havia como dizer quem eram. Mas todos os outros, mesmo os doentes e feridos, estavam na lista — isso foi assegurado. Annabelle ainda não havia se convencido da tragédia quando Thomas a conduziu ao cais da Cunard na noite do dia 18. Hortie preferiu não acompanhá-la, pois era um momento muito íntimo, então Annabelle foi ao Píer 54 sozinha.

A multidão que aguardava viu o *Carpathia* adentrar devagar o porto, com rebocadores, pouco depois das nove da noite. Annabelle pôde sentir o coração disparar enquanto o observava. Mas o navio surpreendeu a todos ao seguir para o cais da White Star, nos píeres 59 e 60. E lá, à vista de todos os observadores, baixou devagar os salva-vidas remanescentes do *Titanic*, tudo o que sobrara do navio, para devolvê-los à White Star Line, antes que o *Carpathia* atracasse. Os fotógrafos abarrotavam uma flotilha de barquinhos tentando tirar fotos dos botes enquanto os sobreviventes do desastre se alinhavam no parapeito. A atmosfera ao redor era fúnebre, de expectativa, enquanto os familiares dos sobreviventes esperavam, em um silêncio agonizante, para ver quem sairia. Repórteres e fotógrafos gritavam uns com os outros e disputavam as melhores posições e melhores fotos.

Depois de despachar os botes, o *Carpathia* seguiu lentamente para o próprio cais no píer 54; estivadores e funcionários da Cunard o amarraram rápido. E então a escada finalmente foi baixada. Em silêncio, e com tocante deferência, os sobreviventes do *Titanic* foram desembarcados primeiro. Os passageiros do *Carpathia* abraçaram alguns deles e apertaram suas mãos. Várias pessoas choravam e pouco foi dito enquanto, um a um, os sobreviventes desembarcavam, a maioria com lágrimas escorrendo pelo rosto, alguns ainda em choque pelo que haviam visto e vivido naquela noite tenebrosa. Ninguém esqueceria tão cedo os gritos e lamentos horrendos vindos da água, os baldados berros e pedidos de ajuda das pessoas que estavam à beira da morte. Aqueles que estavam nos botes tiveram muito medo de socorrer os náufragos, temendo emborcar com o esforço e afogar ainda mais gente do que as que já estavam condenadas na água. Enquanto aguardavam resgate, a cena ao redor era medonha, com corpos boiando na água.

Descendo do *Carpathia*, viam-se mulheres com crianças pequenas, algumas ainda nos vestidos de festa que usavam na última noite a bordo do navio condenado, envoltas em cobertores. Algumas ficaram abaladas demais para pensar em trocar de roupa naqueles três dias, apenas se amontoaram no espaço fornecido nas salas de jantar e nos salões principais do *Carpathia*. A tripulação e os passageiros do navio que os recebeu haviam feito o possível para ajudar, mas ninguém poderia mudar o número de mortes nem o chocante cenário.

Annabelle só recuperou o fôlego quando viu a mãe alcançar a escada. Viu Consuelo de longe, vindo em sua direção, com roupas emprestadas, uma expressão desconsolada e a cabeça erguida com triste dignidade. Não havia mais nenhuma figura familiar com ela. Não viu sinal do pai ou do irmão. Annabelle procurou pela última vez, tentou ver se alguém acompanhava a mãe, mas havia apenas Consuelo em meio ao mar de sobreviventes — em grande parte mulheres e alguns homens que pareciam ligeiramente embaraçados ao desembarcar com as esposas. Os *flashes* pipocavam enquanto repórteres registravam quantos encontros conseguiam. E de repente a mãe estava parada diante dela, então Annabelle a tomou nos braços com tanta força que nenhuma das duas conseguiu respirar. Consuelo estava soluçando, e assim permaneceu enquanto durou o abraço, com passageiros e famílias em volta delas. E depois do abraço, as duas se afastaram devagar. Estava chovendo, mas ninguém se importou. Consuelo estava em um vestido de lá bruto que não lhe servia, usava sapatos de festa e o colar e os brincos de diamante da noite em que o navio afundou. Estava sem casaco, então Thomas rapidamente levou para Annabelle o cobertor que estava no carro para que ela cobrisse a mãe.

Mal haviam se afastado da escada quando Annabelle fez a pergunta que precisava ser feita. Podia adivinhar a resposta, mas não suportava ficar sem saber. Sussurrou para a mãe:

— Robert e papai?...

A mãe apenas balançou a cabeça e chorou ainda mais enquanto Annabelle a conduzia ao carro. De repente ela parecia muito frágil e bem mais velha. Estava viúva aos 43 anos e parecia uma idosa quando Thomas gentilmente a ajudou a entrar no carro e a cobriu com cuidado com o cobertor de pelo. Consuelo apenas o encarou e chorou antes de murmurar um agradecimento. Em silêncio, ela e Annabelle se abraçaram e seguiram para casa. A mãe não voltou a falar enquanto não chegaram lá.

Todos os criados estavam esperando no vestíbulo para abraçá-la. Quando viram que ela estava sozinha, disseram o quanto lamentavam. Dentro de uma hora, havia uma triste guirlanda negra na porta. Várias outras apareceram em Nova York naquela noite, uma vez que ficou claro quem não havia voltado nem voltaria para casa.

Annabelle ajudou a mãe a tomar banho e a vestir a camisola; Blanche andava alvoroçada feito uma criança. Cuidava de Consuelo desde que era uma menininha, tendo presenciado tanto o parto de Robert quanto o de Annabelle. E, agora, tudo culminava nisso. Enquanto afofava os travesseiros atrás de Consuelo, que já estava na cama, Blanche lhe secava os olhos a todo instante e fazia uns arrulhinhos de conforto. Trouxe uma bandeja com chá, mingau, pão tostado, caldo e seus biscoitos favoritos, mas Consuelo não comeu. Ficou apenas sentada olhando para as duas, incapaz de dizer uma palavra.

Annabelle dormiu na cama da mãe naquela noite. Por fim, altas horas da madrugada, quando tremia da cabeça aos pés, Consuelo contou à filha o que havia acontecido. Havia ficado no bote número quatro, com a prima Madeleine Astor, cujo marido também não sobrevivera. Disse que o bote não estava completamente lotado, mas que o marido e Robert se recusaram a entrar, pois queriam ficar para ajudar outras pessoas e dar espaço para mulheres e crianças. Mas havia bastante espaço para eles.

— Se ao menos tivessem entrado — disse Consuelo em desespero. Os Wideners, os Thayers e Lucille Carter, todos conhecidos dela, também estavam no bote. Mas Robert e Arthur foram firmes em permanecer a bordo para ajudar no resgate e abdicaram da própria vida. Consuelo também falou de um homem chamado Thomas Andrews, que foi um dos heróis da noite. E fez questão de dizer a Annabelle que o pai e o irmão foram muito corajosos, o que pouco servia de consolo naquele momento.

Conversaram por horas, enquanto Consuelo revivia os últimos momentos no navio. A filha ficou abraçada com ela, chorando enquanto ouvia. E, finalmente, quando o amanhecer se infiltrou no quarto, com um suspiro, Consuelo pegou no sono.

Capítulo 2

Centenas de funerais aconteceram naquela semana em Nova York, assim como em outras cidades. Todos os jornais estavam recheados de histórias tristes e relatos chocantes. Estava claro para todos que muitos dos botes salva-vidas haviam se afastado do navio quase vazios, carregando apenas passageiros da primeira classe, o que chocou o mundo. O aclamadíssimo herói era o capitão do *Carpathia*, que rapidamente se prontificou a resgatar os sobreviventes. Ainda havia pouca explicação sobre o porquê de o navio ter afundado. Uma vez que atingiu o *iceberg*, não puderam impedir o naufrágio. Mas muito ainda se comentava sobre o motivo de o *Titanic* ter avançado pelo campo de gelo, mesmo depois de ter sido avisado sobre o perigo. Felizmente o *Carpathia* ouviu os apelos desesperados de socorro no rádio, se não fosse isso, talvez não tivesse restado nenhum sobrevivente.

O médico da família foi examinar Consuelo e a encontrou com ótima saúde, embora deprimida e em estado de choque. Toda a vida parecia ter se esvaído dela. E a Annabelle restou planejar os funerais do pai e do irmão nos mínimos detalhes. A cerimônia conjunta seria realizada na Igreja da Trindade, a favorita do pai.

A cerimônia foi melancólica e nobre, com centenas de enlutados que foram prestar seus sentimentos. Os dois caixões no funeral dos Worthingtons estavam vazios, já que nenhum corpo fora, e infelizmente jamais seria, resgatado. Das 1.517 pessoas que morreram, apenas 51 corpos foram encontrados. Os outros desapareceram silenciosamente no túmulo de águas do mar.

As centenas de pessoas que compareceram à cerimônia depois se encaminharam para a casa dos Worthingtons, onde comida e bebida foram servidas. Alguns velórios tiveram uma atmosfera festiva, mas não aquele. Robert tinha apenas 24, e seu pai, 46 anos. Ambos estavam na flor da idade e morreram de uma maneira muito trágica. Tanto Annabelle quando Consuelo estavam envoltas em luto; Annabelle com um belo chapéu preto, a mãe com véu de viúva. E, naquela noite, quando todos haviam deixado a casa, Consuelo parecia inacreditavelmente despedaçada. Estava tão fragilizada que Annabelle não pôde deixar de se perguntar o quanto da mãe ainda restava. Seu espírito parecia ter morrido com seus dois homens, e Annabelle estava seriamente preocupada com ela.

Foi um grande alívio para Annabelle ouvir a mãe anunciar, duas semanas depois do funeral, durante o café da manhã, que queria ir ao hospital onde fazia serviço voluntário. Disse que achava que lhe faria bem dedicar-se a outras pessoas, e Annabelle concordou.

— Tem certeza de que está bem para isso, mamãe? — perguntou Annabelle baixinho, preocupada. Não queria que a mãe ficasse doente, embora fosse início de maio e a temperatura estivesse agradável.

— Estou bem — respondeu a mãe com tristeza. Tão bem quanto poderia estar por um longo tempo. Então, naquela tarde, as duas colocaram seus vestidos pretos e aventais brancos e foram ao St. Vincent's Hospital, onde Consuelo trabalhava como voluntária fazia anos. Annabelle acompanhava a mãe desde os 15 anos. Na maior parte das vezes, trabalhavam com os indigentes e lidavam mais com ferimentos e lesões do que com doenças infecciosas. Annabelle sempre fora fascinada por aquele trabalho e possuía um talento natural; a mãe também tinha jeito para cuidar dos doentes e um coração generoso. Mas o aspecto médico envolvido era o que mais intrigava Annabelle, que costumava ler livros de medicina que explicavam os procedimentos que ela observava ali. Nunca fora melindrosa, diferente de Hortie, que havia desmaiado na única vez que Annabelle a convencera a participar. Quanto pior a situação, mais Annabelle gostava. A mãe preferia servir comida nas bandejas, enquanto Annabelle auxiliava as enfermeiras onde quer que a deixassem ir, trocando roupas dos pacientes e limpando feridas. Os pacientes sempre diziam que ela tinha mãos leves para cuidar dos ferimentos.

Retornaram exaustas naquela noite, depois de uma tarde longa e cansativa, e voltaram ao hospital naquela mesma semana. Aquilo no mínimo mantinha Annabelle e a mãe distraídas da dupla perda. De repente, a primavera, que era para ser a época mais empolgante da vida de Annabelle, após seu *début*, havia se transformado em um período de solidão e luto. Não podiam aceitar convites pelo próximo ano, o que preocupava Consuelo. Enquanto Annabelle permanecesse em casa de luto, todas as outras moças que haviam acabado de ser apresentadas se tornariam comprometidas. Temia que a tragédia que se abatera sobre elas também pudesse impactar o futuro da filha da maneira mais infeliz possível, mas não havia nada que pudessem fazer. Annabelle parecia não pensar no que estava perdendo. Sentia-se mais angustiada com as perdas do que com seu futuro ou a falta de vida social.

Hortie ainda a visitava com frequência, e, em meados de maio, celebraram, sem muito alarde, o 19º aniversário de Annabelle. Consuelo estava muito frustrada durante o almoço e comentou que havia se casado aos 18, quando foi apresentada à sociedade, e que Robert havia nascido quando ela estava com a idade de Annabelle. Pensar nisso a levou às lagrimas outra vez, então ela deixou as duas moças no jardim e subiu para se deitar.

— Coitada da sua mãe — disse Hortie, solidária, fitando em seguida a amiga. — E coitada de você também. Sinto muito, Belle.

Isso tudo é tão horrível. — Sentia-se tão mal por ela que levou mais duas horas para dizer que ela e James haviam marcado a data do casamento para novembro, e que os planos para uma grande recepção já estavam sendo executados. — Não se importa mesmo de não poder sair agora? — perguntou-lhe. Teria odiado ficar presa em casa por um ano, mas Annabelle aceitava o fato com dignidade. Tinha apenas 19 anos, e o próximo ano não seria nada divertido. Mas havia amadurecido muitíssimo naquele curto tempo desde que o pai e o irmão haviam morrido.

— Não me importo — murmurou Annabelle. — Enquanto mamãe continua disposta a trabalhar no hospital, tenho sempre algo para fazer quando vou lá com ela.

— Oh, nem me fale sobre isso. — Hortie revirou os olhos. — Deixa-me doente. — Mas sabia que a amiga adorava o trabalho.

— Ainda vão para Newport este ano? — Os Worthingtons possuíam um belo chalé naquela região, em Rhode Island, vizinho ao dos Astors.

— Mamãe diz que sim. Talvez possamos ir mais cedo, em junho, em vez de julho, antes do início da temporada. — Cuidar da mãe era a única preocupação de Annabelle naquele momento, diferentemente de Hortie, que tinha um casamento para planejar, um milhão de festas para ir e um noivo por quem estava loucamente apaixonada. Sua vida era como a de Annabelle deveria ser, mas não era mais. Seu mundo, como ela o conhecia, fora interrompido, transformado para sempre.

— Ao menos estaremos juntas em Newport — comemorou Hortie. As duas adoravam nadar, quando as mães permitiam. Conversaram sobre os planos para o casamento por algum tempo, depois Hortie foi embora. Para Annabelle, foi um aniversário bem sossegado.

Nas semanas seguintes aos funerais, Consuelo e a filha receberam inúmeras visitas, como era esperado. Apareceram os amigos de Robert e várias viúvas para prestar condolências a Consuelo, além de dois homens do banco de Arthur a quem conheciam muito bem e, por fim, um terceiro, que Consuelo encontrara diversas vezes e de quem gostava muito. O nome dele era Josiah Millbank, tinha 38 anos e era muito respeitado no banco. Era um homem tranquilo, de modos aristocráticos, que contou a Consuelo várias histórias sobre o marido que ela nunca tinha ouvido, o que a fez rir. Ficou surpresa por ter apreciado tanto a visita de Josiah, que já estava lá havia uma hora quando Annabelle voltou de um passeio com Hortie. Annabelle se lembrava de tê-lo encontrado antes, mas não o conhecia muito bem. Era mais da geração do pai que da sua, sendo 14 anos mais velho que seu irmão, por isso, embora já tivessem se visto em festas, não tinham muita coisa em comum. Mas, assim como a mãe, ela ficou impressionada com sua distinção e seus bons modos. Ele foi simpático com Annabelle também.

Ele comentou que iria para Newport em julho, como sempre fazia. Tinha uma casa simples e confortável lá. Josiah era de Boston, de uma família tão respeitável quanto a delas, e mais rica ainda. Porém levava uma vida sossegada e não ostentava sua riqueza. Prometeu que as visitaria outra vez em Newport, e Consuelo disse que apreciaria a gentileza. Depois que ele partiu, Annabelle notou que Josiah havia levado um imenso buquê de lilases brancas e que as flores já haviam sido colocadas em um vaso. Consuelo comentou sobre ele depois de sua saída.

— É um homem muito bom — murmurou Consuelo, admirando as lilases. — Seu pai gostava muito dele, e posso ver por quê. Pergunto-me por que nunca casou.

— Algumas pessoas não casam — disse Annabelle, parecendo despreocupada. — Nem todo mundo tem de casar, mamãe — acrescentou com um sorriso. Ela estava começando a pensar que seria uma dessas pessoas. Não conseguia se imaginar deixando a mãe agora para ir embora com um homem. Não queria que Consuelo ficasse sozinha. E, para ela, não era nenhuma tragédia o fato de não casar. Para Hortie, sim, teria sido. Com o pai e o irmão mortos e a mãe fragilizada, Annabelle achava que tinha de assumir responsa-bilidades mais importantes em casa, mas não se ressentia disso nem por um instante. Cuidar da mãe lhe dava um propósito na vida.

— Se está me dizendo que não quer casar — a mãe leu corre-tamente seus pensamentos, como sempre fazia —, pode esquecer isso agora mesmo. Vamos passar por nosso ano de luto, como é adequado, e depois iremos encontrar um marido para você. É o que seu pai gostaria.

Annabelle se virou então para encará-la com seriedade.

— Papai não iria gostar que eu a deixasse sozinha — disse, tão firme quanto qualquer pai ou mãe.

Consuelo meneou a cabeça.

— Isso é uma bobagem, como bem sabe. Sou perfeitamente capaz de cuidar de mim mesma. — Mas, ao dizê-lo, seus olhos se encheram de lágrimas mais uma vez, o que não deixou a filha muito convencida.

— Veremos — disse Annabelle com firmeza, retirando-se do cô-modo para preparar o chá para ser levado, numa bandeja, ao quarto de Consuelo. Ao voltar, passou o braço ao redor dos ombros da mãe e a conduziu com carinho para tirar um cochilo, acomodando-a na cama, a mesma que havia dividido com o marido que amara e que partira, o que despedaçava o coração de Consuelo.

— Você é boa demais para mim, meu amor — disse, parecendo embaraçada.

— Não sou, não — respondeu Annabelle, animada.

Ela era o único raio de sol remanescente naquela casa. Não dava nada à mãe senão alegria. Agora só havia as duas, e elas tinham uma a outra. Annabelle cobriu Consuelo com um leve xale e desceu para ler no jardim, torcendo que a mãe se sentisse disposta para voltar ao hospital no dia seguinte. Era a única distração de Annabelle, algo a fazer que considerava importante.

Mal podia esperar pela ida a Newport no mês seguinte.

Capítulo 3

Annabelle e a mãe partiram para Newport um mês antes do habitual, em junho. O lugar era lindo naquela época do ano, e, como sempre acontecia, a criadagem foi antes para abrir a casa. A temporada social de Newport geralmente era deslumbrante, mas naquele ano estavam planejando dias bem tranquilos. As pessoas poderiam visitá-las em casa, pois não havia como Annabelle e a mãe saírem apenas dois meses depois da morte do pai e do irmão. As familiares fitas pretas foram postas na porta da frente em Newport, simbolizando o luto.

Havia uma série de famílias na mesma situação em Newport naquele ano, inclusive os Astors. Madeleine Astor, que havia perdido seu marido John Jacob no *Titanic*, estava esperando um bebê para agosto. A tragédia havia devastado o mundo social de Nova York, pois, além de ser a viagem de inauguração, muitos aristocratas e figuras importantes da sociedade estavam no navio. E as notícias constantes sobre a inépcia da tripulação para colocar os passageiros nos botes salva-vidas eram cada vez mais perturbadoras. Quase todos os botes saíram praticamente vazios. Alguns homens forçaram a própria permanência com as mulheres e crianças. E quase ninguém da segunda classe foi salvo. Os interrogatórios oficiais aconteceriam no devido tempo.

Newport esteve bastante calma em junho, mas começou a ficar agitada quando os turistas de Boston e Nova York começaram a

25

chegar e lotar seus "chalés" em julho. Por unanimidade, o que as pessoas chamavam de chalés em Newport eram na realidade mansões de proporções gigantescas em qualquer outro lugar. Eram casas com salões de baile, candelabros enormes, mobília antiga de valor inestimável e jardins espetaculares, na beira do mar. Era uma comunidade notável constituída dos rebentos da sociedade de toda a Costa Leste, um lugar de encontro para os muito ricos. Os Worthingtons se sentiam em casa ali. Seu chalé era um dos maiores e mais bonitos da cidade.

Annabelle começou a se divertir quando Hortie chegou. Juntas, deram uma escapadinha até o mar, saíram para passear, e o noivo de Hortie, James, costumava se reunir com elas em piqueniques no gramado. De vez em quando, levava alguns amigos, o que Annabelle achava divertido. A mãe fingia não notar. Desde que não fossem a festas, não fazia objeção a Annabelle ver gente jovem. Era uma filha tão boa e tão devotada à mãe que merecia. Consuelo se perguntava se algum dos amigos de James, ou uma das antigas amizades de Robert, despertaria o interesse de Annabelle. Ficava preocupada ao pensar que aquele ano de luto poderia determinar o destino de Annabelle. Desde a época do Natal, quando todas as moças foram apresentadas, seis das jovens na faixa etária de Annabelle haviam ficado noivas. E a filha não havia conhecido ninguém, pois não saía de casa. Depois dos dois últimos meses, ela já parecia mais velha e mais madura que as outras, o que poderia assustar os rapazes. E, acima de tudo, a mãe queria vê-la casada. Annabelle, por outro lado, permanecia tranquila e ficava feliz por ver Hortie e os outros, mas nenhum homem despertava-lhe o menor interesse.

Josiah Millbank também foi vê-las assim que chegou, em julho. Sempre levava um presente em suas visitas: flores, quando estavam na cidade, e, agora, em Newport, frutas ou doces. Passava horas conversando com Consuelo, os dois sentados no amplo alpendre em cadeiras de balanço. Após a terceira visita, Annabelle provocou a mãe.

— Acho que ele gosta de você, mamãe — disse ela, sorrindo.

— Não seja boba. — Consuelo corou diante da ideia. A última coisa que precisava era de um pretendente. Ela queria permanecer fiel à memória do marido para sempre e dizia isso para quem quisesse ouvir. Não era uma daquelas viúvas à procura de marido, embora quisesse desesperadamente um para Annabelle. — Ele só está sendo gentil conosco — acrescentou Consuelo com firmeza, convencida do que estava dizendo. — De qualquer forma, é mais jovem que eu, e, se estiver interessado em alguém, é em você. — Embora tivesse de admitir que não havia nenhuma evidência disso. Ele parecia igualmente confortável conversando com mãe ou filha. Nunca se mostrara paquerador, apenas amigável.

— Ele não está interessado em mim, mamãe — confirmou Annabelle com um largo sorriso —, e é apenas cinco anos mais novo que você. Acho que é uma pessoa muito boa. E é velho o bastante para ser meu pai.

— Muitas moças da sua idade se casam com homens da idade dele — comentou a mãe com tranquilidade. — Ele não é tão velho assim, faça-me o favor. Acho que só tem 38, se me recordo bem.

— Seria mais adequado para você. —Annabelle riu e fugiu com Hortie. O dia estava quente e ensolarado, por isso queriam nadar. James prometera aparecer mais tarde. Naquela noite, os Schuylers dariam uma grande festa, à qual James, Hortie e todos os seus amigos compareceriam, embora Annabelle, claro, não pudesse ir. Nem sonharia em pedir isso à mãe, pois não queria aborrecê-la.

Mas, naquela noite, sentadas no alpendre, puderam ouvir a música ao longe. Estouraram fogos de artifício, e Consuelo sabia que eram para celebrar o noivado de uma das filhas dos Schuylers. Ouvi-los fez com que seu coração se partisse pela filha.

Para grande surpresa das duas, Josiah apareceu mais tarde naquela noite trazendo para cada uma um pedaço do bolo da festa. Estava indo para casa, e as duas ficaram tocadas com o gesto atencioso. Josiah ficou para um copo de limonada com elas, logo depois disse que precisava ir, pois tinha um hóspede esperando por ele em casa. Prometeu voltar em breve, e elas lhe agradeceram. Até Annabelle ficou comovida com o gesto de amizade. Não tinha interesse romântico nele, mas, de alguma forma, era como se Josiah estivesse substituindo seu irmão. Gostava de conversar com ele, que a provocava do mesmo jeito que Robert costumava fazer, algo do qual sentia muita falta.

— Pergunto-me por que não levou o hóspede dele à festa — refletiu Consuelo, deixando os copos e a jarra de limonada na copa.

— Talvez seja alguém inconveniente — brincou Annabelle —, uma mulher escandalosa e inconveniente. Talvez ele tenha uma amante — disse, rindo muito, fazendo a mãe dar uma gargalhada. Josiah era tão gentil e educado que aquilo parecia pouco provável. Nem mesmo teria mencionado qualquer hóspede se este fosse o caso.

— Você tem uma imaginação muito fértil — ralhou a mãe. Logo depois as duas subiram, conversando amigavelmente sobre Josiah e o quanto havia sido gentil da parte dele levar um pedaço de bolo para elas. Era a primeira vez que Annabelle realmente lamentava não poder sair. Todos os amigos tinham ido à festa e parecia ter sido uma grande celebração, com fogos de artifício e tudo. Seria um verão muito tranquilo, exceto por Hortie e Josiah, que eram fiéis em suas visitas frequentes, e alguns outros amigos também.

Josiah apareceu no dia seguinte, então Consuelo o convidou para um piquenique com Annabelle e Hortie. Ele parecia perfeitamente à vontade com as duas moças, mesmo com as risadinhas e os gracejos de Hortie. Ele disse que tinha uma meia-irmã da idade delas, do segundo casamento de seu pai, que tinha ficado viúvo. Annabelle ainda não conseguia imaginar Hortie como uma mulher casada, o que ela seria dentro de quatro meses. A amiga ainda era muito nova, mas louca por James. Geralmente, quando ela e Annabelle estavam sozinhas, fazia comentários picantes sobre a noite de núpcias e a lua de mel, o que fazia Annabelle revirar os olhos. Felizmente, Hortie não falou nada daquilo na frente de Josiah, que comentou que a irmã havia se casado em abril e estava esperando um bebê. Ele parecia estar perfeitamente familiarizado com a vida, as ocupações e os interesses das moças em geral, o que fez as duas amigas apreciarem conversar com ele.

Falou sobre seu hóspede; disse que era um colega de Harvard que vinha visitá-los todos os verões. Comentou ainda que era um sujeito estudioso e pacato, que geralmente evitava eventos sociais e festas.

Josiah ficou até o fim da tarde, depois acompanhou Annabelle até em casa quando Hortie foi embora. Consuelo estava sentada no alpendre, conversando animadamente com uma amiga. Era divertido estar ali. Muitas pessoas vinham visitá-las e ela sentia uma aura de renovação nelas. Era particularmente bom para Annabelle, que temia voltar para a cidade. Havia falado com Josiah sobre o trabalho que tanto amava fazer no hospital, e ele não perdeu a chance de provocar:

— Suponho que queira ser enfermeira quando crescer — disse ele, sabendo tão bem quanto ela que isso jamais aconteceria. O mais perto que poderia chegar disso seria com o trabalho voluntário, mas ela ainda lia bastante sobre medicina. Era sua paixão secreta.

— Na verdade — disse com honestidade, sem medo de ser espontânea com ele —, preferiria ser médica. — Era como se pudesse lhe contar qualquer coisa, pois ele não fazia o tipo que iria zombar dela. Josiah havia se tornado um bom amigo desde a morte de seu pai. Mas, naquele momento, ele pareceu espantado. Annabelle o surpreendeu, era uma pessoa bem mais séria do que ele supunha. Ele podia ver pela expressão no rosto da jovem que ela estava falando sério.

— Isso é bem impressionante — disse ele, solene por um minuto. — Faria isso?

— Minha mãe jamais permitiria. Mas eu adoraria, se pudesse. Pego livros de medicina e anatomia na biblioteca às vezes. Não entendo tudo o que dizem, mas aprendi coisas interessantes. Acho a medicina fascinante. E agora existem muito mais médicas do que antes. — As mulheres já entravam para as escolas de medicina havia mais de sessenta anos, mesmo assim ele não imaginava Annabelle fazendo tal coisa, pois suspeitava que ela estava certa: a mãe teria um ataque. Ela queria que Annabelle tivesse uma vida bem mais tradicional, que casasse e tivesse filhos, por isso sua apresentação à sociedade.

— Nunca quis ser médico — confessou ele. — Mas quis muito entrar para o circo quando eu tinha uns 10 ou 12 anos. — Ela riu ao ouvir a confissão, era uma coisa engraçada de se admitir. — Eu adorava animais e sempre quis ser mágico, para poder fazer meu dever de casa desaparecer. Eu não era bom aluno.

— Não sei se acredito nisso, já que foi para Harvard — respondeu ela, ainda rindo dele. — Acho que teria sido divertido entrar para o circo. Por que não fez isso?

— Seu pai me ofereceu um emprego, embora isso tenha sido mais tarde. Não sei, acho que não tinha a presença de espírito necessária. Mas nunca tive ambições como a sua. Morreria só de pensar em todos os anos de estudo que isso exigiria. Sou muito preguiçoso para ser médico.

— Não acredito nisso — disse ela com simpatia. — Mas sei que eu adoraria. — Seus olhos brilhavam ao falar no assunto.

— Quem sabe? Talvez um dia você possa usar um pouco do que aprendeu nos livros no seu trabalho voluntário. — Ele a admirava por poder fazer ao menos isso.

— Não me deixam fazer muita coisa — respondeu, parecendo desapontada.

— O que gostaria de fazer? — perguntou ele, interessado.

— Faço lindos bordados, é o que todos dizem. Gostaria de tentar suturar alguém alguma vez. Garanto que eu conseguiria. — Josiah ficou chocado com o que ela disse, mas depois deu um grande sorriso.

— Lembre-me de não me cortar na sua frente, senão vai tirar uma agulha e um bastidor do bolso.

— Eu adoraria — admitiu ela, sorrindo com travessura.

— É bom que alguém a mantenha ocupada, Srta. Worthington, pois tenho o pressentimento de que vai aprontar alguma diabrura.

— Diabruras médicas me cairiam muito bem. Pense só, se não fôssemos quem somos, eu poderia ir à escola de medicina e fazer o que quisesse. Não é revoltante? — perguntou, parecendo uma mulher madura e, ao mesmo tempo, uma menina. Sem pensar, ele a abraçou, como teria feito com sua irmãzinha. Era como ela lhe parecia. E Annabelle, por sua vez, tinha desenvolvido por ele um sentimento fraterno. Um belo relacionamento e uma linda amizade estavam nascendo entre eles.

— Se não fossem quem são, vocês não poderiam arcar com a escola de medicina — disse ele, sendo prático, ao que ela assentiu com a cabeça.

— É verdade. Mas se eu fosse homem, eu poderia. Robert poderia ter sido médico, caso quisesse, e meus pais teriam permitido. Às vezes, é muito difícil ser mulher. Há tanta coisa que não se pode fazer e que não é considerada adequada. É mesmo muito entediante — disse ela, chutando um seixo com a ponta do sapato, o que fez Josiah rir.

— Não me diga que é uma daquelas mulheres que querem lutar por direitos e liberdade. — Ela não parecia ser esse tipo de pessoa, o que o teria surpreendido.

— Não. Estou perfeitamente feliz com as coisas do jeito que estão. Só queria poder ser médica.

— Bem, eu gostaria de ser o rei da Inglaterra, mas isso também não vai acontecer. Certas coisas simplesmente estão além do nosso alcance, Annabelle, e temos de aceitar isso. Você tem uma vida boa do jeito que é.

— Sim, tenho — concordou ela. — E amo minha mãe. Não faria nada para aborrecê-la, e isso a aborreceria muito.

— Aborreceria, sim.

— Ela sofreu muito este ano, e só quero fazê-la feliz.

— Você já faz — disse ele, de um jeito confortante. — Posso ver. Você é uma filha maravilhosa, e uma pessoa adorável.

— Não é, não — disse Hortie, sorrateiramente, surgindo do nada. Havia voltado para buscar a amiga para nadar outra vez. — Ela dissecou um sapo uma vez. Leu como fazer em um livro. Foi a coisa mais nojenta que eu já vi. Ela definitivamente *não* é uma pessoa adorável. — Os três riram daquilo.

— Presumo que seja verdade — comentou Josiah, começando a conhecer Annabelle melhor. Era uma moça admirável, sob vários aspectos.

— É, sim — disse Annabelle, orgulhosa. — Fiz exatamente como o livro dizia, foi muito interessante. Queria poder dissecar uma pessoa de verdade. Um cadáver, sabe, como na escola de medicina.

— Ah, meu Deus! — exclamou Hortie, parecendo tonta. Josiah ficou chocado, mas achou graça.

— É melhor vocês duas irem nadar — disse ele, enxotando-as enquanto subia ao alpendre para se despedir de Consuelo.

— Sobre o que vocês três estavam conversando? — perguntou Consuelo, com interesse.

— Ah, o de sempre, festas, *débuts*, noivados, casamentos — respondeu Josiah, encobrindo Annabelle, sabendo que a mãe ficaria chocada se soubesse que a filha gostaria de poder dissecar um cadáver. Ainda estava rindo consigo mesmo enquanto caminhava de volta ao próprio chalé. Annabelle Worthington era mesmo uma jovem interessante, nada parecida com as costumeiras moças de 19 anos.

Ao chegar em casa, seu colega de quarto na faculdade havia acabado de retornar do almoço. Josiah acenou para ele quando o viu. Henry Orson era um de seus amigos mais antigos, e ele gostava do tempo que passavam juntos todos os verões. Eram bons amigos desde a faculdade, e Henry era um homem de posses, a quem todos admiravam.

— Como foi o almoço? — perguntou-lhe Josiah. Ambos eram homens bem-apessoados e poderiam ter todas as mulheres que quisessem, mas eram bastante respeitosos. Nunca seduziam nem se aproveitavam delas. Henry havia noivado dois anos antes e ficou muitíssimo desapontado quando sua noiva se apaixonou por um homem mais jovem, um rapaz da mesma idade dela. E desde então não teve qualquer envolvimento sério com outra mulher, o que deixava todas as mães de Newport esperançosas, assim como acontecia em relação a Josiah.

— Chato — respondeu Henry, meio entediado. — Como foi o seu? — Henry, em geral, achava reuniões sociais tediosas e preferia discutir negócios com outros homens sérios a paquerar mocinhas.

— Fiz um piquenique com uma jovem dama que quer dissecar um cadáver humano — contou Josiah, sorrindo, o que fez Henry dar uma gargalhada.

— Jesus! — exclamou Henry, parecendo impressionado e achando graça, fingindo estar assustado. — Ela parece perigosa. Fique longe dela!

— Não se preocupe — disse Josiah, gargalhando, enquanto entravam juntos em casa. — Ficarei.

Os dois jogaram cartas pelo resto da tarde e conversaram sobre o mercado financeiro, a paixão de Henry. Era um tema que o tornava entediante às mulheres, mas interessante aos homens, já que era extremamente inteligente e instruído. Josiah sempre ficava feliz por conversar com ele. Havia arranjado um emprego para Henry no banco do pai de Annabelle havia alguns anos, e ele era muitíssimo respeitado por seus colegas e superiores. Embora menos sociável que Josiah, se saíra muito bem no banco, assim como o amigo. Henry não conhecia Annabelle ou Consuelo, mas Josiah prometeu apresentá-las a ele durante a estada em Newport, ao que

33

Henry balançou a cabeça, ao mesmo tempo que fazia cara feia para suas cartas.

— Não se ela for me dissecar feito um cadáver — disse Henry, agourento, sorrindo em seguida ao baixar uma cartada vencedora.

— Droga — disse Josiah, cruzando os braços e sorrindo para o amigo. — Não se preocupe. Ela é apenas uma criança.

Capítulo 4

Josiah visitou as Worthingtons com frequência durante julho e agosto, assim como Hortie, James e alguns outros amigos. Apresentou-lhes Henry, como prometido, que estendeu suas condolências a Consuelo e ensinou vários jogos novos de cartas para Annabelle, o que a deixou encantadíssima, principalmente quando ganhou dele várias vezes. Ela estava desfrutando da companhia dos bons amigos que tinha em Newport, e mesmo que estivessem distantes do torvelinho social naquele verão, sentia-se menos isolada do que na cidade. A vida ali parecia quase normal de novo, apesar da ausência do pai e do irmão, que, quando vivos, costumavam ficar na cidade para trabalhar.

Quando deixaram Newport no fim de agosto, ela parecia saudável, bronzeada e feliz. A mãe também parecia melhor. Foi um verão pacífico e tranquilo para as duas, depois da tragédia na primavera.

De volta à cidade, Annabelle foi trabalhar no hospital com a mãe de novo e se voluntariou para ajudar, uma vez na semana, no Hospital para Alívio dos Fraturados e Mutilados de Nova York. Faziam um trabalho extraordinário lá que a fascinava. Contou tudo a respeito para Josiah, quando este apareceu na casa da cidade para tomar chá.

— Não tocou em nenhum cadáver, tocou? — perguntou, fingindo estar preocupado, o que fez Annabelle rir.

35

— Não, só levo comida e água para os pacientes, mas uma das enfermeiras disse que eu talvez pudesse assistir a uma cirurgia qualquer dia.

— Você é de fato uma menina admirável — disse ele, com um sorriso largo no rosto.

No fim do mês, Consuelo enfim criou coragem de separar os pertences do marido e do filho. Desfizeram-se de algumas coisas, doaram a maior parte das roupas, mas mantiveram o escritório de Arthur e o quarto de Robert intactos. Nenhuma delas teve coragem de desmontar os cômodos, e não havia razão para isso. Não precisavam daqueles espaços.

Viram Josiah poucas vezes em setembro, comparando-se com as visitas do verão. Ele estava ocupado no banco, pois ainda estavam organizando o espólio. Embora Arthur não tivesse motivo para pensar que alguma coisa lhe aconteceria, havia deixado seus negócios em perfeita ordem; tanto Annabelle quanto a mãe estavam em excelente situação financeira. As duas podiam viver tranquilas pelo resto da vida com o que lhes fora deixado, e ainda haveria um polpudo patrimônio para os filhos de Annabelle um dia, embora esta fosse a última de suas preocupações.

Annabelle também pouco viu Hortie naquele mês. Faltavam seis semanas para o casamento, e Hortie tinha muito a fazer. Havia as provas do vestido de noiva e um enxoval para ser providenciado. Seu pai havia lhe dado uma casa, por isso ela e James estavam comprando a mobília. Viajariam para a Europa em lua de mel, que duraria até o Natal, e Annabelle sabia que sentiria muita falta dela enquanto a amiga estivesse fora. Uma vez casada, seria praticamente a mesma coisa. Annabelle já havia visto isso acontecer com outras amigas, e já sentia falta de Hortie.

Era início de outubro quando Josiah finalmente apareceu para visitá-las de novo. Annabelle estava no Hospital para Alívio dos Fraturados e Mutilados, e Consuelo estava no jardim, desfrutando de uma tarde ensolarada com uma xícara de chá. Ficou surpresa ao ver Josiah, mas ele era sempre bem-vindo. Assim, quando se levantou para cumprimentá-lo, parecia de fato contente.

— Não nos vemos há séculos, Josiah. Como vai?

— Bem. — Ele sorriu. — Passei as últimas semanas em Boston. Precisei cuidar de uns assuntos familiares por lá. Como você e Annabelle têm passado?

— Estamos bem. Annabelle está ocupada no hospital outra vez, mas pelo menos isso a mantém entretida. Não há mais nada para ela fazer aqui. — Ainda teriam mais seis meses de luto formal, e Consuelo sabia que, embora nunca reclamasse, era difícil para Annabelle. Não saía com os amigos havia seis meses, o que era entediante para uma moça de 19 anos. Precisava viver, mas não havia mais nada que Consuelo pudesse fazer.

— Sei que este período deve parecer longo para vocês duas — murmurou Josiah, sentando-se com ela no jardim e recusando a xícara de chá.

— Não me importo comigo, e sim com ela — admitiu Consuelo. — Ela vai ter quase 20 anos quando voltar a frequentar a sociedade. Não é justo. — Mas o que acontecera a Consuelo também não fora nada justo. A vida simplesmente funcionava assim às vezes.

— Ela vai ficar bem — tranquilizou-a Josiah. — Annabelle é o tipo de pessoa que tira o melhor proveito de cada situação. Nunca reclamou uma só vez comigo por não poder sair — disse com honestidade, e a mãe dela assentiu.

— Eu sei. Ela é muito tranquila. É uma pena que não a tenha encontrado hoje, vai ficar desapontada. Ela sempre vai ao hospital nas tardes de segunda-feira. — Josiah assentiu, hesitando por um instante, olhando, pensativo, para o nada, para depois fitar Consuelo com surpreendente atenção.

— Na verdade, não vim ver Annabelle hoje. Vim ver você, pois gostaria de discutir um assunto em particular. — Ele parecia sério e metódico ao falar, como se estivesse em uma missão para o banco.

— Algo a respeito dos bens de Arthur? Não pode cuidar disso com os advogados, Josiah? Sabe o quanto sou péssima para essas coisas. Arthur cuidava de tudo. Esse assunto é um mistério para mim.

— Não, não, está tudo bem em relação a isso. O banco está cuidando disso com os advogados, e está tudo em ordem. É um assunto pessoal, e talvez eu esteja sendo precipitado, mas queria discuti-lo com você e espero que seja discreta. — Consuelo não conseguia nem imaginar sobre o que ele estava falando, nem por que Annabelle não poderia estar por perto. Por um instante, preocupou-lhe que Annabelle estivesse certa meses antes, que ele estivesse lhe fazendo a corte. Esperava que não. Gostava muitíssimo dele, mas, se Josiah por acaso tivesse qualquer interesse amoroso por ela, Consuelo declinaria. Não estava interessada nele, nem em mais ninguém. Para Consuelo, este capítulo de sua vida estava encerrado.

— Queria conversar sobre Annabelle — disse ele, sendo claro, para que não ficasse nenhum mal-entendido entre eles. Josiah tinha perfeita noção de que sua idade era mais compatível com a de Consuelo do que com a da filha dela, mas não sentia qualquer centelha romântica por Consuelo, apenas respeito, admiração e uma cordial amizade. As Worthingtons foram extremamente hospitaleiras desde a morte de Arthur, e ele havia gostado muito de passar um tempo com elas. — Sei que as duas estão de luto por mais seis meses, e que você está preocupada com ela. É uma pena que tenha perdido este ano inteiro desde o *début*, e todas as oportunidades que isso poderia ter oferecido. A princípio, pensei que não devia lhe dizer nada, fossem lá quais fossem meus sentimentos. Annabelle é jovem demais, e achava que ela poderia ser mais feliz com alguém da idade dela. Para ser honesto, acho que não penso mais assim.

"Annabelle é uma moça bem incomum sob muitos aspectos. É inteligente, culta, tem sede de saber, e é muito madura para a idade. Não sei como você se sente a respeito disso, mas gostaria da sua permissão, quando o período de luto estiver encerrado, para pedir a mão dela em casamento e ver como ela se sente. Se você e eu formos discretos, e guardarmos isso conosco, ela terá mais seis meses para se acostumar comigo. Se concordar, pretendo continuar visitando vocês duas com frequência. Mas queria sua permissão primeiro."

Consuelo ficou ali sentada, encarando-o. Aos seus olhos, Josiah era a resposta para suas preces e um sonho realizado. Estava tão preocupada com a vida passando por Annabelle durante aquele ano, temendo que ela acabasse ficando solteira. E apesar de ser 19 anos mais velho, Consuelo achava que Josiah era perfeito para a filha.

Josiah era de uma excelente família, bem-criado, muito educado, charmoso, bonito e tinha um excelente emprego no banco. E pelo que pôde ver, principalmente durante o verão, os dois estavam se tornando bons amigos, o que Consuelo achava ser uma base muito mais sólida para o casamento que um romance arrebatador, que talvez não durasse tanto. Foi assim que ela e Arthur começaram. Ele era amigo da família, pediu a permissão do pai dela para cortejá-la e sempre foram tão amigos quanto marido e mulher. Consuelo não podia ter pensado em alguém melhor para Annabelle do que um homem mais velho e maduro.

— Espero que não esteja chocada, ou zangada — acrescentou ele com cautela, ao que Consuelo se debruçou para lhe dar um abraço carinhoso.

— Não, como poderia? Estou encantada. Acho que você e Annabelle seriam maravilhosos juntos. — E, aos seus olhos, o ano de luto não havia sido um desperdício afinal. Era a maneira perfeita para que os dois se conhecessem melhor. E não havia as distrações competitivas nos bailes e festas por parte de rapazes tolos que virassem a cabeça de Annabelle. Josiah era um homem correto e estabelecido, seria um marido maravilhoso para qualquer uma, principalmente para sua filha. E Annabelle parecia não se incomodar com ele. Na verdade, gostava muito dele. — Acha que ela suspeita das suas intenções? — perguntou Consuelo, sendo espontânea. Não sabia se ele lhe fizera galanteios, beijara, cortejara ou se dera qualquer indício do que tinha em mente. Annabelle jamais dissera nada à mãe, o que a levava a pensar que a filha não fazia ideia do que Josiah tinha em mente.

— Nunca insinuei nada — revelou ele, sendo sincero. — Não o faria sem falar com você, embora tenha pensado nisso o verão inteiro, mas achei que era cedo demais. E, infelizmente, estive fora nas últimas semanas. Não creio que Annabelle suspeite de alguma coisa. Gostaria de esperar para falar com ela sobre isso, até abril, quando o ano de luto terminar. Talvez eu possa conversar com ela em maio.

— Ele sabia que ela já estaria então com 20 anos, e ele, com 39, bem velho para ela. Temia que Annabelle fizesse objeções quanto a isso. Ela não flertava com ele, mas Josiah tinha a sensação de que estavam mesmo se tornando bons amigos. E, assim como Consuelo, acreditava que isso era uma excelente base para o casamento. Era sua primeira vez. Nunca fizera o pedido a mulher nenhuma, mas esperava não ser tarde demais. E recentemente pensava muito em ter filhos com ela. Annabelle lhe parecia a perfeita companheira para uma vida inteira. Consuelo estava absolutamente extasiada.

— Eu não poderia ter encontrado uma pessoa melhor para ela se eu mesma tivesse escolhido — disse Consuelo, parecendo contente e tocando o sino para chamar o mordomo. Quando William apareceu, ela pediu duas taças de champanhe. Josiah ficou ligeiramente surpreso. Não esperava que seria assim tão fácil.

— Não sei se já podemos comemorar. Ainda temos de perguntar a ela, em maio. Ela pode não achar tão bom quanto nós. É muito jovem, e eu tenho o dobro da idade dela.

— Acho que ela é muito sensata, não perderia essa oportunidade — disse Consuelo quando o mordomo retornou e entregou a cada um deles uma taça de champanhe. Arthur possuía uma adega notável, e a safra era muito boa. — E ela gosta de você, Josiah. Acho que vão se entender muito bem.

— Também acho — disse ele, parecendo feliz, desejando poder fazer o pedido a Annabelle naquela tarde, mas não seria adequado fazê-lo tão pouco tempo depois da morte de Arthur e Robert. — Espero que ela concorde — disse Josiah, cheio de esperanças.

— Isso é com você — lembrou-lhe Consuelo. — Você tem seis meses para ganhar o coração dela e selar o acordo.

— Sem que ela saiba o que estou fazendo — disse ele, cauteloso.

— Talvez pudesse deixar uma pista de vez em quando — sugeriu sua futura sogra, o que o fez rir.

— Ela é esperta demais para isso. Se eu começar a dar pistas, seria o mesmo que fazer o pedido. E não quero assustá-la fazendo isso tão cedo.

— Acho que convencê-la não vai ser tão difícil quanto pensa — disse Consuelo, sorridente sob a luz mosqueada do sol na quente tarde de outubro. Graças a ele, havia sido o dia perfeito. Só lamentava não ter Arthur para compartilhar a notícia, mas suspeitava que ele também teria ficado feliz.

Ainda estavam conversando amistosamente sobre o plano de Josiah quando Annabelle surgiu no jardim vestindo o avental hospitalar. Havia sangue nele, por isso a mãe fez cara feia.

— Tire essa coisa — ralhou Consuelo — e vá lavar as mãos. Minha nossa, Annabelle, está trazendo germes para dentro de casa. — Ela enxotou Annabelle, que voltou cinco minutos depois, sem o avental, em seu austero vestido preto. Parecia quase uma jovem freira. A aparência era séria, porém a única coisa realmente séria em Annabelle era o vestido, pois ficou toda sorrisos quando viu Josiah. Parecia estar de ótimo humor.

— Tive um dia ótimo — anunciou, notando em seguida que estavam bebendo champanhe. Ela sempre observava tudo e nunca perdia um detalhe. — Por que vocês dois estão bebendo champanhe? O que estão comemorando?

— Josiah veio me contar que recebeu uma promoção no banco — respondeu sua mãe mais do que depressa. — Deram-lhe todo o tipo de contas novas para gerenciar. E achei que devíamos felicitá-lo. Quer uma taça também?

Annabelle assentiu. Adorava champanhe, por isso ela mesma foi buscar a taça, tendo logo depois o zelo de felicitar Josiah pela promoção, embora não achasse o ramo financeiro muito empolgante. Ficava entediada quando o pai e Robert conversavam sobre isso também. Tinha muito mais interesse nas ciências.

— O que fez hoje no hospital? — perguntou ele, sendo gentil. De repente era como se ela já fosse sua esposa, pois sentia emoções muito ternas por ela, o que não se permitia mostrar.

— Muitas coisas interessantes — disse, sorrindo-lhe abertamente antes de tomar um gole do champanhe. Não fazia ideia de que estava brindando seu futuro noivado, e isso fez tanto Josiah quanto Consuelo sorrirem também. Haviam se tornado conspiradores naquela tarde. — Deixaram-me acompanhar a sutura de uma ferida nojenta.

— É melhor parar por aí, senão ficarei enjoada — avisou a mãe, fazendo Annabelle rir e mudar de assunto. — Terá de parar com isso um dia — disse Consuelo com ar enigmático. — Um dia será uma mulher casada e não poderá ficar zanzando por hospitais, assistindo a suturas de ferimentos.

— Você faz isso — lembrou-lhe Annabelle com um sorriso.

— Não mesmo. Levo bandejas aos pacientes em um hospital bem mais civilizado, e não tinha tempo para isso quando vocês eram pequenos. Pode retomar o trabalho voluntário quando for mais velha.

— Não vejo por que teria de parar se me casasse — reclamou Annabelle. — Muitas mulheres têm filhos e ainda trabalham no hospital. Além disso, talvez eu nunca me case. Quem sabe o que vai acontecer?

— Não quero ouvir isso! — exclamou Consuelo, fazendo cara feia e voltando-se para Josiah. Mal podia esperar que se casassem e começassem a ter filhos. Seria um capítulo inteiramente novo em suas vidas, e ela sabia que Annabelle seria uma mãe maravilhosa. Era muito paciente e amorosa, por isso achava que seria uma excelente esposa para Josiah.

Conversaram então sobre o casamento de Hortie, que aconteceria em poucas semanas. Ela estava tão ocupada que Annabelle agora mal a via. E Josiah disse que compareceria à cerimônia. Annabelle murmurou que não poderia ir, sendo então surpreendida por sua mãe.

— Não vejo por que não possa ir à cerimônia religiosa — disse Consuelo, benevolente. — Não há nada que diga que não podemos ir à igreja. Na verdade, provavelmente deveríamos ir à missa com mais frequência. Você pode voltar para casa depois e pular a recepção. Pelo menos veria Hortie se casar. Afinal, ela é sua amiga mais antiga e querida. — E provavelmente a jovem seria madrinha da filha quando ela casasse com Josiah, disso Consuelo sabia.

— Ficaria contente em levar as duas — ofereceu-se Josiah mais que depressa, virando-se para sua futura esposa, que não fazia ideia do que ele estava pensando. Seria sua primeira oportunidade de acompanhá-la em público, algo que o deixou animado.

— Acho que eu não deveria ir — murmurou Consuelo. Ela achava que ainda não estava pronta para aparecer em público. — Mas seria muito gentil de sua parte se acompanhasse Annabelle à cerimônia.

— Você gostaria disso? — perguntou ele diretamente a Annabelle. Ela deu um grande sorriso ao dizer que sim.

— Adoraria. — Todos os amigos dela estariam lá. Hortie queria que ela fosse uma das madrinhas, mas agora seria impossível. Deste modo, pelo menos, poderia estar no casamento. E seria divertido sair com Josiah, era quase como sair com Robert. O irmão costumava acompanhá-la a festas, embora fossem festas pequenas antes de seu *début*. E Hortie teria um grande casamento. A festa era para oitocentos convidados, mas provavelmente haveria um número maior de pessoas.

— Temos de encontrar algo para você vestir — disse a mãe, pensativa. Teria de usar um vestido preto apropriado, mas ela não tinha nenhum traje de festa em cores escuras.

— Será tão divertido! — disse Annabelle, batendo palmas, parecendo uma criança, e a mãe e Josiah sorriam.

— Tudo será divertido de agora em diante — disse-lhe a mãe com ar amoroso. Estava muito aliviada com o pedido de casamento de Josiah.

Como agradecimento, Annabelle abraçou Josiah, e ele ficou bastante contente.

— Obrigada por me acompanhar — agradeceu, animada.

— É um daqueles sacrifícios que se tem de fazer na vida — brincou ele. — Serei perseverante. — Mal podia esperar para que os próximos seis meses passassem, pois então, com sorte, estariam se casando. A mãe dela teve o mesmo pensamento naquele momento, por isso ela e Josiah trocaram um olhar conspirador acima da cabeça de Annabelle e sorriram. Annabelle não sabia ainda, mas seu futuro agora estava seguro. Era o que a mãe mais queria para a filha, desde seu nascimento.

Capítulo 5

Annabelle estava quase tão animada quanto a própria noiva ao se vestir para o casamento da melhor amiga. A mãe havia chamado sua modista, que confeccionou um belo vestido de tafetá preto em tempo recorde. O corpete e a bainha eram debruados de veludo preto. E, para combinar, um casaco de veludo preto e um chapéu guarnecido de zibelina, que suavizava o acessório, pois o pelo fazia seu rosto ficar iluminado. Annabelle parecia uma princesa russa. E, quebrando a regra que proibia joias no período de luto, ela usou um par de brincos de diamante que a mãe lhe emprestou. Ela estava maravilhosa quando Josiah veio buscá-la. Ele também estava impecável, de gravata branca e fraque, com uma cartola feita em Paris. Formavam um casal espetacular, e Consuelo ficou com os olhos marejados ao observá-los. Gostaria que Arthur estivesse ali para vê-los. Mas, se ele ainda fosse vivo, talvez aquilo jamais tivesse acontecido. Josiah só começou a visitá-las por consideração à perda delas. O destino às vezes toma caminhos estranhos.

Consuelo recomendou que fossem de carro com Thomas, o motorista, então seguiram para o casamento no impecável Hispano-Suiza, um bem luxuoso do pai de Annabelle, usado apenas em ocasiões importantes. Para Consuelo, aquele era um evento de proporções significativas. A primeira vez que seu futuro genro seria visto em público com sua única filha. O que poderia ser mais importante, além do casamento deles?

Observou com carinho os dois saírem; depois subiu para o quarto, perdida em pensamentos. Lembrou-se da primeira vez que saiu com Arthur, depois que ele pediu a mão dela ao pai. Era o baile de debutante de uma amiga. E ela era apenas um ano mais nova que a filha naquela época.

O carro os conduziu à Igreja Episcopal de São Tomé, na Quinta Avenida, e o chofer deixou Josiah sair primeiro. Ele deu a volta e ofereceu a mão para ajudar Annabelle a descer do carro. Seu cabelo loiro estava puxado para trás, coberto pelo chapéu de veludo e zibelina, e ela usava um pequeno véu sobre o rosto. Parecia tão elegante quanto qualquer mulher parisiense, e mais velha do que realmente era, devido ao opulento vestido preto. Josiah nunca havia se sentido tão orgulhoso.

— Sabe, para uma moça acostumada a esfregar o chão em um hospital e dissecar cadáveres, você fica muito bem quando se arruma — disse ele, de forma brincalhona. Ela riu, o que a deixou ainda mais bonita, com os brincos de diamante da mãe cintilando por trás do véu fino. Parecia distinta, sensual e romântica; Josiah estava perplexo com a mulher que pretendia desposar. Não havia percebido o quanto ela era linda, pois fazia pouco alarde sobre si mesma e, por causa do luto, nunca usava roupas elegantes ou maquiagem. Ele foi ao seu baile de debutante no ano anterior, mas nem naquela época ela parecera tão bonita. Havia florescido como mulher desde então.

Um pajem de gravata branca e fraque os conduziu até um banco lá na frente, no lado da igreja destinado à noiva. Eles estavam sendo esperados, e Josiah notou que as pessoas os olhavam com admiração velada. Formavam um casal atraente. Annabelle estava alheia ao fato, fascinada com as orquídeas brancas que a mãe de Hortie pedira. Annabelle havia visto o vestido da noiva e sabia que a amiga ficaria deslumbrante nele. Tinha um corpo maravilhoso. O vestido de cetim branco decotado era revestido de renda branca, com uma cauda que se estendia por metros às costas. Eram 16 madrinhas, e todas usavam vestidos de cetim cinza claro e carregavam pequeninas orquídeas. Era um casamento muito elegante, e Hortie estava carregando um buquê de lírios-do-vale.

Sentaram-se, e Annabelle olhou em volta. Conhecia todos ao redor; Josiah conhecia grande parte das pessoas também. Todas sorriram e fizeram pequenos gestos de cumprimento. Pareciam interessadas em vê-la com Josiah, que notou então que a mãe dela lhe permitira usar batom. Para ele, não havia mulher mais bonita na igreja do que Annabelle, sentada ali ao seu lado, nem mesmo a noiva ao atravessar a nave, ao som do Coro Nupcial da *Lohengrin* de Wagner.

Todos os olhos estavam em Hortie, cujo pai nunca pareceu tão orgulhoso. Foi nesse momento que Annabelle percebeu que em seu próprio casamento não haveria ninguém que a conduzisse pela igreja, nem o pai, nem o irmão. Pensar naquilo fez seus olhos ficarem marejados. Mas Josiah percebeu e gentilmente afagou-lhe o braço. Ele sabia o que ela estava pensando. Estava começando a conhecer Annabelle melhor. E embora fizesse parte da vida dela havia apenas pouco tempo, o que estava desenvolvendo por ela era amor. Gostou de ficar sentado na igreja ao lado dela durante a cerimônia, que não demorou, e, quando os noivos cruzaram a nave, ao som de Mendelssohn, todos estavam sorrindo. As 16 madrinhas, e um número igual de padrinhos, vieram caminhando com solenidade atrás deles, inclusive a daminha de 5 anos que carregava o anel, e a de 3 anos, usando um vestido de organza branca, que se esqueceu de atirar as pétalas de rosas e apenas as apertou na mão.

Annabelle e Josiah saudaram os amigos em meio à multidão que esperava na entrada da igreja. Passaram pela fila dos cumprimentos para felicitar os noivos e os pais do casal, e por fim, uma hora depois da cerimônia, todos deixaram a igreja e foram para a recepção. Annabelle queria muito poder ir com eles, pois sabia que seria uma festa fabulosa que duraria a noite inteira, mas isso estava fora de cogitação. Josiah a acompanhou na volta no carro, conduzindo-a até dentro de casa, e Annabelle lhe agradeceu pela companhia.

— Eu gostei muito — disse ela, parecendo em êxtase. Havia sido divertido ver de relance todos os seus amigos, e até conhecer alguns dos amigos de Josiah que, claro, eram muito mais velhos que ela, mas pareciam simpáticos.

— Eu também — disse ele, sendo honesto. Sentiu-se muito orgulhoso por estar com ela. Annabelle era uma jovem muito bonita.

— Melhor se apressar, senão vai se atrasar para a recepção — disse ela enquanto tirava o chapéu, dava-lhe um beijo na bochecha e o conduzia até a porta. Parecia ainda mais bonita sem o véu, com os brincos da mãe brilhando em suas orelhas.

— Não estou com pressa — respondeu ele, tranquilo. — Desisti de ir à recepção. — Estava sorrindo para ela.

— Desistiu? — Ela parecia surpresa. — Por quê? Vai ser o casamento do ano. — Os pais de Hortie não haviam poupado despesas, por isso não queria que Josiah perdesse a festa. Ela não conseguia pensar em um motivo para ele não querer ir.

— Já estive em vários casamentos do ano. — Josiah riu e acrescentou: — Por muitos anos. Sempre há outros. Por que eu iria à recepção sem você? Não me parece certo. Já basta a cerimônia religiosa. Vimos muitas pessoas. Posso ir a festas a qualquer hora. Por que não vamos à cozinha e preparamos algo para comer? Sei fazer um sanduíche bem gostoso e uma omelete muito boa. — Nenhum dos dois havia jantado. Os criados já haviam se retirado, e a mãe estava lá em cima no quarto, provavelmente dormindo.

— Está falando sério? Não acha que deve ir à recepção? — pressionou ela. Sentia-se culpada por impedi-lo, de certa forma.

— Seria muito estranho se eu aparecesse depois de ter recusado o convite. — Ele riu outra vez. — Achariam que sou louco, e, de qualquer forma, não estão mais contando comigo. Vamos ver o que temos na geladeira. Vou surpreender você com minhas habilidades culinárias.

— Neste terno? — Ele estava usando gravata branca e fraque, com um belo broche de madrepérola e brilhantes e abotoaduras.

— Posso tirar o casaco, se não ficar muito chocada. — Ele estava com a tradicional gravata branca de piquê e colete, que também exibia broches, tudo feito em Paris, assim como a cartola. Estava muito elegante e era um par perfeito para ela.

— Não ficarei chocada. Vou tirar meu casaco também — disse ela, tirando o casaco de veludo debruado de zibelina que combinava com o vestido, expondo os ombros claros e sedosos e o colo bem-feito, que ele reparou com discrição.

— É um belo vestido — disse ele, sorrindo com admiração.

— Que bom que gostou — respondeu ela, tímida. A noite de repente lhe pareceu muito adulta. Seu baile de debutante foi o único evento do tipo a que compareceu. E havia gostado muito de ir ao casamento acompanhada por Josiah.

Annabelle o levou à cozinha lá embaixo e acendeu as luzes. Tudo estava imaculado e havia sido deixado em perfeita ordem. Abriram a geladeira e encontraram ovos, manteiga, legumes cozidos, metade do peru e um pedaço de presunto. Ela tirou praticamente tudo da geladeira e pôs sobre a mesa da cozinha. Na despensa, encontrou alface e alguns legumes frescos.

Arrumou a mesa com os pratos, ainda em seu vestido de gala, enquanto Josiah tirava o fraque e preparava o jantar. Fatiou bem fino o presunto e o peru, fez uma salada e preparou uma excelente omelete de queijo em uma frigideira. Sentados na cozinha, compartilharam uma refeição deliciosa, conversando e comentando sobre quem haviam visto. Ele lhe contou algumas fofocas sobre pessoas que ela havia conhecido, e Annabelle fez o mesmo a respeito de seus amigos. Ficaram sentados conversando por um bom tempo depois da refeição, e os dois pareciam estar gostando daquilo. Annabelle não tinha a chave da adega para pegar um vinho, mas ele disse que estava satisfeito com um copo de leite. Foi a melhor noite de Annabelle em anos.

Falaram sobre as festas de fim de ano. Josiah contou que iria para Boston no Dia de Ação de Graças para ficar com a família, mas que estaria em Nova York no Natal. Ela fez uma anotação mental para perguntar à mãe se poderiam convidá-lo para a ceia de Natal. Seria um dia difícil para elas. Era duro acreditar que, um ano depois de seu baile, a vida delas havia mudado de maneira tão drástica.

— Nós nunca sabemos o que vai acontecer — murmurou ele. — Tem de ser grata pelo que tem, pelo tempo que tiver. O destino é imprevisível, e às vezes não sabemos o quanto somos abençoados até que as coisas mudam.

Ela concordou e o fitou com tristeza.

— Eu sabia o quanto éramos abençoados, e minha mãe também. Todos nós sabíamos. Sempre me considerei afortunada por ter os pais e o irmão que tive. Só não consigo acreditar que meu pai e meu irmão se foram — murmurou ela. Enquanto a fitava, Josiah pôs a mão sobre a de Annabelle.

— O destino às vezes tira algumas pessoas das nossas vidas, e quando menos esperamos, outras entram. Você tem de acreditar que as coisas voltarão a ser boas de agora em diante. Sua vida só está começando.

Annabelle concordou outra vez.

— Mas, para a minha mãe, terminou. Acho que ela jamais vai se recuperar. — Annabelle se preocupava muito com ela.

— Não há como saber — disse ele, de forma gentil. — Coisas boas podem acontecer com ela também.

— Espero que sim — murmurou a jovem, agradecendo-lhe pela refeição. Foi uma noite adorável. Josiah a ajudou a colocar a louça na pia, e depois ela se voltou para ele com um sorriso, a amizade florescendo entre os dois. — Você cozinha muito bem.

— Espere até provar meus suflês. Também preparo um almoço de Ação de Graças perfeito — disse, orgulhoso.

— Como foi que aprendeu a cozinhar? — Ela parecia achar graça. Nenhum dos homens da sua família jamais havia cozinhado; ela não tinha certeza nem de que conseguiam encontrar a cozinha.

Josiah riu.

— Quando se está solteiro por tanto tempo, ou você passa fome ou aprende a se virar. Ou sai todas as noites, o que é bem cansativo. Na maior parte das vezes, prefiro ficar em casa e cozinhar.

— Eu também, no que se refere à parte de ficar em casa. Mas não sou boa cozinheira.

— Não precisa ser — lembrou ele, o que a deixou embaraçada por um momento. Havia sido servida durante a vida inteira. Mas ele também.

— Mas eu deveria aprender um dia desses. Talvez eu tente. — A competência e a organização dele na cozinha haviam deixado Annabelle impressionada.

— Posso lhe ensinar alguns truques — ofereceu ele. E ela gostou da ideia.

— Parece divertido — respondeu, meio entusiasmada. Sempre se divertia com Josiah.

— É só você pensar nisso como se fosse ciência, assim será mais fácil.

Annabelle riu ao apagar as luzes, e ele a acompanhou até a escada. Passaram por duas portas e chegaram novamente ao saguão principal, parando sob o lustre. Josiah estava carregando o fraque; a cartola e as luvas estavam sobre a mesa. Apanhou-as, enfiou o fraque e pôs a cartola na cabeça. Parecia tão elegante como sempre, e ninguém teria suspeitado de que havia cozinhado.

— Está muito atraente, Sr. Millbank. Tive uma noite maravilhosa.

— Eu também — disse ele, que a beijou com candura na bochecha. Não queria apressar as coisas, ainda tinham meses como apenas amigos pela frente, apesar de já ter a bênção da mãe dela. — Vejo você em breve. Obrigado por me acompanhar ao casamento, Annabelle. Esses eventos podem ser bem chatos, se você não tiver alguém divertido ao lado.

— Também acho. E a melhor parte da noite foi conversar sobre o casamento depois, na cozinha. — Annabelle deu uma risadinha, e ele sorriu de volta.

— Boa noite — despediu-se ele, abrindo a porta e virando-se para olhá-la antes de fechá-la. Annabelle apanhou o casaco na cadeira, colocou o chapéu de novo na cabeça em um ângulo estranho e subiu a escada até o quarto com um sorriso e um bocejo enorme. Teve uma noite excelente e estava contente por ela e Josiah serem amigos.

Capítulo 6

Para grande satisfação de Consuelo, atendendo ao desejo de Annabelle, elas convidaram Josiah para a ceia da véspera de Natal. Não era um gesto romântico da parte de Annabelle; ela só achava que ele havia sido gentil com elas e que deveriam fazer algo em retribuição, já que ele estaria sozinho no Natal. Como sempre faziam, vestiram trajes de gala para o jantar. Annabelle e a mãe usavam vestidos de noite e, como orientado, Josiah chegou em um fraque bem-cortado com uma camisa impecavelmente engomada e colete, com belos e antigos broches de pérola e brilhantes e abotoaduras que pertenceram ao avô. E deixou as duas comovidas ao levar presentes.

Annabelle havia comprado um cachecol de caxemira para Josiah, e um livro de receitas, em parte por brincadeira, mas ele disse ter adorado. A jovem ficou embaraçada ao descobrir que o cavalheiro comprara uma linda pulseira para ela na Tiffany e uma bonita echarpe de seda preta para sua mãe.

Tiveram uma noite agradável e acolhedora juntos e sentaram-se diante da lareira depois do jantar. Josiah tomou *brandy*, as damas beberam *eggnog* com um toque de rum, uma receita que Arthur sempre fazia. Admiraram a árvore que Consuelo e Annabelle haviam montado. Aquele foi um Natal difícil para elas, devido às circunstâncias, e Josiah evitou falar sobre o andamento dos inquéritos sobre o *Titanic*, que era notícia constante nos jornais. Sabia que, independentemente do que tivesse acontecido, não gostariam de saber. Não mudaria nada para elas agora.

Annabelle anunciou que Hortie havia voltado da lua de mel naquela tarde e viera correndo contar-lhe que já estava grávida. Hortie tinha certeza disso e disse que ela e James estavam muito felizes, embora ela achasse a ideia um pouco assustadora. Mal havia se tornado esposa e agora seria mãe, perto do fim de agosto, segundo seus cálculos. Hortie disse que o bebê fora concebido em Paris, depois deu uma risadinha enigmática, como a garotinha que ainda era, apesar do novo status, e fez todo tipo de insinuação sobre sua vida sexual que Annabelle não queria ouvir. Hortie disse que sexo era algo fabuloso, que James era incrível na cama, não que tivesse qualquer referencial, mas nunca havia se divertido tanto na vida. Annabelle não mencionou nada disso à sua mãe ou a Josiah, contou apenas que Hortie teria um bebê e que estava muito animada com isso. Ao ouvir aquilo, Consuelo desejou que, um ano depois, no Natal seguinte, Annabelle e Josiah tivessem a mesma notícia para compartilhar, considerando-se que já estariam casados, como ela torcia fervorosamente. Consuelo não conseguia ver motivo para um noivado longo uma vez que a união fosse anunciada.

Antes de ir embora, Josiah disse que iria esquiar em Vermont no Ano-Novo com seu antigo colega de faculdade, Henry Orson. Como eram os últimos homens solteiros entre seus amigos naquela faixa etária, segundo ele, disse que era bom ainda ter companhia para alguns programas. A viagem de Ano-Novo para Woodstock era uma tradição anual, e Josiah estava muito ansioso por ela este ano, pois um novo salto fora acrescentado às rampas. Perguntou se Annabelle sabia esquiar ou caminhar na neve. Ela respondeu que não, mas que adoraria aprender. Um olhar velado foi trocado entre Consuelo e Josiah, que prometeu lhe ensinar um dia. Sugeriu que talvez ele, Annabelle e Consuelo pudessem ir para Vermont juntos. Os olhos de Annabelle se iluminaram, e ela disse que acharia bem divertido. Josiah falou que havia ótimos passeios de trenó em Woodstock também.

Josiah ficou até depois da meia-noite. Depois que ele agradeceu-lhe as duas de novo pelos presentes e pela refeição deliciosa, Consuelo desapareceu misteriosamente enquanto a filha e Josiah se despediam. Annabelle agradeceu-lhe profusamente mais uma vez pela pulseira, que ela adorou e que já tinha colocado no braço.

— Fico contente que tenha gostado — disse ele, de forma gentil. — Sei que não deveria usar joias no momento, mas, se sua mãe fizer alguma objeção, talvez possa usá-la depois. — Não era intenção dele ofender Consuelo dando uma pulseira a Annabelle enquanto as duas estavam de luto, mas queria presenteá-la com algo que ela desfrutasse por longo tempo. E não queria dar nada muito exuberante, pois ela poderia suspeitar do que ele tinha em mente. Achou que uma simples pulseira dourada seria discreta, e Annabelle se emocionou com o presente.

— Divirta-se esquiando — disse, enquanto o acompanhava até a porta. Josiah usava um sobretudo preto de corte impecável e um lenço de seda branca sobre o traje, com um chapéu de feltro. Como sempre, estava extremamente elegante. E Annabelle parecia bonita e jovem em seu simples vestido de gala preto.

— Eu ligo quando voltar — prometeu. — Chego depois do dia primeiro. — Ele a beijou com candura na bochecha, e ela fez o mesmo. Depois se despediram.

Annabelle encontrou a mãe na biblioteca, folheando um livro. Era um dos livros do pai que Annabelle já havia lido.

— Por que veio para cá? — perguntou Annabelle, parecendo surpresa. A mãe não era muito dada à leitura, e se voltou para a filha com um sorriso gentil.

— Achei que você e Josiah gostariam de ficar sozinhos para se despedirem. — O olhar de Consuelo era um tanto conspirador, e Annabelle ficou incomodada.

— Josiah? Não seja boba, mamãe. Somos só amigos. Não comece a ter ideias com ele. Arruinaria tudo. Gosto da amizade que temos.

— E se ele quisesse algo além disso? — perguntou Consuelo com ar misterioso, o que fez a filha franzir o cenho.

— Ele não quer. Nem eu. Gostamos das coisas do jeito que estão. Só porque Hortie casou e terá um bebê não significa que eu tenho de fazer o mesmo. Não posso nem sair de casa pelos próximos quatro meses. Então não conhecerei ninguém por enquanto. E quem pode garantir que um dia vou conhecer alguém de quem eu goste e com quem queira me casar? — perguntou Annabelle, abraçando a mãe. — Está tentando se livrar de mim, mamãe? — perguntou com carinho.

— Claro que não, só quero que seja feliz. E nada deixa uma mulher mais feliz que um marido e um filho. Pergunte a Hortie. Aposto que ela mal pode esperar para ter o bebê nos braços.

— Ela parece muito feliz — admitiu Annabelle com um sorriso tímido. — Estava tentando me contar tudo a respeito da lua de mel. Parece que foram dias maravilhosos. — Em grande parte na cama, mas não queria dizer isso à mãe, pois nem mesmo ela queria saber.

— Para quando é o bebê?

— Fim de agosto, eu acho. Ela não tem certeza. Disse que aconteceu em Paris, e que James está muito empolgado também. Ele quer um menino.

— Todos os homens querem. Mas eles se apaixonam é pelas meninas. Seu pai se apaixonou por você assim que a viu. — As duas sorriram com aquela lembrança. Foi um Natal difícil para elas, mas a presença de Josiah ajudou a deixar o clima mais leve. Tudo era mais fácil e agradável quando ele estava por perto.

De braços dados, subiram a escada, foram para seus respectivos quartos e trocaram presentes no dia seguinte. Consuelo havia comprado para a filha um lindo casaco de peles, e Annabelle deu à mãe um par de brincos de safira da Cartier. Era o tipo de presente que o pai dela teria dado, só que o dela estava em uma escala mais modesta. Ele sempre comprava presentes maravilhosos para a família toda. E Annabelle queria de alguma forma compensar a mãe aquele ano, embora soubesse que não poderia substituir tudo o que haviam perdido. Mas Consuelo ficou profundamente comovida com o gesto da filha e com a beleza do presente, então os colocou de imediato.

Desceram juntas e se deliciaram com um farto café da manhã feito por Blanche. Havia nevado na noite anterior, e agora um manto branco cobria o jardim. Depois do café, vestiram-se e saíram para dar um passeio no parque. Seria difícil para as duas passar o dia sozinhas. Haviam perdido metade da família e, em feriados como aquele, a ausência de Arthur e Robert era bastante sentida.

Mas o dia acabou sendo menos sofrido do que imaginavam. Elas estavam tão receosas que tentaram se manter ocupadas. Consuelo e Annabelle almoçaram juntas, jogaram cartas à tarde, e na hora do jantar estavam cansadas e prontas para ir para a cama. Haviam sobrevivido àquele dia, o que era o mais importante. E, antes de dormir, enquanto se trocava, Annabelle se pegou pensando em Josiah em Vermont. Imaginou se ele e Henry teriam chegado lá em segurança e se estavam se divertindo. Adoraria esquiar com eles um dia, como ele havia sugerido. Parecia-lhe um programa divertido. E esperava ter oportunidade de fazer isso um dia, talvez no próximo ano, se conseguisse convencer a mãe a ir.

O resto do feriado foi mais tranquilo que o Natal. Annabelle passou um tempo com Hortie, e a amiga agora só falava sobre o bebê e sobre seu casamento. Poucas coisas além disso a mantinham ocupada. Consuelo parabenizou a jovem quando a encontrou, e Hortie falou animadamente por meia hora sobre Paris e sobre todas as roupas que havia comprado, que muito em breve não iriam lhe servir. Disse que ainda iria para Newport naquele verão, e que não via problemas se o bebê nascesse lá. Ela o teria em casa de qualquer forma, em Newport ou em Nova York. Ouvindo-a falar com Consuelo, Annabelle se sentiu um peixe fora d'água. Não tinha nada com o que contribuir. Hortie agora era uma mulher casada e tinha se tornado mãe da noite para o dia. Mas Annabelle ainda amava a amiga. Hortie lhe trouxera um lindo suéter de Paris, com botões de pérolas. Era cor-de-rosa claro, o que impossibilitava Annabelle de usá-lo antes do verão.

— Não queria comprar um preto — disse Hortie, em tom de desculpas. — É lúgubre demais, e vai poder vestir esse em breve. Espero que esteja tudo bem.

— Adorei! — disse Annabelle, e falou com sinceridade. O suéter tinha uma bela gola de renda, num tom de rosa antigo suave. Parecia fazer um contraste maravilhoso com a pele e o cabelo de Annabelle.

As duas jovens almoçaram juntas vários dias naquela semana e pareciam muito adultas indo ao Astor Court no St. Regis Hotel. Hortie estava levando seu novo estado civil bem a sério, sempre muito bem-vestida e usando as joias que James lhe dera, parecendo imponente. Quando saíam para almoçar, Annabelle vestia o novo casaco de peles que Consuelo havia lhe dado no Natal. Era como se estivesse brincando de vestir os trajes do guarda-roupa da mãe. Estava usando a pulseira que Josiah havia lhe dado de presente.

— Onde arrumou isso? — perguntou Hortie quando a notou. — Gostei.

— Eu também — disse Annabelle. — Josiah Millbank me deu de Natal. Foi muita gentileza da parte dele. Ele deu uma echarpe para mamãe.

— Vocês dois ficaram muito bem juntos no meu casamento. — E de repente os olhos de Hortie se iluminaram quando um pensamento lhe ocorreu. — O que acha dele?

— Como assim? — Annabelle pareceu não entender a pergunta.

— Para você, é o que quero dizer. Você sabe, como marido.

Annabelle riu.

— Não seja ridícula, Hort. Ele tem o dobro da minha idade. Você parece a mamãe. Ela me casaria até com o leiteiro se pudesse.

— O leiteiro é bonito? — Hortie estava achando graça da ideia.

58

— Não. Tem quase 100 anos e nenhum dente.

— Sério, por que não Josiah? Ele gosta de você e está sempre presente.

— Somos só amigos. Gostamos das coisas como estão. Qualquer coisa além disso estragaria tudo.

— É uma bela pulseira para se dar a alguém que é apenas uma amiga.

— É só um presente, não um pedido de casamento. Ele jantou lá em casa na véspera de Natal. Foi um ano muito triste para nós — disse ela, desviando o assunto.

— Eu sei — concordou Hortie, sendo solidária, esquecendo-se de Josiah no mesmo instante. — Lamento, Belle, deve ter sido horrível. — Annabelle apenas assentiu, e as duas mudaram o rumo da conversa e trocaram opiniões sobre roupas. Hortie não conseguia imaginar o que vestiria quando a barriga estivesse maior. Estava planejando ir à modista da mãe para encomendar algumas peças nas próximas semanas. Disse que sua cintura já estava ficando mais larga e que o espartilho já estava incomodando. E jurava que os seios tinham o dobro do tamanho.

— Talvez sejam gêmeos — sugeriu Annabelle com um sorriso.

— Não seria engraçado? — perguntou Hortie, rindo. Nem conseguia imaginar o que aquilo poderia acarretar, pois tudo era uma grande novidade no momento.

Estava menos empolgada duas semanas depois, quando começou a ter enjoos. E nos dois meses seguintes mal saiu da cama. Sentia-se péssima. Já era meados de março quando finalmente começou a se sentir um pouco mais confortável outra vez. Até então, Annabelle tinha de visitá-la, pois Hortie não saía de casa. Não ia a uma festa desde o Natal, e não estava mais tão feliz com a gravidez quanto antes. Sentia-se gorda e enjoada na maior parte do tempo, o que não era nada divertido. Annabelle ficava sentida pela amiga e levava-lhe livros, flores e revistas. Animar Hortie tornou-se sua principal missão na vida. E por fim, em abril, Hortie levantou da cama. Agora era óbvio que estava grávida, pois já estava com cinco meses. Todas as mulheres da família disseram que era só um bebê, mas ela estava imensa. Sua mãe achava que seria um menino.

Esse era o único assunto de Hortie, que na maior parte do tempo só ficava ali deitada reclamando. Falava que se sentia uma baleia. E disse que James agora mal fazia amor com ela, o que era muito decepcionante. Ele saía sozinho com os amigos na maior parte das noites e havia prometido que, quando o bebê nascesse, eles compensariam essa fase e sairiam muito mais. Mas a mãe dela a lembrou que ela estaria amamentando, e, mesmo que não estivesse, ainda teria um bebê para cuidar. Então crescer não parecia ser nada muito divertido, afinal. Annabelle era infinitamente paciente, ouvindo os lamentos da amiga, pois agora Hortie chorava o tempo inteiro.

Consuelo havia planejado uma cerimônia pelo aniversário das mortes de Arthur e Robert naquele mês. Foi realizada na Igreja da Trindade, como no ano anterior, seguido mais tarde por um almoço em casa. Todos os amigos mais próximos do pai e vários primos estavam lá, inclusive Madeleine Astor, cujo finado marido era primo de Consuelo. Josiah compareceu, claro, junto com todos os funcionários do banco, inclusive Henry Orson.

Josiah havia frequentado muito a casa da viúva e de sua filha nos últimos meses, e se mostrava solícito e agradável, sempre com um gracejo ou um presentinho. Havia comprado para Annabelle uma série de livros de medicina, que ela adorou, e também o livro *Gray Anatomia*, de Henry Gray. Assim como Hortie, ele havia se tornado seu melhor amigo e agora era sua melhor companhia, já que não estava grávido nem reclamando o tempo todo. Annabelle sempre se divertia com Josiah, que ultimamente a levava para jantar em bons restaurantes. Uma vez passado o luto, ela estava ansiosa por ir a eventos sociais com ele. Não fora a lugar nenhum, a não ser ao casamento de Hortie, por mais de um ano. Antes do naufrágio do *Titanic*, seus pais ficaram fora por dois meses e ela havia ficado doente por um mês antes disso, então não saía socialmente havia 15 meses. Era muito tempo para alguém da idade dela.

Ela completaria 20 anos em março. E duas semanas depois da cerimônia religiosa em memória do pai e do irmão, Josiah a convidou para o que prometia ser um jantar muito elegante no Delmonico's, onde Annabelle nunca havia ido. Ela mal podia esperar. Comprou um vestido novo para a ocasião, e a mãe arrumou seu cabelo. Consuelo suspeitava do que estava por vir e, pelo bem dos dois, esperava que tudo corresse bem.

Josiah foi buscá-la às sete da noite. Estava no próprio carro desta vez e, no minuto em que viu Annabelle no vestido novo, assobiou. Era um delicado plissado de seda marfim que deixaria os ombros à mostra se não fosse por um xale de seda branca. Era um grande contraste com o preto sombrio que usou por tanto tempo. Sua mãe ainda estava de luto e disse que ainda não se sentia pronta para abandonar o preto. E Annabelle temia que nunca ficasse, mas estava grata por deixar seus vestidos pretos de lado. Já era hora.

Chegaram ao refinado restaurante às sete e meia e foram conduzidos à mesa em um canto sossegado. Era excitante sair para jantar com Josiah. Mais ainda do que com Hortie, sentia-se muitíssimo adulta ao sentar diante dele à mesa e tirar o xale. Ainda estava usando a pulseira de ouro que ele havia lhe dado no Natal. Nunca a tirava.

O garçom perguntou se ela gostaria de um coquetel, e Annabelle declinou com nervosismo. A mãe lhe avisara para não beber muito, apenas um pouco de vinho. Não causaria uma boa impressão, dissera à filha, se ficasse bêbada no jantar. Annabelle havia achado graça da ideia e disse à mãe que ela não precisava se preocupar. Josiah pediu um uísque com soda, o que surpreendeu Annabelle. Nunca o viu tomar bebidas fortes antes, por isso se perguntou se ele também estava nervoso, embora não conseguisse imaginar o porquê, já que eram tão amigos.

— Gostaria de um champanhe? — ofereceu ele, quando sua bebida chegou.

— Não, estou bem. — Ela deu uma risadinha. — Minha mãe me mandou não ficar bêbada e envergonhá-lo. — Josiah riu

61

também. Não havia nada que não pudessem dizer um ao outro. Discutiram mil assuntos em comum e desfrutaram da companhia um do outro. Os dois pediram a famosa lagosta à Newburg do restaurante, e omelete norueguesa de sobremesa.

Tiveram uma noite adorável e, para acompanhar a sobremesa, Josiah pediu champanhe para os dois. Annabelle sorriu ao tomar um gole. Só havia bebido uma taça de vinho durante o jantar, seguindo o conselho da mãe.

— Delicioso — comentou Annabelle. Ele havia pedido um excelente champanhe. Josiah havia bebido mais do que ela, mas ainda estava sóbrio. Queria estar em seu juízo perfeito para o que tinha a dizer. Esperou por muito tempo, e o dia enfim havia chegado. Seu estômago revirava, mas ele sorriu e fez um brinde.

— A você, Srta. Worthington, e à maravilhosa amiga que se tornou — cumprimentou ele, fazendo-a sorrir.

— A você também — disse ela com gentileza, bebendo outro gole do champanhe. Não fazia a menor ideia do que Josiah tinha em mente. Ele podia ver isso no rosto dela. Annabelle era o retrato da inocência.

— É sempre um prazer estar com você, Annabelle — disse com simplicidade, e era verdade.

— Digo o mesmo — afirmou ela. — Sempre nos divertimos muito. — Começou a falar sobre os livros de medicina que ele lhe dera, mas Josiah a interrompeu com educação, o que a fez encará-lo, surpresa. Geralmente a deixava falar durante horas sobre o que havia aprendido nos livros.

— Tenho algo para lhe dizer. — Annabelle o encarou, pasma, imaginando o que poderia ser. Esperava que não fosse nenhum problema. — Esperei muito tempo para dizer isso. Não achei prudente abordar o assunto antes de abril, por causa do período de luto. E seu aniversário está chegando. Então aqui estamos.

— Estamos comemorando alguma coisa? — perguntou ela, de forma inocente, sentindo-se um tanto tonta por causa do champanhe.

— Espero que sim — murmurou ele. — Isso depende de você. A decisão é sua. O que quero dizer desde o último verão é que estou apaixonado por você. Não quero estragar nossa amizade ou assustá-la. Mas em algum momento me apaixonei por você, Annabelle. Acho que nos damos muito bem juntos, e não posso ficar solteiro para sempre. Nunca conheci uma mulher que tenha me feito querer casar. Mas não posso pensar em base melhor para o casamento do que a amizade, e é justamente o que temos. Então eu gostaria de pedir que me dê a honra de se casar comigo. — Ao dizer isso, viu que a jovem o encarava completamente perplexa. A boca estava ligeiramente aberta e os olhos, arregalados.

— Está falando sério? — perguntou-lhe, quando enfim recuperou o fôlego.

Josiah assentiu.

— Sim, estou. Sei que posso ter pegado você de surpresa, mas gostaria que pensasse no assunto. Annabelle, estou apaixonado por você há muito tempo.

— Por que não me falou nada antes? — Ele não sabia se ela estava feliz ou zangada. Mas, acima de tudo, Annabelle estava chocada.

— Achei que deveria esperar até o momento oportuno. — Annabelle assentiu. Era realmente o correto e fazia sentido. E Josiah sempre fazia tudo certo. Era uma das coisas que adorava nele. Porém, ela ainda o encarava com descrença. — Ficou aborrecida? — perguntou ele, parecendo preocupado, então ela meneou a cabeça. Lágrimas surgiram nos olhos dela enquanto o fitava.

— Não, claro que não. Estou muito comovida — respondeu, levando a mão até a dele.

— Sei que sou bem mais velho que você. Poderia ser seu pai. Mas não quero ser. Quero ser seu marido, e prometo cuidar bem de você para sempre.

Annabelle acreditava naquelas palavras, então indagou:

— Minha mãe sabe disso? — Isso explicaria as várias pequenas insinuações a respeito de Josiah, sempre descartadas por Annabelle.

— Pedi a permissão dela em outubro, e ela aceitou. Acho que acredita que seria bom para nós dois.

— Também acho — sussurrou Annabelle com um sorriso tímido. — Jamais esperava que isso pudesse acontecer. Pensei que fôssemos apenas amigos.

— Ainda somos — replicou ele, sorrindo de volta. — E, se aceitar o meu pedido, sempre seremos. Acho que marido e mulher devem ser bons amigos, acima de tudo. Quero ter filhos com você e passar o resto da minha vida ao seu lado. E eu sempre, sempre serei seu amigo.

— Eu também serei — disse ela, parecendo vaga. Pensar em ter filhos com ele a assustava um pouco, mas aquilo tocava seu coração. Enquanto o ouvia, tentou não pensar em todas as bobagens que Hortie havia contado sobre a lua de mel em Paris. O que ela compartilhava com Josiah parecia muito mais puro. Odiaria estragar isso. Mas Hortie sempre foi um pouco doida, e agora que havia descoberto o sexo estava pior. A única coisa que a desacelerava agora era estar ficando mais gorda a cada dia.

— Gostaria de um tempo para pensar? Sei que foi uma surpresa para você. Tenho segurado a língua por muito tempo. — E então ele riu. — Por isso o uísque, e a meia garrafa de vinho desta noite, e agora o champanhe. Acho que sua mãe deveria ter me avisado para não ficar bêbado. Precisei tomar um pouco de coragem para falar. Não sabia se você me rejeitaria ou se diria sim.

— São essas as minhas opções? — perguntou ela, esticando-se para lhe segurar a outra mão. — Rejeitar ou dizer sim?

— Em essência. — Josiah sorriu, apertando as mãos dela.

— Então é simples. A resposta é sim. Se eu o rejeitasse, seria uma confusão danada. Acho que nos colocariam para fora do restaurante, ou talvez você não fosse mais meu amigo.

— Sim, eu seria. — E então ele repetiu a mesma pergunta que ela fez ao ouvir o pedido. — Está falando sério? — Estava se referindo ao tímido "sim". Foi gentil, mas sincero.

— Sim, estou. Nunca pensei em nós dessa maneira. E sempre que a minha mãe insinuava alguma coisa eu achava que ela estava ficando doida. Mas agora, pensando bem, não há mais ninguém no mundo com quem eu gostaria de me casar. Exceto talvez Hortie, mas ela me daria muito trabalho. Então, se é para casar com minha melhor amizade, prefiro casar com você. — Os dois estavam rindo enquanto ela explicava.

— Já disse que te amo? — perguntou ele.

— Acho que sim. Mas sempre pode dizer novamente — respondeu ela, com carinho, dando um sorrisinho encantador.

— Eu te amo, Annabelle.

— Eu também te amo, Josiah. Te amo muito, muito mesmo. Acho que é a melhor maneira de garantir nossa amizade para sempre. — Quando ela disse isso, Josiah viu seus olhos se encherem de lágrimas e os lábios tremerem. Pôde ver que ela estava triste.

— O que há de errado? — murmurou ele.

— Queria contar para Robert e para o meu pai. Esta é a coisa mais importante que já me aconteceu, e não tenho para quem contar. Minha mãe já sabe. E quem vai me levar até o altar? — Ao dizer isso, lágrimas correram por suas faces.

— Vamos dar um jeito — disse ele com carinho, secando as lágrimas da amada com a mão. — Não chore, querida. Vai dar tudo certo.

— Eu sei. — Annabelle tinha certeza de que estaria sempre em boas mãos ao lado de Josiah. De repente, o casamento fazia todo sentido, embora não pensasse assim antes. Mas agora era ideia dele, e dela, não uma sugestão doida de alguém. Agora tudo fazia sentido. — E quando vamos nos casar?

— Não sei. A decisão é sua. Estou ao seu dispor a partir de hoje. Podemos nos casar quando quiser.

— Que tal em Newport no verão? — sugeriu ela, pensativa. — No jardim. Seria menos formal que na igreja. — E não haveria altar, algo que tanto a entristecia agora. Não tinha tios que a conduzissem pela nave da igreja, ninguém que pudesse representar seu pai ou seu irmão. Não tinha ninguém. Teria de cruzar a nave sozinha.

— Talvez pudéssemos fazer uma cerimônia bem pequena e uma grande festa depois. Sem papai e Robert, não me parece certo ter uma cerimônia grande, e acho que seria muito difícil para minha mãe. O que me diz de Newport em agosto?

— Parece ótimo. — Josiah abriu um grande sorriso. As coisas estavam indo melhor do que ele havia planejado ou sequer ousara esperar desde outubro passado. — Isso lhe dá tempo suficiente para organizar um casamento?

— Acho que sim. Não quero uma cerimônia como a do casamento da Hortie. E ela é a única madrinha que quero, e estará com nove meses de gravidez.

— Eu diria que ela está mais para mãedrinha — brincou ele. Os dois sabiam que a maioria das pessoas ficaria chocada por vê-la em um evento social naquela condição.

— Ela disse que talvez tenha o bebê em Newport — acrescentou Annabelle.

— Talvez ela o tenha na cerimônia. — Josiah riu. Tinha a sensação de que com Annabelle a vida seria sempre interessante.

— Ainda posso trabalhar como voluntária no hospital? — perguntou ela, parecendo preocupada.

— Pode fazer o que quiser — respondeu Josiah, sorrindo para ela.

— Minha mãe disse que eu teria de parar quando me casasse.

— Não tem de parar por mim, só talvez quando estiver grávida. Seria bom parar o trabalho por um tempo neste caso. — Só de ouvi-lo, ela podia dizer que ele seria compreensivo e que sempre estaria ali para protegê-la. Parecia o casamento perfeito, e Annabelle não conseguia imaginar por que não havia pensado nisso antes. Gostava de tudo o que Josiah falava.

Continuaram conversando por um bom tempo e fazendo planos. A mãe dele tinha falecido havia alguns anos, e seu pai tinha se casado pela segunda vez com uma mulher de que Josiah não gostava muito, mas achava que devia convidá-los, além de sua meia-irmã e o marido. Ele tinha dois tios e um irmão, que morava em Chicago, e por isso Josiah não tinha certeza se ele poderia comparecer. Contou que o irmão era um pouco excêntrico. Então acreditava que não haveria muitos familiares presentes, e tudo o que restara a Annabelle fora a mãe e vários primos distantes. Annabelle queria manter a lista com menos de cem convidados, talvez cinquenta. E a mãe poderia lhes dar uma grande festa na cidade no outono, o que Josiah achou ótimo. Gostava da ideia de uma cerimônia íntima e restrita, um momento especial, só deles, e não um evento grandioso para milhares. Nunca quis um casamento grande, aliás, até agora, nunca havia pensado em se casar.

— Aonde quer ir na lua de mel? — perguntou ele, todo contente. Agosto já estava chegando.

— Qualquer lugar que não necessite de um barco ou navio para chegar. Acho que não poderia fazer isso com minha mãe, e não sei se eu mesma gostaria.

— Vamos pensar em algumas opções. Talvez a Califórnia ou algum lugar nas Montanhas Rochosas. Ou Canadá, ou até o Maine. A Nova Inglaterra é linda no verão.

— Não me importa aonde iremos, Josiah — disse ela, com honestidade —, desde que eu esteja com você. — Era exatamente como ele se sentia. Fez um sinal para o garçom e pediu a conta. Tudo havia sido perfeito, e ele se desculpou por ainda não ter um anel. Havia ficado nervoso pensando em escolher o certo.

Josiah a levou para casa, e Consuelo estava acordada quando chegaram. Como sabia o que estava acontecendo, ficou agitada demais para dormir. Consuelo os fitou com expectativa quando eles passaram pela porta, e os dois exibiram grandes sorrisos.

— Tenho um genro? — perguntou, falando pouco mais alto que um sussurro.

— Terá um em agosto — disse Josiah, orgulhoso, com um dos braços ao redor dos ombros da noiva.

— Em Newport — acrescentou Annabelle, sorrindo em êxtase para o futuro marido.

— Ah, meu Deus, um casamento em Newport em agosto, com apenas três meses para organizar? Vocês dois não perdem tempo, não é?

— Queremos uma cerimônia pequena, mamãe — murmurou Annabelle, e a mãe compreendeu o porquê. Ouvir isso foi um grande alívio para ela também.

— Pode ter o que quiser — disse, de forma generosa.

— Só queremos uns cinquenta ou sessenta convidados, cem se for preciso, no jardim.

— Seu desejo é uma ordem — disse Consuelo, de brincadeira. Queria poder ligar para a florista e para o bufê naquele mesmo instante. Em vez disso, aproximou-se de Josiah e o abraçou, depois beijou a filha. — Estou muito feliz por vocês. Acho que serão muito felizes juntos.

— Nós também — disseram os dois em uníssono, e os três riram. Consuelo insistiu em servir-lhes uma taça de champanhe, e de repente Annabelle se lembrou do dia em outubro em que chegou do hospital e encontrou a mãe e Josiah bebendo champanhe no jardim.

— Você foi mesmo promovido naquele dia? — perguntou Annabelle a Josiah, enquanto a mãe servia o champanhe.

— Não, recebi você, ou a permissão da sua mãe. Eu disse a ela que queria esperar até maio para fazer o pedido.

— Que sorrateiros! — Ela riu, enquanto Consuelo fazia um brinde ao casal.

— Que sejam tão felizes quanto Arthur e eu fomos, que tenham vida longa e feliz, e uma dúzia de filhos.

Tanto Annabelle quanto Josiah levantaram as taças e tomaram um gole, depois a jovem se aproximou da mãe e a abraçou forte. Sabia que de certa forma era difícil para ela também. As duas sentiam muita falta de Arthur e Robert.

— Eu te amo, mamãe — murmurou Annabelle, enquanto Consuelo a abraçava forte.

— Também te amo, querida. E estou muito feliz por você. E sei que onde quer que seu pai e Robert estiverem agora, também estarão felizes.

As duas secaram os olhos enquanto Josiah pigarreava e virava de costas, para que não vissem que ele chorava também. Era realmente a noite mais feliz da vida dele.

Capítulo 7

Nas semanas seguintes, Consuelo ficou bastante ocupada. Teve de resolver tudo com os fornecedores e a florista em Newport, falar com o sacerdote, contratar os músicos. Já havia decidido abrir a casa em junho. O pai de Josiah aceitou recepcionar o jantar de ensaio, que seria realizado no Newport Country Club.

Consuelo também tinha de encomendar os convites. Annabelle precisava de um vestido de noiva e um enxoval. Havia milhares de detalhes para planejar e organizar, mas fazia um ano que Consuelo não se sentia tão feliz. Lamentava que a filha não tivesse o pai ali para assistir àquilo, por isso queria deixar tudo ainda mais bonito para compensar.

O noivado foi anunciado no *New York Herald* um dia antes do aniversário de Annabelle, que, no dia seguinte, ganhou um anel de noivado de Josiah. Era um diamante de 10 quilates que pertencera à mãe dele. Ficou perfeito na mão de Annabelle. Josiah achou que um anel de família seria mais significativo que um novo, e a noiva o adorou. Ela e a mãe já estavam procurando o vestido de casamento. E, por um golpe de sorte, encontraram um perfeito em primeiro de junho. Era um vestido elegante, feito em uma renda francesa maravilhosa, copiado de um modelo de Jean Patou, e simples o bastante para não parecer exagerado em um casamento num jardim em Newport. Possuía uma cauda longa e graciosa e um enorme véu.

Annabelle ficou magnífica nele. E quando pediu a Hortie que fosse sua madrinha, a velha amiga berrou.

— Está louca? Não pode se casar enquanto eu não tiver o bebê. Se sua mãe for providenciar uma tenda, é melhor pedir uma só para mim. É a única coisa que consigo vestir.

— Não importa como você vai estar, nem o que os outros possam dizer — insistiu Annabelle. — Só quero que esteja lá por mim. — Ainda era um assunto difícil para ela e para a mãe, mas havia decidido entrar sozinha.

— Nem deveria sair mais agora que estou assim. Todas as velhotas de Newport vão falar de mim por anos. — Annabelle estava bastante ciente disso também, e Hortie estava à beira das lágrimas.

— Quem se importa? Eu te amo, não ligo para sua aparência. E não queremos esperar. Agosto é perfeito para nós — implorou Annabelle.

— Eu te odeio. Talvez eu possa nadar bastante e ter o bebê antes. Mas ainda estaria gorda. — Quando percebeu que nada convenceria Annabelle a adiar o casamento por sua causa, Hortie enfim cedeu e prometeu que estaria lá, fizesse sol ou chuva. Era na semana anterior à data prevista do parto, e ela quase bateu em Annabelle quando a amiga sugeriu que o bebê talvez pudesse atrasar. Hortie queria que ele chegasse antes. Estava cansada de se sentir feia e gorda.

Annabelle e Hortie foram comprar o enxoval juntas. E Annabelle e Josiah ainda tinham de decidir onde iriam morar. Ele possuía uma casinha de veraneio confortável em Newport que herdara da mãe, mas seu apartamento em Nova York seria pequeno demais quando tivessem filhos. Combinaram que procurariam um maior depois que voltassem de Wyoming, local que escolheram para a lua de mel. Seria muito corrido tentar encontrar um lugar novo para morar naquele momento. Por enquanto, o apartamento dele era ideal para os dois. E ficava perto de onde a mãe dela morava, o que Annabelle gostava. Odiaria ter de se mudar e deixá-la sozinha. Sabia muito bem o quanto ela ficaria solitária.

Mas, naquele momento, Consuelo estava muito ocupada para se sentir solitária. Foi duas vezes a Newport para cuidar dos preparativos do casamento e dizer ao jardineiro exatamente o que queria. E conseguiram encontrar a tenda do tamanho perfeito, remanescente de um casamento do ano anterior.

E, para grande surpresa de Annabelle e Josiah, ao final de junho, todos os detalhes haviam sido resolvidos e acertados. Consuelo era um modelo de eficiência e queria que Annabelle tivesse o casamento perfeito. Josiah foi adorável neste período. Não ficou nervoso nem agitado, apesar da longa espera para se casar aos 39 anos. Uma vez que se decidiu, estava pronto e completamente calmo. Muito mais do que a noiva.

Tão logo o anúncio saiu no *Herald*, foram convidados para vários compromissos e saíram quase todas as noites. Formavam um casal espirituoso, e apenas duas amigas de Consuelo fizeram comentários desagradáveis sobre Josiah ser velho demais para Annabelle. Consuelo garantiu que ele era uma excelente pessoa. Seu próprio primo, John Jacob Astor, que tinha 40 e poucos anos, havia se casado com Madeleine quando ela tinha apenas 18. Josiah provava, todos os dias, que era o marido perfeito para Annabelle, que até conseguiu continuar com o trabalho voluntário, com a bênção dele, até o fim de junho. Tirou uma licença até o fim do outono.

A única coisa que Consuelo queria deles, e repetia com bastante frequência, eram netos tão logo possível. Annabelle achava que seria capaz de gritar se ela dissesse isso mais uma vez.

E Hortie não parava de falar nas surpresas que estavam para acontecer com Annabelle, e no quanto o sexo seria ótimo. Era irritante ouvir todos os conselhos indesejados da fiel amiga, que ficava maior a cada dia. Hortie estava imensa, e Annabelle esperava não ficar como ela quando engravidasse. Foi o que disse um dia a Josiah, que achou graça.

— Vai ficar linda quando isso acontecer, Annabelle; e nossos bebês serão lindos também. — Ele a beijou com carinho. Eles tinham muito por esperar. E muito para fazer nos dois meses seguintes.

Era como se todos que Josiah conhecia quisessem lhes oferecer uma festa. Aos 39 anos, ele finalmente estava se casando. Henry Orson lhe ofereceu uma despedida de solteiro. Josiah admitiu que se divertiram muitíssimo, embora não tenha dado detalhes. Nenhum dos homens que compareceram o fez.

Consuelo já estava em Newport em junho, e Annabelle se juntou a ela em meados de julho. Josiah chegou, para ficar na casa dele, no fim do mês. Henry Orson veio com ele, para dar apoio moral ao amigo, que parecia estar se saindo muito bem, e ficaria na casa de Josiah enquanto o casal estivesse na lua de mel. O noivo havia tirado três semanas adicionais de férias naquele ano, para a lua de mel. O banco foi compreensivo quanto a isso, particularmente porque Annabelle era a noiva.

Annabelle acabou se afeiçoando a Henry. Ela o achava inteligente, espirituoso, gentil e um tanto tímido e sempre pensava em qual das jovens amigas lhe apresentar. Já havia lhe apresentado várias, e ele admitiu ter gostado de duas, embora ainda não houvesse surgido nada sério com nenhuma delas, mas Annabelle tinha esperanças. E quando ele e Josiah se juntavam, era diversão na certa. Henry sempre foi extremamente simpático com ela. Era para Josiah o que Hortie era para Annabelle, seu mais antigo amigo de escola. E Annabelle o admirava muitíssimo.

Hortie já havia se estabelecido em Newport para o verão, na casa dos pais, e James estava com ela. Pareciam quase certos de que teriam o bebê lá, e ela visitava Annabelle todos os dias. Annabelle ajudava a mãe quando podia, mas Consuelo garantia que estava tudo sob controle. Annabelle havia levado o vestido de casamento consigo. Ofereceram-lhes mais festas em Newport. E os Astors deram um grande baile para o casal. Consuelo reclamou que nunca passou tantas noites fora na vida, mas gostou de todas.

O número de convidados para o casamento já havia ultrapassado a marca de cem e se aproximava dos 120. Sempre que alguém lhes oferecia uma festa, tinham de acrescentar a pessoa à lista. Mas o

73

jovem casal estava adorando. Josiah comentou com sarcasmo certo dia no almoço, quando ele e Henry chegaram para um piquenique, que, se soubesse que casar era tão divertido, teria feito isso bem antes.

— Que bom que não fez — lembrou-lhe Annabelle —, porque senão não estaria se casando comigo.

— Tem razão. — Ele riu.

Hortie agora andava com dificuldades, e sempre que Annabelle a via, não conseguia deixar de rir. Era difícil acreditar que ela ficaria ainda maior no próximo mês. Parecia que ia explodir. Josiah e Henry tiveram de ajudá-la a sentar no gramado, e foi necessário ainda mais esforço e quase um guindaste para recolocá-la de pé.

— Não tem graça — disse ela, quando os três riram. — Não vejo meus pés há meses. — Ela dizia que se sentia um elefante. E realmente parecia um.

— O que vai vestir no casamento? — perguntou Annabelle, com ar de preocupação. Não conseguia imaginar um vestido grande o suficiente para a amiga.

— Um lençol, eu acho. Ou a tenda.

— É sério, tem alguma coisa que caiba? Você não vai escapar dessa.

— Não se preocupe, estarei lá — garantiu ela. — Não perderia isso por nada nesse mundo. — Já havia, na verdade, pedido à modista da mãe que lhe costurasse algo. Parecia uma gigantesca tenda azul-clara, e encomendara sapatos para combinar. Não era exatamente o vestido de uma madrinha, mas era tudo o que conseguiria vestir. Havia detestado, mas era tudo o que tinha.

Consuelo havia encomendado um vestido verde-esmeralda com um chapéu combinando, e planejava usar as esmeraldas que Arthur lhe dera. Era uma cor que lhe caía bem, e Annabelle sabia que ela estaria adorável como mãe da noiva.

Por fim, o grande dia chegou. O pai e a madrasta de Josiah chegaram de carro de Boston, com a meia-irmã do noivo, o marido dela e o bebê. Annabelle gostou de todos eles. E o jantar de ensaio foi ótimo. Consuelo se deu bem com a família do futuro genro e os convidou para almoçar um dia antes do casamento. As duas famílias estavam felizes pelo casal. Era a união de duas famílias muitíssimo respeitadas, de duas pessoas que todos amavam. E como Josiah havia previsto, seu irmão excêntrico, George, que morava em Chicago, decidiu não comparecer. Preferiu participar de um torneio de golfe. Era o jeito dele, e Josiah não ficou magoado. Sua presença teria sido um incômodo, então sua ausência era um alívio. A família dele nunca fora muito normal e equilibrada quanto a de Annabelle. E a madrasta lhe dava nos nervos. Falava alto e sua voz era esganiçada, e reclamava o tempo todo.

Consuelo tomou o *brunch* com a família de Josiah na manhã do casamento, sem a noiva nem o noivo. Para não dar azar, Annabelle não queria ver Josiah antes da cerimônia. Ele e Henry estavam relaxando em casa, tentando se refrescar. Estava muito quente aquele dia, e Consuelo temia que as flores murchassem e o bolo de casamento derretesse antes que a cerimônia começasse. A cerimônia estava marcada para as sete horas, e o jantar seria servido às nove. Não havia dúvidas de que a festa iria até tarde.

A lista fechou com 140 convidados, metade da noiva e metade do noivo. E Henry Orson, claro, seria o padrinho.

Hortie seria a madrinha, se não tivesse o bebê antes do casamento, o que poderia acontecer. Achou melhor avisar a Annabelle que estava tendo contrações havia dois dias e que rezava para que a bolsa não estourasse no altar. Já bastava a aparência não muito boa dela. Mas não podia desapontar a melhor amiga. Annabelle lhe confessou que não ter o pai nem o irmão ali já estava sendo muito triste, então Hortie não poderia abandoná-la.

Blanche viera para Newport com elas para o casamento. Estava toda alvoroçada no quarto de Annabelle à tarde, paparicando-a como se ela fosse um bebê. E quando chegou a hora, ela e Consuelo a ajudaram a colocar o vestido de noiva. Justo e de cintura apertada, o vestido ficou maravilhoso nela. Consuelo, emocionada, pôs a grinalda no cabelo loiro da filha, que ajustou o véu. As duas mulheres deram um passo para trás para vê-la melhor, lágrimas escorriam por suas faces. Sem dúvida, Annabelle era a noiva mais linda que já haviam visto.

— Ah, meu Deus — sussurrou Consuelo, enquanto Annabelle abria um grande sorriso. — Você está incrível. — Annabelle era a mulher mais feliz do mundo e mal podia esperar para que Josiah a visse. E todas gostariam muito que seu pai estivesse ali. Consuelo sabia que, se ele estivesse presente, ficaria com um nó na garganta ao entrar de braços dados com a filha. Annabelle sempre fora seu orgulho e sua alegria.

Blanche e Consuelo ajudaram Annabelle a descer a escada, segurando a longa cauda do vestido. Uma das criadas lhe entregou um enorme buquê de lírios-do-vale, e assim, a noiva, sua mãe e Blanche saíram pela porta lateral. Blanche correu para avisar aos pajens que a noiva estava vindo. Os convidados estavam em seus lugares, Josiah e Henry estavam no altar, Hortie, ao lado deles, parecendo um balão azul-claro gigante. Várias senhoras de Newport ficaram de queixo caído quando a viram. Mas todos também sabiam que aquele não era um casamento comum. O noivo era quase vinte anos mais velho que a noiva, nunca havia se casado, e a família de Annabelle havia passado por uma grande tragédia pouco mais de um ano antes. Era preciso levar todos esses fatores em consideração.

Consuelo parou uma última vez no jardim lateral, olhando com amor para a filha, e lhe deu um abraço.

— Seja feliz, minha querida... Papai e eu te amamos muito — E então, com lágrimas nos olhos, ela correu para ocupar seu lugar na primeira fileira de cadeiras que foram dispostas no jardim principal.

Os 140 convidados estavam lá, e, assim que Consuelo tomou seu lugar, os músicos começaram a tocar o Coro Nupcial da *Lohengrin*, exatamente como no casamento de Hortie. Aquele era o grande momento. A noiva estava vindo. Consuelo olhou para Josiah, que sorriu para ela. Uma alegria radiante tomou conta dos dois. E, mais do que nunca, Consuelo sabia que ele era o homem certo para a filha. E tinha certeza de que Arthur pensaria o mesmo.

Todos os convidados se levantaram ao sinal do sacerdote e se viraram. A tensão era enorme, enquanto, vagarosa e solenemente, a magnífica noiva atravessava a extensão do jardim a passos medidos, sozinha. Não havia ninguém ao seu lado, ninguém para guiá-la, protegê-la ou entregá-la ao homem com quem iria se casar. Caminhava até ele com orgulho e calma, com total certeza e dignidade, sozinha. Já que não havia quem a entregasse a Josiah, estava entregando-se ela mesma, com a bênção da mãe.

Todos ficaram boquiabertos quando a viram, e a força da tragédia que os impactara atingiu também os convidados quando viram a noiva miúda e adorável deslizando na direção deles, com o imenso buquê de lírios-do-vale nas mãos, e o rosto coberto por um véu.

Parou diante de Josiah e do sacerdote, enquanto Henry e Hortie ficavam ao lado deles. Noiva e noivo olhavam-se através do véu, e Josiah segurou-lhe a mão. Annabelle fora muito corajosa.

O sacerdote se dirigiu à assembleia reunida e deu início à cerimônia. Quando perguntou quem dava aquela mulher em casamento, a mãe respondeu com clareza da primeira fileira "Eu dou", e a cerimônia prosseguiu. No momento indicado, Josiah ergueu o véu com delicadeza e a olhou nos olhos. Falaram os votos um para o outro, ele colocou a fina aliança de diamante no dedo dela, e Annabelle, a simples aliança de ouro no dele. Foram declarados marido de mulher, beijaram-se, e então, sorrindo, refizeram o caminho pelo corredor. Discretas lágrimas desciam pelo rosto de Consuelo enquanto os observava, e, a exemplo da filha, seguiu pelo corredor sozinha, atrás de Henry e Hortie, que gingava contente de braço dado com o padrinho. Nem ele nem os convidados nunca haviam visto uma grávida tão grande. Mas Hortie havia decidido aproveitar o casamento e estava satisfeita por estar presente. Encontrou James rapidamente na multidão. Consuelo, Annabelle e Josiah formaram uma fila para receber os cumprimentos dos convidados.

Meia hora depois, todos estavam entrosados, conversando e desfrutando o champanhe. Fora um casamento bonito, discreto e comovente. Annabelle olhava para Josiah com adoração quando Henry veio lhe beijar e dar felicitações, e parabenizar o noivo.

— Bem, conseguiu — Ele riu. — Você o tornou civilizado. Diziam que não era possível — disse a Annabelle.

— Você é o próximo — provocou ela enquanto o beijava. — Agora temos de encontrar alguém para você.

Ele ficou nervoso ao ouvi-la e tentou disfarçar o medo.

— Creio que não estou pronto para isso — confessou. — Acho que prefiro ficar com vocês e desfrutar das emoções do casamento dos outros. Não se importa se eu grudar em vocês, não é? — Ele estava apenas brincando, mas Annabelle disse que ele seria bem-vindo sempre. Sabia o quanto ele e Josiah eram próximos, assim como ela e Hortie. Havia espaço na nova vida deles para os velhos amigos.

Annabelle e Josiah cumprimentaram todos os convidados, e pouco depois das nove horas, todos tomaram seus lugares nas mesas. A noiva e sua mãe foram meticulosas com os assentos, garantindo que todas as pessoas importantes de Newport recebessem a devida deferência. Consuelo estava sentada com a família de Josiah, e, na mesa dos noivos, colocaram Henry, uma das amigas de Annabelle, James e Hortie e mais três casais de quem gostavam. A maior parte dos convidados era de pessoas que eles realmente queriam que estivessem ali. Convidaram pouquíssimas pessoas por obrigação, com a exceção de alguns funcionários do banco de Arthur, com quem Josiah trabalhava. Pareceu adequado incluí-los.

Josiah dançou a primeira valsa com Annabelle. A música era lenta e eles executaram os passos perfeitamente. Era uma música que os dois adoravam e dançavam com frequência. Os noivos eram exímios dançarinos e pareciam deslumbrantes na pista de dança. Em seguida, o pai de Josiah dançou com a noiva, e, Josiah, com a mãe dela. Depois os demais convidados os acompanharam na dança. Eram quase dez da noite quando as pessoas começaram a saborear o suntuoso banquete que Consuelo providenciara. Dançavam entre um prato e outro, conversavam, riam, divertiam-se e comentavam o quanto a comida estava boa, o que era raro em casamentos. Os recém-casados cortaram o bolo à meia-noite, dançaram um pouco mais, e os convidados só começaram a deixar a festa depois das duas da manhã. O casamento foi um grande sucesso, e, quando entraram no Hispano-Suiza de Arthur para passar a noite no New Cliff Hotel, Josiah inclinou-se para beijá-la.

— Obrigada pela noite mais bonita de minha vida — disse, enquanto grãos de arroz e pétalas de rosas começavam a chover sobre eles. Josiah puxou a noiva para perto de si dentro do carro. Já haviam agradecido à mãe dela diversas vezes pelo casamento perfeito, e prometeram dar uma passada lá pela manhã, antes de seguirem para a cidade para pegar o trem para Wyoming. A bagagem deles já estava preparada no hotel. Annabelle vestiria um conjunto de linho azul-claro quando partissem na manhã seguinte, com um imenso chapéu de palha com flores azul-claras e pequenas luvas azuis para combinar.

Acenaram para os convidados quando o carro saiu para levá-los ao hotel, e por um instante Annabelle pensou no que o futuro lhe reservava. A última coisa que viu enquanto se afastavam foi a forma enorme de Hortie acenando para eles. Annabelle riu, acenando de volta e esperando que, se um dia engravidasse, não ficasse nada parecida com a amiga nove meses depois. Henry havia sido a última pessoa a beijá-la e a cumprimentar Josiah. Os dois homens se encararam e sorriram um para o outro, enquanto Henry felicitava os noivos. Era um bom homem, Annabelle sabia disso, mais irmão de Josiah do que George.

Ficaram um tempo sentados na sala de estar da suíte — ela com o vestido de noiva, ele ainda de gravata branca e fraque — conversando sobre o casamento, sobre os amigos, sobre como a cerimônia tinha sido bonita, e o extraordinário trabalho que Consuelo fizera. Annabelle sentiu falta do pai e do irmão, mas agora ela agora tinha Josiah, alguém para apoiá-la, amá-la e protegê-la. E ele contava com Annabelle para apoiá-lo e adorá-lo, pelo resto da vida. Não precisavam de mais nada.

Eram três da manhã quando os dois seguiram para banheiros separados e depois se reencontraram. Ele estava em um pijama de seda branca que ganhara de presente para a ocasião; ela, em uma delicada camisola de *chiffon* branco, a parte de cima incrustada de perolazinhas, com um robe combinando. Annabelle riu como uma menininha ao ficar ao lado dele na cama. Josiah esperava por ela e a tomou nos braços. Suspeitava o quanto Annabelle estava nervosa, e os dois estavam cansados depois da longa noite.

— Não se preocupe, querida — murmurou. — Temos muito tempo. — E então, para grande contentamento e surpresa dela, Josiah a abraçou com carinho, até que Annabelle pegou no sono, sonhando com o quanto tudo fora bonito. No sonho dela, os dois estavam no altar, trocando votos, e desta vez o pai e o irmão estavam lá, testemunhando tudo. Ela os sentira presentes de alguma forma e caiu no sono enquanto Josiah a abraçava com delicadeza, como a joia inestimável que ela era para ele.

Capítulo 8

Como prometido, Annabelle e Josiah pararam para se despedir da mãe dela a caminho da cidade. O Hispano-Suiza, dirigido por Thomas, os levaria à estação para que pegassem o trem naquela tarde. Seguiriam para Chicago na primeira parte da viagem e de lá trocariam de trem para prosseguir a jornada rumo a Wyoming, no oeste, para um rancho que Josiah havia visitado uma vez e adorado. Os dois andariam a cavalo, sairiam para pescar e caminhar em meio ao incrível cenário da Grand Teton. Josiah lhe disse que a montanha era mais bonita que os Alpes Suíços — e não precisariam pegar um navio para chegar lá. Ficariam por quase três semanas. Depois voltariam para Nova York para procurar uma casa nova, grande o bastante para eles e para os filhos que esperavam ter. Consuelo torcia para que, assim como Hortie, Annabelle voltasse grávida da lua de mel.

Consuelo examinou o rosto da filha na manhã seguinte, procurando as mudanças e a meiguice de uma mulher amada, mas só o que viu foi a criança sorridente que amou durante toda a vida. Nada havia mudado. Ela ficou feliz em ver que Annabelle havia se adaptado bem. Não havia recalcitrância nem o ar apavorado que às vezes se via no rosto das noivas depois da noite de núpcias. Annabelle estava tão feliz como de costume, e ainda tratava Josiah mais como velho amigo que um novo amor. Antes de se despedirem da mãe, pararam na casa de Josiah para darem tchau a Henry também.

Consuelo estava almoçando com o pai e a madrasta de Josiah quando o novo casal chegou. Todos estavam animados e conversavam sobre as delícias e a beleza da noite anterior. A mãe abraçou a filha mais uma vez. Annabelle e Josiah agradeceram ao pai dele pelo jantar de ensaio e partiram no Hispano-Suiza minutos depois.

Ela teria gostado de parar para se despedir de Hortie também, mas Consuelo disse que James havia mandado um recado dizendo que ela estava em trabalho de parto. A mãe e o médico estavam com ela, e James almoçava com os amigos. Annabelle esperava que tudo corresse bem. Sabia que Hortie estava nervosa em relação ao tamanho do bebê, e com o quanto seria difícil parir. Uma das amigas, que debutara na mesma época que elas, havia morrido no parto poucos meses antes. Foi chocante para todos. Era algo que acontecia, e às vezes não podia ser evitado. E depois geralmente vinham as infecções, que quase sempre matavam a mãe. Então Annabelle fez uma oração silenciosa por Hortie ao partir, imaginando se Consuelo estaria certa, se seria um menino. Era um pensamento animador, o que a fez imaginar também se voltaria grávida da lua de mel, com um bebê concebido nas florestas de Wyoming.

Estava grata por Josiah ter sido gentil e respeitoso na noite anterior. Acrescentar a novidade do sexo a um dia tão sobrecarregado teria sido demais, embora estivesse disposta a experimentar caso ele tivesse insistido. Mas precisava admitir, estava contente por ter acontecido o contrário. Josiah era o marido perfeito, gentil e compreensivo, e como lhe prometera no começo, ainda era seu melhor amigo. Ela o olhava com adoração enquanto eram conduzidos à cidade. Conversaram um pouco mais sobre a festa, e ele lhe descreveu Wyoming mais uma vez. Havia prometido lhe ensinar a pescar. Para Annabelle, parecia ser a lua de mel perfeita. Josiah também achava.

Chegaram a Nova York às cinco da tarde, bem adiantados para o trem das seis horas, e se acomodaram no maior compartimento da primeira classe. Annabelle bateu palmas de felicidade quando viu o lugar.

— Isso é tão divertido! Adorei! — Deu uma risadinha, enquanto Josiah sorria contente.

— Você é tão bobinha, e eu te amo. — Passou os braços em torno dela e a beijou ao mesmo tempo que a puxava para si.

Passariam o dia seguinte em Chicago, antes de pegar outro trem e seguir para o oeste naquela noite. Josiah lhe prometera mostrar a cidade durante a breve parada e reservara uma suíte no Palmer House Hotel, para poderem descansar com conforto entre uma viagem e outra. Ele havia pensado em tudo. Queria que Annabelle ficasse feliz. Ela merecia, depois de tudo o que perdera, tudo o que sofrera, e ele jurou para si mesmo, enquanto o trem deixava a Grand Central Station, que jamais a desapontaria. E cada palavra era verdadeira. Era uma promessa solene.

Às seis horas daquela tarde, quando o trem de Josiah e Annabelle deixava a estação, o bebê de Hortie ainda não havia nascido. Estava sendo um parto difícil. O bebê era grande, e ela, pequena. Ela estava gritando e se contorcendo havia horas. James voltou para casa depois do almoço e achou os gritos dela tão lancinantes e desconcertantes que teve de se servir de uma bebida forte e sair de novo para jantar com os amigos. Odiava pensar em Hortie sofrendo, mas não havia nada que pudesse fazer. Aquilo dizia mais respeito às mulheres. Tinha certeza de que o médico, a mãe dela e as duas enfermeiras estavam fazendo tudo o que podiam.

Estava bêbado quando voltou para casa, às duas horas daquela madrugada, e ficou espantado ao saber que o bebê ainda não havia nascido. Estava embriagado demais para notar o pavor estampado no rosto da sogra. Hortie agora estava tão fraca que os gritos haviam diminuído, para grande alívio dele, e um lastimável gemido animal ecoava pela casa. James pôs um travesseiro sobre a cabeça e foi dormir. Uma rápida batida na porta do quarto de hóspedes, onde estava dormindo, o mais longe possível do quarto em que a esposa estava em trabalho de parto, por fim o despertou às cinco da manhã. Era sua sogra para dizer que seu filho havia nascido, e que pesava quase 4,5 quilos. O bebê havia destruído a filha dela, mas ela não contou isso a James. Se ele estivesse mais sóbrio, teria percebido sozinho. James agradeceu-lhe pela notícia e voltou a dormir, prometendo ver Hortie e o bebê pela manhã quando acordasse. Não poderia vê-la naquele momento, de qualquer forma, pois o médico estava dando pontos nos rasgos que o parto causara.

Hortie teve um sofrido trabalho de parto de 26 horas. Ainda estava soluçando muito quando o médico começou a dar pontos, com todo cuidado, antes de finalmente lhe ministrar clorofórmio. Foram horas difíceis, e ela poderia ter morrido. E havia a preocupação com uma infecção, então ela ainda não estava fora de perigo. Mas o bebê estava bem. Só a mãe dele não estava nada bem. Sua iniciação na maternidade havia sido uma prova de fogo. A mãe de Hortie falaria sobre o assunto com suas amigas por meses. Mas tudo o que diria publicamente era que o bebê havia chegado, e que mãe e filho passavam bem. O resto só poderia ser dito entre mulheres, a portas fechadas, mantendo a agonia do parto, e seus terríveis riscos, cuidadosamente longe dos ouvidos masculinos.

Quando Consuelo soube de tudo pela mãe de Hortie no dia seguinte, lamentou que a moça tivesse sofrido tanto. O parto de Robert havia sido fácil para Consuelo, mas o de Annabelle foi mais desafiador, pois ela nasceu virada, os pés saíram antes, e foi um milagre as duas terem sobrevivido. Só esperava que a filha tivesse um parto mais fácil que o da amiga. Estavam fazendo todo o possível para evitar uma infecção, mas era difícil, depois de um nascimento tão trabalhoso, embora ninguém soubesse o porquê.

Consuelo disse que a visitaria nos próximos dias, mas a mãe dela admitiu que Hortie ainda não estava bem e que talvez demorasse um tempo para se recuperar. Estavam planejando mantê-la de cama por um mês. Contou que James ficou com Hortie e o bebê por alguns minutinhos, que haviam dado uma cor às bochechas dela e penteado seus cabelos, mas que ela só chorou. James estava empolgadíssimo com o filho. Isso fez Consuelo pensar em Arthur, que sempre fora muito atencioso com ela depois do nascimento das crianças. Para um homem jovem, havia sido carinhoso e compreensivo, algo incomum. E ela tinha a sensação de que Josiah seria assim também. Mas James era pouco mais que um garoto e não tinha ideia do que um parto acarretava. Havia dito no casamento que esperava ter outro em breve, e Hortie rira e revirara os olhos. Consuelo lamentava por ela, sabendo o que tinha acabado de sofrer. Enviou uma cesta de frutas e um imenso buquê de flores de presente naquela tarde, e rezou para que ela se recuperasse logo. Era tudo o que se podia fazer. Ela estava em boas mãos. E Consuelo sabia muito bem que, depois daquele dia, Hortie já não seria mais a garota despreocupada de antes. Ela pagara seus pecados.

Hortie conseguiu sair da cama em três semanas, em vez de um mês. O bebê estava crescendo. Tinham uma ama-seca para ele, e haviam amarrado os seios de Hortie para estancar o leite. Ela ainda estava um tanto cambaleante, mas parecia bem. Era jovem e saudável, teve sorte de não ter infecções e já não corria mais risco. Consuelo a visitou várias vezes. James estava explodindo de orgulho com o filho enorme, a quem deram o nome de Charles. O bebê ficava mais gordo a cada dia. E, três semanas depois do parto, levaram Hortie de volta para Nova York em uma ambulância, para que ela se recuperasse na cidade. Estava feliz por voltar para casa. Consuelo deixou Newport no mesmo dia.

Foi solitário voltar para Nova York. A casa estava quieta demais sem Annabelle, que era tão cheia de luz, vida e diversão, sempre cuidando da mãe e se oferecendo para fazer coisas com ela. Todo o peso da solidão e isolamento de seu futuro atingiu Consuelo como uma bomba naquele momento. Era difícil ficar sozinha. E agradeceu porque os recém-casados chegariam da lua de mel em dois dias. Havia encontrado Henry Orson na rua, que também lhe pareceu solitário. Josiah e Annabelle traziam tanta luz e alegria quando estavam por perto que, sem eles, todos se sentiam despojados. Consuelo, Hortie e Henry mal podiam esperar pela volta do casal.

E então, com uma explosão de alegria, eles retornaram. Annabelle insistiu em parar para falar com a mãe a caminho de casa, e Consuelo ficou contente por vê-la, parecia saudável, feliz e bronzeada. Josiah também parecia bem. Ainda se provocavam feito crianças no pátio da escola, brincando, rindo, fazendo piada de tudo. Annabelle disse que Josiah a ensinou a pescar com mosca artificial, e que ela tinha pegado uma truta enorme sozinha. Josiah parecia orgulhoso dela. Haviam andado a cavalo, caminhado pelas montanhas e desfrutado bastante a vida no rancho. Annabelle parecia uma criança que passara o verão fora. Era difícil acreditar que já era adulta e casada. E Consuelo não via nenhuma das sutilezas e insinuações de feminilidade no rosto da filha. Não sabia se um bebê havia sido concebido e também não queria perguntar. Mas Annabelle parecia a mesma moça gentil, amorosa e feliz que era quando partiu. Perguntou como Hortie estava, e Consuelo respondeu que estava bem. Não queria assustar Annabelle com histórias sobre o parto, nem seria adequado aos ouvidos de Josiah, então simplesmente disse que tudo tinha corrido bem e que o bebê havia recebido o nome de Charles. Deixou que Hortie contasse o resto a Annabelle, ou não. Esperava que não. A maior parte era muito assustadora para uma jovem ouvir. Particularmente uma jovem que talvez pudesse passar pelo mesmo em breve. Não havia razão para apavorá-la.

Ficaram lá durante uma hora e depois se despediram. Annabelle prometeu visitar a mãe no dia seguinte, e os dois aproveitariam para jantar com ela. E, após se despedirem de Consuelo, o casal foi para casa. Consuelo ficou imensamente feliz em vê-los, mas a casa pareceu mais vazia do que nunca quando o casal partiu.

Mal comia ultimamente, pois era muito desolador sentar na sala de jantar sozinha.

Conforme prometido, Annabelle foi almoçar com ela no dia seguinte. Estava vestindo um dos trajes do enxoval, um conjunto de lã azul-marinho bem adulto, mas ainda parecia uma criança para a mãe. Mesmo com os ornamentos da feminilidade e uma aliança no dedo, agia como uma menina. Parecia muito feliz ao conversar durante o almoço e perguntou-lhe o que andava fazendo. A mãe respondeu que não estava na cidade havia muitos dias, pois tinha ficado em Newport por mais tempo que de costume, desfrutando do clima de setembro, e agora planejava retomar o trabalho voluntário no hospital. Esperava que Annabelle dissesse que a acompanharia, ou mencionasse que voltaria ao Hospital para Alívio dos Fraturados e Mutilados, mas, para a surpresa de Consuelo, ela disse que preferia ser voluntária no Hospital para Imigrantes de Ellis Island. O trabalho lá seria mais interessante e desafiador, e estavam tão desfalcados que ela teria mais oportunidades de ajudar com o trabalho médico, e não apenas carregar bandejas. Ao ouvir isso, a mãe ficou aborrecida.

— Aquele povo está sempre doente, eles trazem doenças de outros países. As condições lá são terríveis. Acho que é uma coisa muito tola de se fazer. Você acabará pegando uma gripe de novo ou algo pior. Não quero que faça isso.

Mas Annabelle agora era uma mulher casada, e era da conta de Josiah o que ela fazia. Consuelo perguntou à filha se ele sabia de suas intenções. Annabelle assentiu e sorriu. Josiah era muito sensato em relação a esse tipo de assunto e sempre fora compreensivo com os interesses médicos dela e o trabalho voluntário que a esposa fazia. Inclusive a incentivava. Havia contado a ele sobre seus novos planos.

— Ele não vê problema.

— Ora, eu vejo. — Consuelo franziu a testa, bastante chateada.

— Mamãe, não se esqueça de que o pior caso de gripe que já tive foi contraída em salões de baile e festas quando fui debutante. Não quando eu trabalhava com os pobres.

— Razão ainda maior para que não faça isso — replicou Consuelo, firme. — Se consegue ficar doente em festas, em meio a pessoas saudáveis e de boa condição, imagine se não ficaria doente trabalhando com pessoas que vivem em condições terríveis e estão infestadas de doenças. Além disso, quando ficar grávida, o que eu espero que aconteça logo, se já não aconteceu, seria uma ideia terrível e colocaria você e o bebê em risco. Josiah pensou nisso? — Algo que Consuelo não compreendeu cruzou os olhos da filha, mas sumiu em um lampejo.

— Não estou com pressa de começar uma família, mamãe. Josiah e eu queremos nos divertir primeiro. — Era a primeira vez que Consuelo ouvia isso dela, o que a deixou surpresa. Imaginou se estaria usando um dos novos, ou mesmo algum dos antigos, métodos para evitar filhos. Mas não ousou perguntar.

— Quando decidiu isso? — O comentário da filha havia respondido à pergunta de Consuelo sobre Annabelle ter engravidado na viagem. Aparentemente, ela não tinha.

— Acho que sou muito jovem, e estamos nos divertindo muito para nos preocuparmos com um bebê. Queremos viajar mais. Talvez ir para a Califórnia no ano que vem. Josiah disse que São Francisco é um lugar lindo e quer me mostrar o Grand Canyon. Não posso fazer essa viagem grávida.

— O Grand Canyon pode esperar — disse a mãe, parecendo desapontada. — Lamento ouvir isso. Eu espero ter netos — completou, triste. Não tinha nada na vida agora, exceto as visitas de Annabelle, que adorava, uma vez que não morava mais com ela. Netos preencheriam o vazio nela.

— Vai tê-los — garantiu Annabelle. — Só que não será agora. Não tenha tanta pressa. Como Josiah diz, temos muito tempo. — Ele havia dito isso mais de uma vez na viagem, e ela não teve escolha senão concordar. Ele era seu marido, afinal, e ela tinha de respeitá-lo.

— Bem, mesmo assim não quero você trabalhando no hospital de Ellis Island. Pensei que gostasse do trabalho voluntário que estava fazendo. — O Hospital para Alívio dos Fraturados e Mutilados já era bem ruim, na opinião de Consuelo. O Ellis Island era inimaginável.

— Acho que o hospital de Ellis Island seria mais interessante, e me daria mais chances de melhorar minhas habilidades — repetiu Annabelle, e a mãe ficou surpresa por ouvir isso.

— Que habilidades? O que você esconde na manga?

Annabelle era sempre cheia de ideias novas, particularmente sobre medicina e ciência. Eram claramente sua paixão, mesmo que não as exercesse de maneira oficial.

— Nada, mamãe — respondeu Annabelle, séria, parecendo um pouco triste. — Só queria poder ajudar mais, e acho que sou capaz de fazer mais do que me deixam nos hospitais aqui. — A mãe não sabia que ela desejava ser médica. Aquele era um sonho que Annabelle sabia que nunca daria frutos, então por que falar disso e aborrecê-la? Mas pelo menos poderia chegar mais perto, como voluntária. No Hospital para Imigrantes de Ellis Island, com carência de pessoal e lotado de pacientes, ela teria como fazer isso. Foi Henry Orson quem lhe sugeriu. Conhecia um médico de lá e prometeu apresentá-la a ele. E como a ideia tinha sido de Henry, Josiah aprovou o plano.

Annabelle foi visitar Hortie depois do almoço com a mãe. Ainda ficava na cama na maior parte do tempo, mas se levantava com cada vez mais frequência. Annabelle ficou chocada com o quanto ela parecia magra e cansada. O bebê era grande e bonito, mas Hortie parecia ter voltado de uma guerra, e disse que fora uma guerra mesmo.

— Foi horrível — relatou à amiga. Seus olhos ainda contando a história. — Ninguém nunca me disse que seria assim. Pensei que estivesse morrendo, e minha mãe falou que foi por pouco. E James disse que quer outro logo. Acho que ele está tentando começar uma dinastia, ou um time de beisebol, ou qualquer coisa assim. Ainda não consigo sentar, e foi sorte não ter tido uma infecção. Provavelmente teria me matado, como aconteceu com Aimee Jackson no ano passado. — Hortie parecia bastante impressionada e muito abalada com o que havia sofrido. E Annabelle não pôde deixar de se perguntar se o bebê valia isso. Era uma gracinha, mas não teria sido tão adorável se sua chegada tivesse matado Hortie, o que quase aconteceu. Pareceu-lhe aterrorizante quando a amiga lhe contou como foi. — Acho que gritei durante as 26 horas. Nem sei se quero fazer isso de novo. E imagine se fossem gêmeos, acho que eu me mataria. Imagine dois em uma mesma noite! — Ela parecia horrorizada, embora seis meses antes achasse que ter gêmeos seria algo divertido. Ter bebês se mostrara um assunto bem mais sério do que ela havia imaginado. E a história que contou deixava a velha amiga assustada. Tanto que Annabelle ficou grata por não estar grávida. — E você? — perguntou Hortie, parecendo maliciosa de repente e bem mais ao seu estilo. — Como foi a lua de mel? O sexo não é fabuloso? É uma pena que termine em gravidez, mas acho que isso pode ser evitado, se tiver sorte. Acha que já está grávida?

— Não — respondeu Annabelle, depressa. — Não estou. E não estamos com pressa. E o que você está me contando faz com que eu nunca queira engravidar.

— Minha mãe disse que eu não deveria falar sobre isso com mulheres que não tiveram filhos ainda. — Hortie parecia culpada. — Lamento se assustei você.

— Está tudo bem — disse Annabelle, sorridente. Ela não fez nenhum comentário sobre sua vida sexual, nem pretendia. — Você só me deixou feliz por eu não estar grávida. — Hortie então se recostou na cama e deu um suspiro cansado, e a ama-seca trouxe o bebê para mostrar como estava gordo e bonito. Era uma gracinha de criança e dormia profundamente nos braços da ama.

— Acho que ele valeu a pena — disse Hortie, parecendo incerta, quando a ama saiu. Ela não gostava muito de segurá-lo. A maternidade ainda a assustava, e Hortie ainda não havia perdoado o bebê pela agonia que lhe causara. Sabia que se lembraria disso por muito, muito tempo. — Minha mãe disse que vou acabar esquecendo. Não tenho tanta certeza disso. Foi horrível — repetiu. — O pobre James nem faz ideia, e não tenho permissão de contar a ele. Os homens não devem saber. — Parecia uma ideia estranha para Annabelle, já que teriam informado a ele caso Hortie morresse. Mas como isso não aconteceu, devia permanecer um mistério e a mãe tinha de fingir que tudo havia sido fácil e tranquilo.

— Não sei por que ele não pode saber. Eu contaria a Josiah. Não há nada que eu não possa contar a ele. E acho que ele ficaria preocupado comigo, se eu não contasse.

— Alguns homens são assim. James não é. É uma criança. E Josiah é bem mais velho, é mais como um pai. E vocês se divertiram?

— Foi maravilhoso. — Annabelle sorriu. — Aprendi a pescar com mosca, e cavalgamos todos os dias. — Ela havia adorado galopar nos contrafortes com Josiah, em meio a um mar de flores silvestres.

— O que mais aprendeu? — perguntou Hortie com olhar malicioso, mas Annabelle fingiu não perceber. — Aprendi umas coisas bem interessantes com James na nossa lua de mel em Paris. — Todos na cidade sabiam que antes do casamento, pelo menos, James procurava prostitutas constantemente. Havia murmúrios a respeito. E ele provavelmente havia aprendido coisas com elas que Annabelle não queria saber, embora Hortie não parecesse se importar. Annabelle preferia estar casada com Josiah, mesmo que não começassem uma família por agora. E afinal precisavam encontrar uma casa, pois o apartamento dele era muito pequeno.

Hortie não conseguiu nada com suas perguntas e insinuações picantes, e acabou ficando cansada e foi tirar um cochilo; então Annabelle a deixou e foi para casa. Havia sido bom vê-la, e o bebê era bonito, mas a história do parto deixou Annabelle abalada. Ela queria um filho, mas não gostaria de passar por tudo aquilo. E imaginou quanto tempo se passaria até ela mesma parir. Teria gostado de segurar Charles por um momento, mas Hortie não ofereceu nem parecia ter vontade de segurá-lo ela mesma. Mas, pelo que havia lhe acontecido, Annabelle disse a si mesma que aquilo era compreensível e se perguntou se levava tempo para desenvolver instintos maternos, assim como se levava tempo para se acostumar com a ideia de estar casada. Nem ela ou Josiah haviam se acostumado com isso ainda.

Capítulo 9

Quando a temporada de festas em Nova York engrenou, em novembro, Hortie já estava recuperada. Josiah e Annabelle eram convidados para todos os lugares. Costumavam encontrar James e Hortie, com seu típico bom humor, nas festas. O bebê já tinha quase 3 meses, e Annabelle e Josiah estavam casados havia quase o mesmo tempo.

Do dia para a noite, Annabelle e Josiah se tornaram o casal mais requisitado e benquisto de Nova York. Ficavam fabulosos juntos e ainda cultivavam a mesmo relação fácil e alegre. Estavam sempre se provocando, eram brincalhões e tinham discussões longas e sérias sobre assuntos políticos e importantes, geralmente com Henry, quando ele aparecia para o jantar. Falavam sobre livros, ideias que compartilhavam, e as conversas com o amigo eram sempre animadas. Às vezes, os três jogavam cartas e riam muito.

Josiah e Annabelle jantavam com Consuelo pelo menos duas vezes por semana, ou até mais. Annabelle tentava passar o máximo de tempo possível com ela durante o dia, pois sabia o quanto a mãe estava solitária agora, embora Consuelo nunca reclamasse. Era nobre e amorosa. Consuelo não pressionava a filha para começar uma família, mas desejava muito que isso acontecesse. E não deixou de notar que Annabelle falava com o marido como costumava falar com seu irmão, Robert. Havia uma parte de Annabelle que ainda não tinha crescido, apesar de tudo o que acontecera, mas Josiah parecia encantado com isso e a tratava feito criança.

Como prometido, Henry lhe apresentou ao amigo médico do Hospital para Imigrantes de Ellis Island, e Annabelle começou a trabalhar lá como voluntária. Passava longas e exaustivas horas no hospital, em geral com crianças doentes. E, embora ela nunca admitisse, a mãe estava certa ao dizer que a maior parte dos pacientes estava gravemente doente quando chegava lá e que o contágio era desenfreado. Mas o trabalho era fascinante, e ela o adorava. Annabelle agradecia a Henry por isso sempre que o via. Josiah estava muito orgulhoso de ver o quanto a esposa trabalhava, embora eles raramente entrassem em detalhes sobre o assunto. Mas ele sabia o quanto ela era dedicada ao hospital, aos imigrantes e ao trabalho.

Ela ia ao Hospital para Imigrantes de Ellis Island três vezes por semana; eram dias exaustivos, porém recompensadores, e geralmente chegava tarde em casa. Annabelle trabalhava no complexo hospitalar do lado sul da ilha em formato de U. Às vezes a mandavam à Grande Sala no Grande Saguão. Um incêndio havia destruído o prédio 16 anos antes, e a área onde ela trabalhava fora reconstruída três anos depois. Na Grande Sala, os imigrantes eram mantidos em amplas áreas gradeadas, onde seriam entrevistados e seus documentos, verificados. A maioria dos imigrantes era de trabalhadores fortes, muitos com esposas e filhos pequenos, ou sozinhos. Alguns tinham noivas à espera, mulheres que nunca viram ou que mal conheciam. Annabelle geralmente ajudava no processo de triagem, e cerca de dois por cento deles eram enviados de volta, em lágrimas e desespero, aos países de onde vieram. E, temendo a deportação, muitas pessoas mentiam ao responder às perguntas dos entrevistadores. Lamentando muito por eles, mais de uma vez, Annabelle havia ignorado respostas vagas ou incorretas. Não tinha coragem de torná-los elegíveis à deportação.

Cinquenta mil pessoas chegavam a Ellis Island todos os meses, e, se Consuelo os tivesse visto, teria ficado ainda mais apavorada.

Muitas delas haviam passado por dificuldades horríveis, algumas estavam doentes e tinham de ser enviadas ao complexo hospitalar. Os mais sortudos deixavam o hospital de Ellis Island em questão de horas, mas aqueles cujos documentos não estivessem em ordem, ou aqueles que estivessem doentes, poderiam ficar de quarentena ou serem detidos por meses ou até anos. Precisavam ter 25 dólares, e qualquer um cuja entrada tivesse sido questionada era enviado para os dormitórios, caso não fosse liberado. Os doentes iam para o hospital de 275 leitos em que Annabelle era voluntária, onde fazia o trabalho que tanto amava.

Os médicos e as enfermeiras careciam de funcionários em suas equipes e costumavam trabalhar mais do que deveriam, o que significava que designavam aos voluntários tarefas que Annabelle, sob outras circunstâncias, jamais executaria. Ela ajudava a parir bebês, cuidava de crianças doentes e auxiliava nos exames oftalmológicos para diagnosticar tracoma, muito comum entre os imigrantes. Alguns tentavam esconder os sintomas por medo de serem deportados. E havia as alas de quarentena para sarampo, escarlatina e difteria, nas quais Annabelle não podia entrar. Mas ela cuidava de quase todo o resto, e os médicos com os quais trabalhava costumavam ficar impressionados com seu senso instintivo para diagnósticos. Para uma pessoa sem formação, ela possuía um conhecimento impressionante das leituras que fizera e uma habilidade inata para assuntos médicos, além de tratar os pacientes da forma mais gentil possível. Eles amavam Annabelle e confiavam muito nela, tanto que às vezes ela via centenas deles em apenas um dia, cuidando sozinha de queixas menores ou auxiliando médicos e enfermeiras nos casos mais graves. Havia três prédios inteiros destinados a doenças contagiosas, e muitos dos pacientes dali jamais deixariam o Hospital para Imigrantes de Ellis Island.

A ala da tuberculose era uma das mais tristes do hospital, e Consuelo teria ficado desesperada se soubesse que Annabelle ia até lá com frequência. Nunca contou à mãe, nem a Josiah, mas os mais doentes eram os que mais a interessavam, e era lá que ela sentia que aprendia mais sobre o cuidado e tratamento dos enfermos mais graves.

Certa vez, trabalhou o dia todo na ala dos tuberculosos. À noite, quando chegou em casa, encontrou Henry e Josiah conversando na cozinha. Já era tarde e Josiah comentou o quanto ela tinha demorado, e ela pediu desculpas, sentindo-se culpada. Havia sido muito difícil deixar os pacientes na ala pediátrica da tuberculose. Eram dez da noite quando chegou em casa; Henry e Josiah estavam preparando o jantar e conversando animadamente sobre o trabalho. Josiah lhe deu um grande abraço. Ela estava exausta e ainda sentia frio por causa da travessia de barco. Ele mandou que ela se sentasse à mesa da cozinha, entregou-lhe uma caneca de sopa e preparou o jantar dela também.

A conversa deles à mesa foi animada, como sempre quando os três se reuniam, e era revigorante pensar em algo além de seus pacientes doentes. Eles adoravam debater novas e velhas ideias, discutir política, questionar as regras sociais, e geralmente se divertiam bastante. Os três eram brilhantes, de mente aguçada, e melhores amigos. Ela amava Henry tanto quando Josiah, era como ter outro irmão, já que sentia uma saudade enorme de Robert.

Estava muito cansada para participar da conversa naquela noite. Josiah e Henry ainda travavam um debate acalorado sobre algumas questões políticas quando Annabelle deu boa-noite e finalmente foi para a cama. Tomou um banho quente, vestiu uma camisola confortável e enfiou-se com gratidão entre os lençóis, pensando no trabalho que havia feito no Hospital para Imigrantes de Ellis Island naquele dia. Caiu em um sono profundo bem antes de Henry ir embora e Josiah vir se deitar. Acordou quando ele entrou no quarto. Olhou sonolenta para o marido e se enfiou sob os lençóis ao seu lado, aconchegando-se nele. Estava completamente desperta após alguns minutos, tendo já desfrutado de várias horas de descanso.

— Lamento estar tão cansada — disse, sonolenta, aproveitando o calor dele ao seu lado na cama. Adorava dormir com ele, aconchegada. Amava tudo nele, e sempre tinha esperanças de que Josiah a amasse daquela forma também. Às vezes não tinha certeza. Não estava acostumava com os homens e suas fraquezas. Um marido era sempre diferente de um pai ou de um irmão. A dinâmica com um marido às vezes era bem mais sutil e confusa.

— Não seja boba — murmurou ele, tranquilo —, nós conversamos demais. Você teve um dia longo. Eu entendo. — Ela era altruísta e nunca hesitava em trabalhar com afinco pelo bem dos outros. Era um ser humano incrível, com um bom coração, e ele realmente a amava. Josiah não tinha dúvidas disso.

Fez-se silêncio por um momento, enquanto Annabelle hesitava, querendo perguntar-lhe alguma coisa. Sempre ficava tímida para tocar no assunto.

— Você acha... que talvez possamos... começar uma família em breve?... — sussurrou. Josiah demorou para responder, e Annabelle sentiu que ele havia ficado tenso. Já tinha perguntado isso uma vez. Josiah não gostava de ser pressionado em relação a determinados assuntos. E começar uma família era um deles.

— Temos muito tempo, Annabelle. Só estamos casados há três meses. As pessoas precisam se acostumar umas com as outras. Dê tempo ao tempo e não insista.

— Não estou insistindo. Só estou perguntando. — Ela não estava ansiosa para passar pelo que Hortie havia passado, mas queria ter um filho dele, e estava disposta a ser corajosa por ele, por pior que aquilo pudesse ser.

— Não precisa perguntar, acontecerá um dia. Precisamos nos ajustar. — Josiah parecia muito seguro, e Annabelle não queria discutir nem deixá-lo zangado. Ele era sempre muito gentil, mas, quando ela o perturbava, ficava distante e muito frio, às vezes por vários dias. E ela não queria que ele se afastasse dela.

— Sinto muito. Não vou tocar nesse assunto de novo — sussurrou, sentindo-se punida.

— Por favor — disse ele, dando-lhe as costas, a voz parecendo fria de repente. Josiah era amigável e amoroso sempre, mas não quando tocavam naquele assunto. Era uma questão delicada para ele. E, poucos minutos depois, sem dizer uma palavra, ele se levantou. Annabelle ficou esperando por ele na cama por um longo tempo e por fim caiu no sono de novo, antes de ele voltar. E de manhã, quando acordou, Josiah já estava de pé e pronto para trabalhar. Era assim sempre que ele ficava aborrecido. Fazia isso para reforçar o fato de que ela não devia incomodá-lo com esse assunto de novo.

Na semana seguinte, quando foi visitar Hortie, encontrou a amiga aos prantos. Estava desesperada, havia descoberto que estava grávida outra vez. O bebê nasceria 11 meses depois de Charles, em julho. James estava felicíssimo com a notícia, e esperava que fosse outro menino. Mas, com a lembrança do parto do primeiro filho ainda tão fresca em sua memória, Hortie estava apavorada com a ideia de passar por tudo aquilo de novo, então simplesmente se jogou na cama e chorou. Annabelle tentou consolá-la, mas não sabia o que dizer. Tudo em que conseguiu pensar para ajudá-la foi que provavelmente não seria tão ruim na segunda vez. Hortie não ficou convencida.

— E eu não quero ficar parecendo uma vaca de novo! — uivou. — James não chegou perto de mim em momento algum. Minha vida está arruinada, e talvez desta vez eu *morra*! — disse, em sofrimento. — Quase morri da outra vez.

— Não vai morrer — retrucou Annabelle, esperando ser verdade. — O seu médico é ótimo, sua mãe estará aqui. Não deixarão que nada de ruim aconteça. — Mas as duas sabiam que existia a possibilidade de morrer no parto ou logo depois, mesmo estando bem amparada. — Não pode ser pior que da outra vez — tranquilizou-a, mas Hortie estava inconsolável.

— Eu nem *gosto* de bebês — confessou Hortie. — Pensei que ele seria bonitinho, como uma boneca grande, e tudo o que ele faz é comer, defecar e berrar. Graças a Deus que não estou cuidando dele. E por que deveria arriscar minha vida por isso?

— Porque é casada, e é o que as mulheres fazem! — disse-lhe a mãe com severidade, adentrando o quarto e lançando um olhar reprovador para a filha. — Devia ser muito grata por poder gerar filhos e fazer seu marido feliz. — Todos conheciam casos de mulheres que não conseguiam conceber e que haviam sido trocadas pelos maridos por outras que pudessem gerar filhos. Ao ouvir aquela conversa, Annabelle de repente ficou grata por isso não ser um problema em seu casamento, e achava o bebê de Hortie bem mais encantador do que a própria mãe da criança o considerava. Mas, apesar disso, Hortie estaria com dois filhos ao fim de julho, com menos de dois anos de casamento. — Você é uma menina muito mimada e egoísta — ralhou a mãe dela antes de deixar o quarto, sem demonstrar qualquer solidariedade, mesmo tendo acompanhado todo o drama pelo qual Hortie tinha passado. Disse apenas que havia passado por coisa pior, tendo parido também dois bebês grandes, dois natimortos e sofrendo vários abortos, por isso não tinha razão nenhuma para reclamar.

— É só para isso que servimos? Para dar cria? — perguntou Hortie, zangada, à amiga, depois que a mãe saiu do quarto. — E por que é tão fácil assim para os homens? Tudo o que fazem é brincar com você, e depois você aguenta todo o sofrimento e trabalho, fica gorda e feia, vomitando por meses, depois arrisca sua vida para ter um bebê, e algumas mulheres morrem. E o que os homens fazem a respeito? Nada, só engravidam você de novo e saem com os amigos para se divertir. — Annabelle sabia, tão bem quanto Hortie, que andavam dizendo que James estava jogando demais e saindo com outras mulheres. Isso lembrou a Annabelle que a vida de ninguém era perfeita, que nenhum casamento era perfeito. Josiah queria esperar um pouco para começar uma família, mas ela tinha certeza

99

de que ele não a traía; não era esse tipo de homem. De fato, o único casamento perfeito que viu foi o dos pais. Mas seu pai morrera e sua mãe agora era uma viúva solitária de 44 anos. Talvez a vida não fosse muito justa.

Ouviu Hortie esbravejar e choramingar por várias horas, depois foi para casa esperando encontrar o marido, aliviada porque a vida deles era menos complicada, embora ele ainda estivesse agindo com frieza naquela noite, pois não havia gostado dos comentários da noite anterior. Saiu para jantar com Henry no Metropolitan Club, dizendo que tinha assuntos profissionais para discutir com ele. Annabelle ficou em casa e mergulhou nos livros de medicina. Iria para o Hospital para Imigrantes de Ellis Island no dia seguinte outra vez. Estava lendo tudo o que podia sobre doenças infecciosas, particularmente tuberculose. Mesmo sendo exaustivo e desafiador, adorava o trabalho que fazia lá. E, como costumava acontecer, dormia profundamente quando Josiah voltou para casa. Mas quando acordou no meio da noite, sentiu os braços dele envolvendo seu corpo. Sorriu enquanto pegava no sono novamente. Tudo estava bem no mundo deles.

Capítulo 10

Uma vez que Josiah não era próximo da própria família, ele e Annabelle passaram tanto o dia de Ação de Graças quanto o Natal com a mãe dela. E por Henry estar sozinho, por educação, convidaram o amigo nas duas ocasiões. Ele era brilhante, charmoso e atencioso com Consuelo, então era um ótimo convidado.

Hortie finalmente tinha se acalmado e se acostumado à ideia de ter outro bebê. Não estava animada, mas não tinha outra escolha. Queria mais filhos, afinal, só não estava preparada para isso tão cedo assim, depois da recente provação, mas esperava que desta vez fosse mais fácil, e não andava tão enjoada.

Annabelle estava focada no trabalho no Hospital para Imigrantes de Ellis Island, apesar das contínuas objeções da mãe. Consuelo não pedira netos à filha de novo, tendo ouvido, alto e bom som, que isso não aconteceria tão cedo, e, embora estivesse ansiosa para ser avó, não queria se intrometer na vida do casal. Além disso, Josiah era como um filho para ela.

Todos ficaram chocados em abril ao perceberem que dois anos haviam se passado desde o naufrágio do *Titanic*. Em certos aspectos, era como se aquela tragédia tivesse acontecido ontem. Mas, por outro lado, parecia que havia ocorrido há muito tempo. Annabelle e a mãe foram à igreja naquele dia, pois tinham mandado celebrar uma missa especial para seu pai e seu irmão. A mãe sentia-se

101

solitária, mas havia aceitado as perdas e estava grata por Josiah e Annabelle passarem tanto tempo com ela. Eram muito generosos a esse respeito.

Em maio, Annabelle completou 21 anos. Consuelo lhe ofereceu um jantar e convidou alguns amigos. Compareceram James e Hortie, vários jovens casais do círculo de amigos deles e Henry Orson, com uma moça muito bonita que acabara de conhecer. Annabelle esperava que surgisse algo dali.

Foi uma noite maravilhosa. Consuelo havia até contratado alguns músicos, então, depois do jantar, todos dançaram. Foi uma festa ótima. E, naquela noite, quando Josiah e Annabelle foram para a cama, ela fez a mesma pergunta fatídica outra vez. Não a mencionava havia meses. Ele havia lhe dado uma bela pulseira de diamantes de presente, que todos admiraram e que causou inveja a todas suas amigas, mas havia algo mais que desejava dele, algo que lhe era bem mais importante. Isso a corroía havia meses.

— Quando vamos começar uma família? — sussurrou, quando estavam deitados na cama. Falou isso olhando para o teto, como se ele fosse capaz de lhe dar uma resposta honesta se ela não o encarasse. Havia muita coisa entre eles agora que continuava sem ser dita. Annabelle não queria deixá-lo desconfortável, mas, depois de nove meses de casamento, certas coisas eram difíceis de explicar, e ele não poderia continuar dizendo "temos tempo" ou "para que a pressa?". Quanto tempo?

— Não sei — disse ele, honestamente, parecendo infeliz. Annabelle conseguiu ver isso nos olhos dele quando se virou para encará-lo. — Não sei o que responder — confessou, parecendo à beira das lágrimas, o que de repente a deixou assustada. — Preciso de um tempo. — Ela assentiu, virando-se devagar para tocar o rosto dele.

— Tudo bem. Eu te amo — sussurrou. Havia muita coisa que não entendia e não tinha ninguém a quem pudesse perguntar. — É algo a meu respeito que eu possa mudar? — Josiah meneou a cabeça e a encarou.

— Não é você. Sou eu. Vou resolver isso, prometo — disse ele, as lágrimas enchendo seus olhos ao tomá-la nos braços. Era o mais próximo que já estiveram, e ela sentia que Josiah, enfim, estava derrubando barreiras para deixá-la entrar.

Annabelle sorriu enquanto era envolvida pelo abraço do marido e usou as palavras dele como resposta.

— Temos tempo. — Ao ouvir isso, uma lágrima rolou pela face de Josiah.

Em junho, Consuelo foi para Newport. Com pouca coisa para fazer na cidade agora, gostava de ir para lá antes de a temporada começar. Annabelle prometera chegar em julho, e Josiah, no fim do mês.

Consuelo já havia partido da cidade quando notícias vindas da Europa prenderam a atenção de todos. Em 28 de junho de 1914, o arquiduque Francisco Ferdinando, herdeiro do Império Austro--Húngaro, e sua esposa Sofia estavam em visita de Estado a Sarajevo, na Bósnia, quando foram mortos a tiros por um jovem terrorista sérvio, Gavrilo Princip. Princip era membro da Mão Negra, uma temida organização terrorista sérvia determinada a acabar com o governo austro-húngaro nos Bálcãs. O arquiduque e a esposa foram mortos cada um por uma única bala a pouca distância da cabeça. A notícia chocante reverberou pelo mundo, e suas consequências na Europa foram rápidas e desastrosas. Nos Estados Unidos, todos ficaram hipnotizados.

A Áustria considerou o governo sérvio responsável pelo ocorrido e buscou apoio da Alemanha. Depois de semanas de debates diplomáticos, em 28 de julho, a Áustria-Hungria declarou guerra à Sérvia e abriu fogo contra a cidade de Belgrado. Dois dias depois, a Rússia mobilizou suas tropas e se preparou para a guerra. A França foi então obrigada, por condição do tratado que tinha com o país, a apoiar a Rússia em seus planos de guerra. Em poucos dias, o castelo de cartas que mantinha a paz na Europa começou a desmoronar.

Os dois tiros que mataram o arquiduque austríaco e sua esposa estavam arrastando todos os países importantes para a guerra. Em 3 de agosto, apesar dos protestos de ser um país neutro, as tropas alemãs marcharam pela Bélgica para atacar a França.

Dias depois, Rússia, Inglaterra e França se aliaram e declararam guerra à Alemanha e ao Império Austro-Húngaro. Os americanos ficaram consternados com o que aconteceu. Em 6 de agosto, todos os grandes poderes da Europa estavam em guerra, e os americanos não conseguiam falar de outra coisa.

Annabelle havia adiado a viagem a Newport devido ao desenrolar dos eventos na Europa. Queria ficar em casa e estar perto de Josiah. Não era uma batalha americana, embora os aliados europeus dos Estados Unidos estivessem em guerra. Os Estados Unidos não demonstraram qualquer sinal de envolvimento, e Josiah lhe garantiu que mesmo se o país entrasse na guerra em algum momento, o que parecia improvável, Annabelle não precisava ter medo, pois estava casada com um "homem velho". Aos 41 anos, não havia risco nenhum de ser enviado para a guerra. O presidente Wilson garantia ao povo americano que tinha toda a intenção de ficar fora da guerra na Europa. De qualquer forma, a situação era muito perturbadora.

Annabelle foi para Newport com Josiah no fim de julho, duas semanas depois do planejado. Esteve ocupada trabalhando no Hospital para Imigrantes de Ellis Island, como de costume. Muitos dos imigrantes estavam em pânico por causa da segurança de seus parentes. Era óbvio que a guerra, tendo sido declarada em muitos dos países dos quais vieram, afetaria suas famílias e deteria alguns dos que planejavam se juntar a eles nos Estados Unidos. Muitos dos seus filhos, irmãos e primos já estavam de sobreaviso em casa.

Em Nova York, antes de partirem, Annabelle, Josiah e Henry conversavam constantemente sobre a guerra na Europa durante os jantares tardios no jardim dos Millbanks. E mesmo a protegida Newport estava irrequieta com o que acontecera. A vida social na cidade estava perdendo em importância para as notícias internacionais.

No jantar do primeiro aniversário de casamento de Josiah e Annabelle, Consuelo notou que o casal estava mais próximo do que nunca, embora achasse os dois muito sérios nos últimos tempos, o que era inteiramente compreensível, devido ao que estava acontecendo no mundo. Henry havia chegado de Nova York para passar o aniversário de casamento com eles.

Hortie havia tido o segundo bebê naquela época, uma menina dessa vez. Novamente foi um parto demorado e árduo, mas não tão ruim quando o primeiro. E Louise, como a batizaram, só pesava 3,8 quilos. Hortie não pôde ir ao jantar de aniversário de Annabelle e Josiah na casa de Consuelo, pois ainda estava de cama sendo paparicada pela mãe e uma enfermeira. Mas James foi ao jantar, claro. Como de costume, foi a todas as festas de Newport naquele verão, assim como em Nova York. Ele nunca deixava de ir, com ou sem Hortie.

Aquele agosto em Newport foi mais calmo que de costume, devido às notícias da guerra na Europa. Parecia que uma nuvem negra pairava sobre todos, que conversavam sobre seus aliados do outro lado do Atlântico e estavam preocupados com os amigos. Annabelle e Josiah discutiam o assunto com frequência enquanto desfrutavam de alguns dias de sossego depois da partida de Henry. Parecia haver um acordo tácito entre Josiah e Annabelle, mas Consuelo os achava mais sérios que nos primeiros dias de casamento. Ficava triste por ver que ainda não haviam começado uma família, assunto que Annabelle jamais mencionava. Certa vez, ao notar tristeza nos olhos da filha, imaginou se haveria algo errado, mas Annabelle não dividia nada com ela e parecia mais devotada do que nunca ao marido. Consuelo ainda acreditava que os dois formavam um par perfeito e ela gostava da companhia deles e de seus amigos. Só esperava que um neto aparecesse um dia; com sorte, em breve.

O casal voltou para Nova York no começo de setembro. Josiah retomou sua rotina no banco, e Annabelle voltou ao trabalho no hospital de Ellis Island. Estava ficando cada vez mais envolvida com suas tarefas no hospital e possuía grande afeto e respeito pelas pessoas de quem cuidava. Sua mãe ainda se preocupava com sua saúde. Annabelle estava exposta a muitas enfermidades. As crianças estavam frequentemente doentes, e Consuelo sabia que a tuberculose se propagava ali. O que ela não sabia era que a filha circulava sem medo e despreocupada por aquele ambiente. Trabalhou mais do que nunca naquele outono, apesar dos avisos e das reclamações da mãe.

Josiah estava ocupado no banco, cuidando de alguns casos bem delicados. Como poder neutro, o governo dos Estados Unidos, embora solidário, negara-se a financiar ou abastecer oficialmente os esforços de guerra dos Aliados na Europa. Como resultado, empreendimentos privados e alguns indivíduos riquíssimos haviam se prontificado a oferecer assistência. Estavam enviando dinheiro, além de mercadorias, não só para os Aliados, mas às vezes para os inimigos também. Isso estava criando uma agitação tremenda. Gerenciar essas transferências exigia a máxima discrição, e Josiah se viu lidando com várias delas. Como fazia com a maior parte das coisas, confidenciou o assunto a Annabelle, dividindo com a esposa suas preocupações. Aborrecia-lhe muito que certos clientes do banco de seu finado sogro estivessem enviando material e fundos para a Alemanha, devido aos elos que tais clientes possuíam lá. Não lhe parecia bom jogar dos dois lados, mas precisava satisfazer os pedidos dos clientes.

Não era segredo que transações dessa natureza estavam acontecendo, e, para impedir o influxo de suprimentos para a Alemanha, o Reino Unido começou a espalhar minas pelo mar do Norte. Como retaliação, os alemães ameaçavam afundar qualquer navio pertencente ao Reino Unido ou seus aliados. E submarinos alemães estavam patrulhando o Atlântico. Certamente não era um bom momento para atravessar o Atlântico, mas, apesar disso, um fluxo constante de imigrantes determinados a encontrar uma vida nova nos Estados Unidos continuava a aumentar no hospital de Ellis Island.

Os pacientes de Annabelle estavam mais doentes e no pior estado que ela já vira em anos. Em muitos casos, haviam deixado seus países em condições lúgubres e beijavam o chão quando desembarcavam na América. Ficavam gratos por qualquer gentileza e por tudo o que ela fazia. Havia tentado explicar à mãe, sem sucesso, o quanto ela e outros voluntários eram necessários na assistência aos imigrantes que acabavam de chegar. A mãe permanecia firme em sua convicção de que ela estava arriscando a vida sempre que ia até lá, e não estava totalmente errada, embora Annabelle não o admitisse. Só Josiah parecia compreender e apoiar seu trabalho. Ela havia comprado uma série de livros novos de medicina, e agora os lia todas as noites antes de ir para a cama. Isso a mantinha entretida quando Josiah estava ocupado, tinha de trabalhar até tarde ou saía com os amigos para eventos em clubes exclusivos para homens. Annabelle não se importava quando ele saía sem ela. Dizia que isso lhe dava mais tempo para ler e estudar até tarde da noite.

Àquela altura, já havia assistido a várias cirurgias e lido meticulosamente tudo que parava em suas mãos a respeito das doenças contagiosas que assolavam seus pacientes. Muitos imigrantes morriam, principalmente os mais velhos, depois das duras viagens, ou vítimas das doenças que contraíam ao chegar. Em muitos aspectos, Annabelle era considerada pela equipe médica uma espécie de enfermeira não oficial, sem formação, que geralmente se provava tão competente quanto eles, ou até mais. Possuía grande perspicácia e talento ainda maior para diagnosticar doenças, às vezes a tempo de fazer a diferença e salvar a vida do paciente. Josiah costumava dizer que ela era uma santa, o que Annabelle achava elogioso, mas um exagero. Trabalhava com mais afinco do que nunca, e sua mãe começou a achar que ela estava tentando preencher o vazio por não ter um bebê. Consuelo lamentava aquela contínua falta de filhos, ainda mais que a própria Annabelle parecia lamentar. A filha nunca abordava esse assunto com a mãe.

Henry se juntou a eles na casa de Consuelo no Natal daquele ano outra vez. Os quatro tiveram um tranquilo jantar na véspera de Natal. Era o terceiro fim de ano sem Arthur e Robert, cuja ausência era tremendamente sentida. Annabelle odiava admitir, mas podia sentir que muito da vida e muito do espírito da mãe haviam se apagado depois que o marido e o filho morreram. Consuelo era sempre grata pelo tempo que passavam com ela, estava constantemente interessada pelo que acontecia no mundo, mas era como se depois da terrível tragédia no *Titanic*, há mais de dois anos, já não se importasse mais com o que lhe acontecia. Henry parecia ser o único que ainda conseguia fazê-la rir. Para Consuelo, a dupla perda havia sido extrema. Agora só queria viver o bastante para ver Annabelle ter os próprios filhos. Estava ficando cada vez mais preocupada que a filha tivesse algum problema e não fosse capaz de engravidar. Mas o elo entre a jovem e Josiah parecia continuar forte.

E, como sempre, mesmo na véspera de Natal, a conversa se voltou para a guerra ao fim da refeição. Nenhuma das notícias era boa. Era difícil não crer que, em determinado ponto, mesmo que por solidariedade, se nada mais, os Estados Unidos não entrariam na guerra e que muitas das jovens vidas americanas seriam perdidas. O presidente Wilson sustentava o discurso que eles não se envolveriam, embora Josiah agora começasse a duvidar.

Dois dias depois do Natal, Annabelle foi visitar a mãe e ficou surpresa quando o mordomo contou-lhe que ela estava no quarto. Annabelle a encontrou tremendo debaixo das cobertas, parecendo pálida, com duas grandes manchas vermelhas nas bochechas. Blanche lhe havia levado uma xícara de chá, que foi recusada. Ela parecia muito doente, e quando Annabelle tocou sua testa com mão experiente, constatou que estava com uma febre altíssima.

— O que aconteceu? — perguntou Annabelle, preocupada. Era obviamente gripe e, com sorte, nada mais grave. Era exatamente o que a mãe sempre temeu pela filha. Mas Annabelle era jovem e forte. Já Consuelo, principalmente nos dois últimos anos, se tornara mais frágil. A constante tristeza pelas perdas que tivera drenara tanto sua juventude quanto sua força. — Há quanto tempo está doente? — Annabelle não a via há dois dias e não tinha ideia de que a mãe estava acamada. Consuelo havia pedido Blanche para não incomodar a filha, achava que ficaria boa logo.

— Desde ontem — disse a mãe, sorrindo para ela. — Não é nada. Acho que peguei um resfriado no jardim no Natal. — Aquilo parecia a Annabelle algo muito mais grave que apenas um resfriado. Blanche também estava preocupada.

— Chamou o médico? — perguntou Annabelle, fazendo cara feia quando a mãe balançou a cabeça. — Acho que deveria.

Nesse momento, a mãe começou a tossir, e Annabelle notou que seus olhos estavam estranhos.

— Não quis importuná-lo logo depois do Natal. Ele tem coisas mais importantes para fazer.

— Não seja boba, mamãe — ralhou Annabelle com carinho. Saiu em silêncio do quarto e foi chamar o médico. Minutos depois, já estava à cabeceira da cama da mãe, com um grande sorriso que transparecia mais tranquilidade do que ela sentia. — Ele disse que chega daqui a pouco. — A mãe não discutiu quanto a chamar o médico, o que também era estranho. Annabelle percebeu que ela devia estar se sentindo muito mal. E diferentemente das pessoas de quem cuidava com tanta habilidade no Hospital para Imigrantes de Ellis Island, sentia-se impotente naquele momento, e um tanto apavorada. Não conseguia se lembrar de ter visto Consuelo tão doente. E não havia escutado nada sobre alguma epidemia de gripe. O médico confirmou isso quando chegou.

— Não faço ideia de como ela pegou isso — disse, consternado. — Vi alguns pacientes depois do feriado, mas, em grande parte, idosos, que são menos resistentes. Sua mãe ainda é jovem e goza de boa saúde — garantiu a Annabelle. Ele tinha certeza de que Consuelo estaria melhor em poucos dias. Deixou um pouco de láudano para ajudá-la a dormir melhor e aspirina para a febre.

Mas às seis da tarde a mãe tinha piorado tanto que Annabelle decidiu passar a noite lá. Ligou para avisar Josiah, que foi muito solidário e perguntou se havia algo que ele pudesse fazer para ajudá--la. Annabelle disse que não precisava e voltou para junto da mãe, que estava ouvindo a ligação.

— Está feliz com ele? — Consuelo perguntou à filha, baixinho, e Annabelle achou a pergunta estranha.

— Claro que estou, mamãe. — Annabelle sorriu, sentou-se em uma cadeira perto da cama e pegou a mão dela. Ficou ali sentada de mãos dadas com Consuelo, exatamente como a mãe fazia quando ela era criança. — Eu o amo muito — confirmou. — Ele é um homem maravilhoso.

— Lamento tanto que não tenha tido um bebê. Não aconteceu nada ainda? — Annabelle meneou a cabeça com uma expressão séria e repetiu a frase oficial deles.

— Temos tempo.

Consuelo só esperava que ela não fosse uma daquelas mulheres que não podiam ter filhos. Isso seria uma tragédia. Annabelle era da mesma opinião, mas não admitiria isso à mãe. — Vamos cuidar de você — disse, para distraí-la. Consuelo assentiu e, pouco depois, caiu no sono, parecendo uma criança, com Annabelle sentada ao seu lado para vigiá-la. A febre subiu nas horas seguintes. À meia-noite, Annabelle estava colocando compressas quentes, preparadas por Blanche, na testa da mãe. Possuía muito mais conforto à disposição do que quando trabalhava no Hospital para Imigrantes de Ellis Island, mas nada ajudou. Passou a noite acordada, esperando que a febre cedesse pela manhã, mas não cedeu.

O médico veio vê-la de manhã e à tarde nos três dias seguintes, pois Consuelo continuava piorando a cada dia. Era o pior caso de gripe que o médico via em muito tempo, bem pior do que a que Annabelle tivera três anos antes, quando perdeu a fatídica viagem no *Titanic*.

Josiah foi ficar com a sogra em uma tarde, para que Annabelle pudesse tirar algumas horas de sono em seu antigo quarto. Havia deixado o trabalho no banco por algumas horas, e ficou surpreso quando Consuelo acordou e o encarou com olhos límpidos e brilhantes. Parecia muito mais alerta do que no dia anterior, e ele esperava que ela estivesse ficando melhor. Sabia o quanto a esposa estava desesperada com a situação da mãe, e com razão. Ela estava muito, muito doente, e várias pessoas já haviam morrido de gripe antes, embora não houvesse motivo para que isso acontecesse se o paciente tivesse um bom tratamento. Annabelle não saía do lado da mãe, exceto para dormir por meia hora de vez em quando, momentos em que Blanche ou Josiah a rendiam. Consuelo não ficava sozinha nem por um instante. E o médico vinha duas vezes por dia.

— Annabelle ama muito você — murmurou Consuelo de onde estava deitada, sorrindo para o genro. Estava muito fraca e bastante pálida.

— Eu a amo muito também — garantiu-lhe Josiah. — É uma mulher incrível e uma esposa maravilhosa. — Consuelo assentiu, parecendo satisfeita por ouvir isso dele. Ela achava que Josiah a tratava como uma irmãzinha ou uma criança, e não como uma esposa ou uma mulher adulta. Talvez fosse apenas o jeito dele, já que ela era muito mais jovem. — Precisa descansar para ficar melhor — disse Josiah à sogra, que afastou o olhar, como se soubesse que isso não faria diferença, para em seguida encará-lo diretamente.

— Se alguma coisa me acontecer, Josiah, quero que cuide bem dela. Você é tudo o que ela tem. E espero que vocês tenham filhos um dia.

— Eu também — murmurou ele. — Ela seria uma mãe perfeita. Mas não deve falar assim, você vai ficar bem. — Consuelo não parecia ter certeza disso. Era óbvio para Josiah que ela pensava que iria morrer, ou talvez só estivesse com medo.

— Cuide bem dela — repetiu Consuelo, antes de fechar os olhos e cair no sono novamente. Não se mexeu até Annabelle voltar para o quarto, uma hora depois, e verificar se ela estava com febre. Para seu grande desalento, estava mais alta, e tentava sinalizar isso para Josiah quando a mãe abriu os olhos.

— Está se sentindo melhor? — perguntou Annabelle com um grande sorriso, mas Consuelo balançou a cabeça, negando. A filha teve a terrível sensação de que ela estava desistindo de lutar. E, até o momento, nada do que fizeram havia adiantado.

Josiah voltou então para o apartamento e pediu a Annabelle para telefonar à noite, caso houvesse algo em que ele pudesse ajudar. Annabelle prometeu que ligaria. E, ao deixar a casa dos Worthingtons, Josiah foi assombrado pelo que Consuelo dissera. Ele tinha toda a intenção de cuidar de Annabelle. E o fato de ele ser tudo o que ela possuía no mundo, além da mãe, não lhe passara despercebido. De certa maneira, se a mãe dela morresse, isso lhe seria um grande fardo.

Na véspera de Ano-Novo, o médico lhes disse que Consuelo estava com pneumonia. Era o diagnóstico que Josiah mais temia desde o princípio. Consuelo era uma mulher saudável e não tinha tanta idade, mas a pneumonia era uma enfermidade perigosa, e ele tinha a sensação de que a sogra estava bastante disposta a deixar a vida escapar, e todos sabiam o porquê. Ela parecia estar escapulindo diante de seus olhos, e eles não podiam vencer a batalha sozinhos. Precisavam da ajuda dela e, mesmo assim, não era garantia de que daria tudo certo. Annabelle estava apavorada sentada ao lado da cama da mãe. Só parecia se recuperar quando Consuelo estava acordada, e tentava convencê-la a comer e a beber, garantindo que melhoraria logo. Consuelo não fazia comentários, mal comia o suficiente e continuava sendo assolada pela febre. Definhava dia após dia, enquanto a febre se recusava a ceder. Blanche parecia tão devastada quanto Annabelle ao levar bandejas com comida para o quarto, e a cozinheira tentava fazer refeições que Consuelo comesse. A situação era assustadora para todos.

E, no dia 6 de janeiro, Consuelo placidamente desistiu da luta. Dormiu no começo da noite, depois de um dia longo e penoso.

Estava segurando a mão de Annabelle, depois de conversar um pouco com a filha naquela tarde. Consuelo havia sorrido para ela antes de pegar no sono e disse que a amava. Annabelle estava cochilando na cadeira ao lado dela às oito horas daquela noite, quando de repente sentiu algo diferente e acordou assustada. Viu a expressão serena no rosto da mãe e ofegou, percebendo imediatamente que ela não estava respirando. A febre havia desaparecido e levado a vida de Consuelo. Annabelle tentou sacudir a mãe para que acordasse, mas viu que era inútil. Ajoelhou-se à cabeceira, segurando a forma sem vida em seus braços, e soluçou. Era o adeus final que jamais pudera dar ao pai e ao irmão. Ela começou a chorar, estava inconsolável.

Blanche entrou no quarto pouco tempo depois e começou a chorar também. Afagou o rosto de Consuelo, depois tirou Annabelle dali e mandou Thomas buscar Josiah. Ele chegou à casa dos Worthingtons minutos depois e fez tudo o que podia para confortar a esposa. Sabia muito bem como era grande a perda e o quanto a esposa amava a mãe.

O médico veio naquela noite assinar a certidão de óbito, e, pela manhã, o agente funerário veio prepará-la. Arrumaram Consuelo com pompa no salão de baile, com flores por toda parte, enquanto Annabelle ficava ao seu lado, devastada, com Josiah segurando sua mão.

Amigos vieram visitá-la durante o dia seguinte todo, depois de ler no jornal a chocante nota informando que Consuelo Worthington havia morrido. A casa estava mergulhada em profundo pesar mais uma vez, tão pouco tempo depois da dupla perda da família. Annabelle percebeu que agora era órfã e, como a mãe dissera, Josiah era tudo o que ela tinha no mundo. Ficou agarrada a ele nos dias seguintes, feito um náufrago, e também no funeral da mãe na Igreja Episcopal de São Tomé. O braço dele estava constantemente ao redor dos ombros dela, e Josiah foi fiel à sua palavra. Não saiu do lado de Annabelle em momento algum, até dormia com ela na cama estreita no quarto que costumava ser dela na casa dos pais. Annabelle não queria voltar para o apartamento deles, insistiu em ficar ali por mais um tempo. Falou sobre a possibilidade de se mudarem para lá, algo que seria natural, mas Josiah achou que seria péssimo e difícil demais para ela. Mas por ora deixou que ela fizesse o que queria. Era uma perda quase inconsolável para Annabelle. Henry estava sempre com eles, o que era um grande conforto para ela também. Fazia visitas frequentes; ele e Josiah conversavam sossegados até tarde da noite na biblioteca ou jogavam cartas, enquanto Annabelle ficava lá em cima deitada, ainda em choque e se lamentando.

Um mês inteiro se passou até Annabelle deixar a casa. Não havia tocado em nada no quarto da mãe. Todas as roupas de Consuelo ainda estavam lá. Josiah estava cuidando da parte financeira. Toda a fortuna de seus pais agora era dela, inclusive a parte que teria sido de Robert. Era uma mulher muito rica, mas isso não lhe servia de consolo. Annabelle não se importava com bens materiais. E embora doesse fazer tal coisa, em março, Josiah teve de lhe relatar uma oferta de compra da casa, de uma família que conhecia o imóvel. Annabelle ficou horrorizada e nem quis ouvir, mas Josiah falou com delicadeza que achava que ela jamais seria feliz lá. Havia perdido todas as pessoas que amava naquela casa, que agora estava repleta de fantasmas. E a oferta era boa, provavelmente melhor do que qualquer uma que conseguiriam se Annabelle decidisse vendê-la mais tarde. Sabia que seria doloroso se desfazer da casa, mas ele achava que era o correto a fazer.

— Mas onde vamos morar? — perguntou ela, angustiada. — Seu apartamento será muito pequeno para nós quando tivermos uma família, e não quero outra casa. — Era forte sua inclinação para recusar a oferta, mas também reconhecia a verdade do que ele dissera. Ela e Josiah ainda precisavam de uma casa, mas não haviam feito nada a esse respeito, já que Josiah não estava pronto para ter filhos, e tudo o que ela veria naquela casa seriam os fantasmas dos pais e do irmão. Mesmo que a preenchessem com crianças, isso nunca equilibraria completamente a tristeza que aquele ambiente guardava.

Conversou sobre o assunto com Hortie, que estava grávida do terceiro filho e enjoada outra vez. Reclamava que James a transformara em uma fábrica de bebês, mas seus próprios problemas pareciam mínimos comparados aos de Annabelle, por isso tentou aconselhá-la da maneira mais sensata que pôde. Achava que Josiah estava certo, e que ele e Annabelle deveriam vender a mansão dos Worthingtons e comprar uma casa nova, que não lhe trouxesse recordações ruins ou tristes.

Partiu-lhe o coração, mas, depois de duas semanas, Annabelle concordou. Nem conseguia imaginar desistir da casa na qual foi tão feliz quando criança, mas o lugar agora exalava perda e pesar. Josiah prometeu cuidar de tudo para ela e garantiu que encontrariam uma casa nova, ou talvez até construíssem uma, o que seria um projeto feliz para eles. E quaisquer questões que existiam entre os dois ficaram de lado durante o período de luto. Ela já não estava mais preocupada em começar uma família. Não tinha cabeça para pensar em nada, a não ser em sua dor.

Passou o mês de abril todo empacotando os pertences da família e mandando tudo para um depósito. E quando se deparava com algo que não tinha valor para ela, separava o objeto para ser vendido em leilão. Os criados, Josiah e Henry eram incansáveis no esforço para ajudar Annabelle, que passava horas chorando todos os dias. Não havia ido ao Hospital para Imigrantes de Ellis Island desde a morte da mãe. Sentia muita falta de lá, mas agora estava muito ocupada cuidando da casa dos pais. Tudo o que sobrou foi para o depósito em maio, no aniversário de dois anos do noivado dela e de Josiah. Annabelle cederia a casa em junho e ficaria no chalé em Newport, que insistiu em manter. Ela e Josiah passariam o verão lá.

Seis dias depois de Annabelle fechar a casa em Nova York, os alemães afundaram o *Lusitania*, matando 1.198 pessoas, uma tragédia terrível no mar, o que reviveu todas as suas lembranças do *Titanic*, deixando-a novamente abalada. Um primo de Consuelo morreu, Alfred Gwynne Vanderbilt, que ficara para trás para ajudar outras pessoas a entrarem nos botes salva-vidas, como seu pai e seu irmão haviam feito no *Titanic*. E como eles, Alfred perdeu a vida quando o navio explodiu e afundou em menos de vinte minutos. Duas semanas depois, a Itália entrou na guerra ao lado dos Aliados. E havia histórias terríveis nos jornais sobre o uso de gás asfixiante no *front* e dos danos incalculáveis aos homens atingidos por ele. Toda a Europa estava desestruturada, o que parecia refletir o desespero e a angústia que Annabelle sentia.

Ela passou o resto de maio no apartamento de Josiah antes de partir para Newport, em junho. Levou Blanche e os criados da mãe que ainda restavam para Newport. Ao fim do verão, a maior parte deles estaria em outros empregos, e a vida como ela havia conhecido teria mudado para sempre. Blanche e William, o mordomo, ficariam em Newport com alguns outros.

Josiah havia prometido ir para Newport em meados de junho, estava planejando tirar mais dias de férias que de costume naquele ano, pois sabia que Annabelle precisava dele. Ela parecia desolada ao deixar a cidade. A casa que ela tanto amava já estava em outras mãos.

Uma vez em Newport, Annabelle visitou Hortie, que havia chegado cedo com as crianças, a babá e a mãe. Embora com apenas seis meses de gravidez, estava imensa outra vez, e Annabelle parecia inquieta demais para passar muito tempo com ela. Sentia-se triste e ansiosa desde a morte da mãe, e era difícil ficar em Newport sem ela. De certa forma, era como um *replay* do verão depois do *Titanic*, portanto, ficou aliviada quando Josiah chegou.

Ficaram na casa da falecida Consuelo, e não na de Josiah, e ocuparam o quarto de solteira de Annabelle. Davam longos e silenciosos passeios à beira-mar. Ele estava quase tão pensativo e silencioso quanto ela, mas Annabelle não o pressionou. Josiah às vezes ficava assim, taciturno, deprimido até. Nenhum dos dois andava muito animado. Ela perguntou quando Henry viria vê-los, esperando que isso o alegrasse, mas ele foi vago e disse que não tinha certeza.

Josiah já estava ali havia quase uma semana quando, sentados junto à lareira, virou-se enfim para Annabelle e disse que precisava conversar com ela. Annabelle sorriu, imaginando o que ele iria dizer. Agora, na maior parte do tempo, falavam sobre a guerra. Mas, desta vez, Josiah suspirou fundo, e Annabelle viu lágrimas em seus olhos quando ele se virou para ela.

— Você está bem? — perguntou Annabelle, ficando preocupada de repente, mas tudo o que ele fez foi balançar a cabeça devagar. Seu coração afundou quando ouviu as palavras dele.

— Não, não estou.

Capítulo 11

Nada na vida havia preparado Annabelle para o que Josiah tinha a dizer. O impacto de suas palavras foi tão forte quanto o daquela manhã em que lera a notícia sobre o *Titanic*. O que Josiah lhe disse a atingiu feito uma bomba. A princípio, ele não sabia por onde começar. Annabelle estendeu o braço, segurando a mão dele.

— O que está acontecendo? — perguntou, de forma gentil. Não conseguia imaginar um problema que amenizasse o desespero que via no rosto dele. Josiah parecia devastado. Ele então respirou fundo e começou.

— Não sei como contar isso, Annabelle — disse, apertando--lhe a mão. Sabia o quanto ela ainda era inocente, o quanto seria difícil para ela entender. Queria ter contado isso a Annabelle seis meses antes, mas achou melhor esperar que as festas de fim de ano passassem, mas depois a mãe dela ficou doente. E não conseguiu falar logo após a morte de Consuelo. Annabelle estava fragilizada demais com a perda da mãe para suportar outro golpe, e ainda mais vindo dele. Agora, quase seis meses haviam se passado desde a morte de Consuelo, e a venda da casa também fora um choque. Mas ele simplesmente não podia esperar mais. Ela precisava saber. Josiah não podia mais viver uma farsa, isso o estava deixando louco.

— Não entendo o que há de errado — disse ela, agora com os olhos cheios de lágrimas também, antes mesmo de saber o que era.

118

— Fiz alguma coisa que o aborreceu? — Josiah balançou a cabeça com veemência.

— Claro que não. Você não foi nada além de maravilhosa comigo. É uma esposa perfeita, devotada. Não foi você quem fez algo errado, Annabelle, fui eu... desde o começo. Achei realmente que poderia ser um bom marido, que poderia lhe dar uma vida boa. Eu queria... — Josiah tentou dizer mais, mas Annabelle o interrompeu de imediato, tentando nadar contra a maré. Mas agora já era um maremoto, algo que nem ele poderia deter. E tinha de ser enfrentado.

— Mas você é um bom marido, e me dá uma vida boa. — Havia certo apelo em sua voz, o que partiu o coração de Josiah.

— Não, não mesmo. Você merece muito mais. Muitíssimo mais do que posso lhe dar. Pensei que pudesse, eu estava certo disso a princípio, senão jamais teria feito isso com você. Mas não consegui. Você merece um homem que possa lhe dar tudo o que quiser, que consiga realizar seus maiores desejos, e que possa lhe dar filhos.

— Não estamos com pressa, Josiah. Você sempre diz que temos tempo.

— Não, não temos — disse ele, parecendo resoluto, a boca endurecida em uma linha firme. Estava sendo mais difícil do que ele temia. A pior parte era que ele a amava, mas sabia que agora não tinha o direito de nutrir esse sentimento por ela, jamais teve. E sentia-se culpado por quebrar a promessa feita à mãe dela de que cuidaria de Annabelle, mas a situação era bem mais complicada do que Consuelo poderia ter imaginado. — Estamos casados há quase dois anos. Nunca fiz amor com você. Dei milhares de desculpas e a iludi. — Annabelle havia imaginado uma ou duas vezes se ele teria algum problema físico do qual se envergonhava. Mas sempre teve a sensação de que era algo emocional e uma questão de adaptação, algo que esperava que Josiah resolvesse com o tempo, o que nunca aconteceu. Os dois sabiam que, depois de quase dois anos de casamento, ela ainda era virgem. Annabelle jamais revelou isso a ninguém, nem mesmo a Hortie ou à mãe. Tinha muita vergonha, e temia que fosse por algo que estivesse fazendo errado, ou que Josiah não a achasse atraente. Havia tentado de tudo, desde novos penteados a roupas diferentes, até camisolas mais sedutoras. Então, por fim, desistiu disso também e concluiu que Josiah estava ansioso e que isso aconteceria quanto tivesse de acontecer, quando o marido estivesse pronto. Mas havia se preocupado demais, embora agora tentasse suavizar a situação para ele. — Realmente pensei, quando nos casamos, que eu era capaz de ser um homem para você. Mas não sou. Sempre que pensava nisso, sabia que era errado, e não conseguia trocar sua virtude por uma mentira.

— Não é mentira — disse ela, de forma corajosa, lutando por sua vida e por seu casamento. Mas ela havia perdido antes de começar. Annabelle jamais teve chance. — Nós nos amamos. Não me importa se jamais fizer amor comigo. Há coisas mais importantes na vida do que isso. — Josiah achou graça do quanto ela ainda era inocente. Várias pessoas de ambos os sexos discordariam dela, assim como ele mesmo. Annabelle simplesmente não tivera a experiência, e se ficasse com ele, jamais teria.

— Você merece mais do que posso lhe dar. Annabelle, você precisa me ouvir. Pode ser difícil para você entender, mas quero ser honesto. — Ele sabia que deveria ter sido honesto desde o início, mas seria imprescindível. Estava para roubar-lhe toda a inocência em uma única noite, e talvez destruir sua fé nos homens para sempre. Mas ele não tinha escolha. Havia pensando nisso por um longo tempo e esperou mais do que deveria. Não podia continuar com aquilo. Ele a amava. Mas tudo no casamento deles estava errado.

Seus olhos estavam arregalados ao observá-lo, os dedos dele tremiam conforme aumentava a pressão, preparando-se para o que ele ia dizer. Seu corpo inteiro tremia, embora não percebesse. Josiah podia ver os ombros de Annabelle balançando enquanto esperava.

— Não é com mulheres que eu quero fazer amor — disse ele, com uma voz rouca. — É com homens. Pensei que poderia ser um marido decente para você, que poderia ir contra minha própria natureza, mas não posso. Isso não é quem eu sou. É por isso que não me casei antes. Eu amo você profundamente, amo tudo em você, mas não da forma que você gostaria. — Então ele acrescentou o que parecia ser o golpe final. — Henry e eu somos apaixonados desde quando éramos garotos. — Os olhos dela estavam tão arregalados que, por um momento, Josiah pensou que ela fosse desmaiar. Mas Annabelle era mais corajosa que isso e negou-se a ceder à tontura e à náusea que a tragavam.

— Henry? — A voz dela era pouco mais que um guincho. Henry, que sempre foi um constante companheiro deles, que julgava ser o amigo mais querido do casal? Ele a traiu totalmente, e tinha uma parte do marido que ela jamais teria. E Josiah a havia traído também.

— Sim. Ele entendeu que eu queria me casar e ter filhos com você. Eu realmente amava você e fiquei muito sentido quando seu pai morreu. Queria ser tudo para você. Pai, irmão, amigo. A única coisa que descobri que não conseguia fazer, e eu queria, mesmo, era ser seu marido. Não consegui criar coragem para levar a mentira adiante. E não consegui ignorar minha própria natureza. Tudo em mim rejeitava a ideia. — Annabelle estava assentindo em silêncio, tentando absorver o que ele acabara de dizer. Era muito para assimilar de uma vez. Tudo a respeito do casamento deles, os votos, a lua de mel, as promessas feitas um ao outro, os dois anos desde então, tudo havia sido uma fraude. — Pensei que poderia me forçar a ter uma vida dupla, mas não consigo. E não posso continuar fazendo isso com você, enquanto tenta gentilmente me perguntar por que nada jamais aconteceu entre nós. E agora nunca poderá acontecer. Descobri algo há seis meses que muda tudo e agora estou grato por nunca ter conseguido superar minhas reservas. Descobri em dezembro que tenho sífilis. Sob nenhuma circunstância eu tocaria em você agora, ou tentaria ter com você os bebês que tanto quer. Não arriscaria sua vida. Eu te amo demais para isso. — Duas lágrimas solitárias escorreram pela face dele ao falar, e Annabelle abraçou Josiah, enterrando o rosto em seu pescoço, soluçando histericamente. Tinha sido a pior notícia que havia recebido até aquele momento.

— Josiah... não pode ser. — Ela ergueu o rosto marcado por lágrimas para encará-lo. Ele ainda parecia o mesmo, mas ela nem conhecia os sinais da doença. Mas, no momento, não havia nenhum. Só com o tempo eles apareceriam. Por fim, ele ficaria cego e poderia até morrer. Seu destino estava selado, e o de Henry também. Haviam descoberto juntos, e pelo menos sabiam que um não viveria sem o outro. O amor deles era forte e sobrevivera há vinte anos, a toda uma vida adulta, e os acompanharia até o túmulo. — Tem certeza? — perguntou Annabelle.

— Absoluta. E logo que descobri, soube que devia ser honesto com você, mas então sua mãe ficou doente... Eu simplesmente não tive coragem de te dar mais um golpe. Mas temos de fazer algo a respeito agora. Não posso deixar isso continuar.

— Não quero fazer nada — disse ela, firme, largando as mãos dele para secar as próprias lágrimas. — Quero ficar casada com você até o fim.

— Não deixarei que faça isso. Não é justo com você. Henry e eu queremos ir embora juntos e desfrutar seja lá quanto tempo nos resta. — Annabelle ficou chocada por perceber que ele não tinha intenção de passar seus últimos dias com ela, queria ficar com o homem que amava. Era a pior das rejeições que já conhecera. Josiah respirou fundo, para contar o resto. — Falei com meu advogado em segredo. Ele já cuidou da papelada toda. O divórcio será o mais discreto possível. Se alguém perguntar, pode dizer que fui um marido terrível e que estará melhor sem mim.

— Mas não quero me livrar de você — soluçou, agarrando-se a ele novamente. Os dois sabiam que adultério era a única razão para um divórcio, e, se Josiah se divorciasse mesmo dela, as pessoas pensariam que ela havia sido infiel. Annabelle não queria se divorciar dele, e não o faria. Josiah também tinha consciência disso. Se quisesse libertá-la, pelo bem dela, teriam de se separar. Annabelle precisava aceitar isso. — Não podemos ficar casados? — perguntou, soando apavorada, enquanto ele meneava a cabeça. Josiah estava determinado, e nada o convenceria do contrário. Annabelle sabia como ele agia quando estava determinado. Era um homem fácil de se conviver na maior parte do tempo, exceto pela casual melancolia e pela teimosia, que dizia ter herdado do pai.

— Não podemos permanecer casados, Annabelle — disse, gentilmente. — Poderíamos tentar anular nosso casamento, mas não sem dizer o porquê, o que seria embaraçoso para ambas as partes. Depois de dois anos, nem sei se poderíamos fazer isso. É bem mais simples e rápido se nos divorciamos. Quero que fique livre para seguir com sua vida assim que possível. Devo isso a você. Precisa encontrar outro homem, casar e ter a vida que merece. Precisa de um marido de verdade e de um casamento de verdade. Não dessa fraude.

— Mas não quero seguir em frente e casar com outro homem — disse ela, soluçando.

— Você quer filhos, e eu posso ficar doente e resistir por anos. Não quero você amarrada a mim, desperdiçando sua vida por tantos anos. — Ele a forçava a desistir dele, para que pudesse ir embora, tudo o que Annabelle não queria. Ela só queria ficar com ele. Ela o amara desde o primeiro dia. Não estava zangada com Josiah, estava com o coração partido. E a última coisa que queria era se divorciar dele.

— Apenas me escute — insistiu Josiah. — Eu sei o que é certo. Cometi um erro terrível e devemos corrigi-lo agora. Poderíamos nos divorciar no Kentucky, mas isso me parece estúpido e sorrateiro. Faz mais sentido fazer isso aqui em Nova York, enquanto moramos na cidade. Ninguém saberá dos detalhes. Teremos uma audiência privada e seremos discretos em relação ao assunto. — Ele então respirou fundo. — Volto para a cidade amanhã, para conversar com meu advogado mais uma vez. E depois Henry e eu vamos embora.

Vamos passar um tempo no México. — Eles prefeririam ir para a Europa, mas já não era mais razoável nem prático fazê-lo, então decidiram ir para o México. Lá não teriam nenhum conhecido e poderiam desaparecer tranquilamente, isso era tudo o que queriam agora, pelo tempo que ainda lhe restavam.

— Quando você volta? — perguntou Annabelle, soluçando. Depois de perder todos, agora estava perdendo Josiah.

— Vou ficar um bom tempo fora — disse, parecendo mais ríspido do que pretendia, evitando dizer "nunca". Annabelle precisava aceitar que estava acabado. Eles nem deveriam ter se casado para início de conversa, agora ele quer pôr um fim logo naquela farsa. Era o certo a fazer. Mas a expressão no rosto de Annabelle dizia que ele estava enganado. Parecia completamente arrasada com tudo o que ele dissera, principalmente que estaria de partida no dia seguinte.

Annabelle não conseguia imaginar como sobreviveria sem ele. Ficaria completamente sozinha no mundo quando ele partisse. Josiah tinha Henry, sempre o teve; ela não tinha ninguém. Nem pais, nem irmão, e agora nem ele.

— Por que não podemos ficar casados? — perguntou, queixosa, parecendo uma criança. — Não será diferente do que era antes.

— Sim, será. Você sabe a verdade agora, e eu também. Preciso libertar você, Annabelle. Devo-lhe ao menos isso. Fiz você desperdiçar dois anos da sua vida. — Pior do que isso, ele a destruíra. Annabelle agora não tinha nada, exceto sua herança. Já nem mais possuía uma casa na cidade. Nem poderia ficar no apartamento dele caso se divorciassem. Mas Josiah também tinha pensado nisso. — Pode ficar no apartamento até se reestruturar, até decidir o que quer fazer. Partirei em alguns dias. — Ele e Henry já haviam planejado tudo.

— Queria não ter vendido a casa — disse, soluçando, mas os dois sabiam que fora a coisa certa a fazer. A casa era muito grande para ela, e não poderia ficar lá sozinha, principalmente sendo uma mulher descasada. Precisava de um lar. E Josiah tinha certeza de que ela se casaria de novo em pouco tempo. Era uma moça bonita de apenas 21 anos. E possuía toda a inocência e o frescor da juventude. Ao menos não havia estragado isso, embora Annabelle parecesse ter envelhecido uma década na última hora. Ficou então de pé e a envolveu nos braços. Abraçou-a, mas não a beijou. A fraude que havia perpetrado estava acabada. Já não pertencia mais a ela, nunca pertenceu. Sempre fora de Henry, e agora os dois pagariam um preço alto por sua tentativa de ser algo que não era. Ele a amava, mas não como um marido deveria amar sua esposa. Fora uma triste descoberta para ele também. E ainda pior para ela agora. Josiah não nutria mais esperanças. Estava aliviado por nunca ter feito amor com Annabelle. Nunca teria se perdoado se a houvesse infectado também. O que havia feito já era bastante ruim. Sentia-se péssimo por ter mentido durante todo aquele tempo. Pior ainda, havia mentido para si mesmo. Ele amava Annabelle, mas os votos de casamento foram vazios e não significaram nada.

Acompanhou-a até o quarto lá em cima, mas se recusou a ficar com ela naquela noite. Disse que já não era mais direito. Dormiu no quarto de hóspedes no andar de baixo, e Annabelle ficou deitada na cama soluçando durante a noite inteira. Por fim, desceu e tentou deitar na cama de Josiah, apenas para poderem ficar abraçados, mas ele não deixou. Mandou-a de volta para o próprio quarto, sentindo--se um monstro. E depois que Annabelle se foi, ele deitou novamente e chorou. Ele realmente a amava, e partia-lhe o coração deixá-la, mas sabia que não havia outra escolha. Sabia o quanto a afligiu o fato de não ter acontecido nada entre eles, e não queria que ela o visse definhar, até, por fim, morrer. Não tinha o direito de fazer isso com ela, e planejava ficar longe. A doença já estava avançando em ritmo rápido, e Henry começava a apresentar os primeiros sinais. Os dois haviam se submetido a tratamento com arsênico, o que não ajudara em nada. Queriam sair de Nova York agora e se afastar de todos que conheciam, por causa do que viria em seguida. Era hora de deixar Annabelle e permitir que ela começasse uma nova vida.

Sabia que com o tempo, quando ela tivesse se adaptado, entenderia que aquilo era o certo.

Ela ficou soluçando nos degraus da entrada quando Josiah foi embora no dia seguinte. Estava de preto por causa da mãe e parecia desolada quando ele partiu de carro. Deixá-la foi a coisa mais difícil que ele já fizera, sentiu-se enjoado e chorou sem parar durante todo o caminho até Nova York. Matá-la com as próprias mãos não teria sido tão difícil quanto deixá-la, mas ele não teria se sentido tão mal.

Capítulo 12

Annabelle não viu ninguém depois que Josiah foi embora. Blanche sabia que alguma coisa terrível havia acontecido, mas não ousava perguntar. Annabelle ficou no quarto e recebia em uma bandeja as refeições, nas quais mal tocou. Uma vez por dia, saía para um longo passeio à beira-mar, mas não via ninguém nem falava com qualquer conhecido. Hortie apareceu em uma tarde, mas Annabelle se recusou a recebê-la. Pediu que Blanche dissesse à amiga que ela estava doente. Annabelle estava ferida demais, até para ver a melhor amiga, e envergonhada demais para contar que estava se divorciando. Ela não podia falar qual era o motivo, mesmo não sendo responsável pelo fim do casamento. A verdade era inconcebível, e ela queria proteger Josiah. Entrava em pânico sempre que pensava que não o veria de novo.

Sabia que uma vez que as pessoas soubessem do divórcio ninguém acreditaria nela, e todos em Nova York e em Newport ficariam chocados. Perguntou-se quanto tempo levaria para que a notícia se espalhasse. De luto pela mãe, não se esperava que saísse, mas as pessoas achariam estranho não ver mais Josiah. Blanche já suspeitava do que havia acontecido, embora acreditasse ser briga de casal, mas não imaginava que aquilo acabaria em divórcio. Ela e o mordomo comentavam que Josiah devia estar tendo um caso, mas ninguém poderia sequer suspeitar que era com Henry, ou que o casamento de Annabelle tinha chegado ao fim. Blanche tentou dizer que tudo ficaria bem, mas tudo o que Annabelle conseguiu fazer foi chorar e balançar a cabeça. Nada jamais voltaria a ficar bem.

O advogado de Josiah marcou uma reunião em julho. Josiah já havia deixado o cargo no banco e partido para o México. Duas semanas antes, Henry havia alegado uma doença de família e deixado o banco também. Nunca ocorreu a ninguém ligar os dois fatos, mas a saída dos dois homens foi uma perda para o banco.

Josiah lhe enviara uma carta antes de partir, pedindo desculpas mais uma vez pela terrível perfídia e pela traição. Disse que carregaria a culpa pelo resto da vida e garantiu que seu amor por ela sempre foi sincero. O divórcio já havia sido solicitado em Nova York, e o advogado lhe levou uma cópia dos documentos. O único motivo pelo qual pôde dar entrada nos papéis foi por infidelidade, o que a abalou no íntimo ao ler. Estava ciente disso, mas ver era pior. Havia dito ao marido que não solicitaria o divórcio, então Josiah não teve escolha senão fazê-lo ele mesmo.

— Todos pensarão que o traí — disse com ar angustiado ao advogado, que meneou a cabeça. Teve esperanças de que Josiah não desse entrada no divórcio, mas ele o fizera, com o único pretexto existente.

— Ninguém jamais verá esses papéis — garantiu-lhe o advogado. — Não havia outra escolha, já que a senhora não aceitou pedir o divórcio. — Annabelle teria morrido antes disso. Ela o amava.

Por fim, a confiança de Josiah e de seu advogado no sistema se provou enganosa. Um escrevente do tribunal vendeu uma cópia dos papéis do divórcio aos jornais, e, em agosto, foi publicado que Josiah havia pedido divórcio por adultério. Em um único golpe, a vida e a reputação de Annabelle foram arruinadas. Da noite para o dia, ela se tornou uma pária.

Ainda estava em Newport quando soube de tudo através do banco do pai, e a notícia se espalhou feito fogo. Todos em Newport comentavam sobre o divórcio do casal. Custou a Annabelle duas semanas para que criasse coragem de visitar Hortie para falar sobre o assunto, e, quando o fez, enfrentou outro choque. Em vez de deixá-la subir direto para o quarto de Hortie, onde a amiga estava deitada, como sempre, o mordomo a conduziu à sala de visitas, no momento que a mãe de Hortie saía do cômodo e passava por ela com ar de desaprovação no rosto. Não falou uma palavra com Annabelle, e dez minutos se passaram até que Hortie aparecesse, consideravelmente maior que da última vez em que Annabelle a vira. Estava bastante nervosa e não se sentou. Em vez disso, ficou olhando para Annabelle, desconfortável. As lágrimas escorriam dos olhos de Annabelle, mas Hortie virou-se e fingiu não vê-las.

— Imagino que soube da notícia. Todos souberam — disse Annabelle, com ar sofrido, assoando com discrição o nariz no lenço de renda que fora da mãe. Estava carregando o guarda-sol também, pois viera andando de casa em um dia bastante quente.

— Não fazia ideia de que havia outra pessoa — disse Hortie com a voz embargada, sem se aproximar da amiga ou dizer qualquer palavra de conforto. Ficou parada feito estátua do outro lado da sala, longe de Annabelle, os braços firmes junto ao corpo.

— Não havia, e nunca houve — disse Annabelle com clareza. — Adultério era o único pretexto permitido. Josiah queria o divórcio, eu não. Ele achou que seria melhor... não conseguia... não queria... — As palavras foram sufocadas por um soluço. Não sabia como explicar, porque nada do que realmente acontecera fazia muito sentido, e não podia revelar nenhum detalhe, nem mesmo para a melhor amiga. Josiah estaria arruinado para sempre se ela contasse que ele a havia deixado por outro homem, e não tinha coragem de dizer a Hortie que ainda era virgem, então simplesmente sentou-se na cadeira e chorou. E não havia como contar-lhe sobre a chocante doença dele. — Não sei o que fazer — disse Annabelle, infeliz. — Quero morrer. — Hortie confundiu sua agonia com culpa. A mãe

129

disse que ela merecia tudo o que Josiah lhe fizera, pois um homem da estatura moral de Josiah nunca se divorciaria da mulher por qualquer razão, e que Hortie podia ter certeza de que, fosse lá o que fosse, o que Annabelle havia feito era imperdoável. Do contrário, eles ainda estariam casados. E se ele havia se divorciado alegando que ela era adúltera, então Annabelle era adúltera. Disse que lamentava muitíssimo por Josiah, mas nem um pouco por Annabelle, que recebeu exatamente o que merecia. E James avisou a Hortie, em termos bem claros, que estava proibida de ver a amiga outra vez. Não queria que a perversão tivesse alguma influência sobre a esposa.

— Lamento muito que isso tenha acontecido — disse Hortie, desconfortável. — Deve ter cometido um erro terrível. — Tentou ser caridosa, mas no fundo achava que a mãe estava certa. Josiah era um homem gentil demais para aceitar algo leviano. Para divorciar-se de Annabelle, largar o emprego e deixar a cidade, ela devia ter se comportado de maneira abominável. Nunca imaginou que Annabelle seria capaz disso, mas aquilo só servia para provar que não conhecemos nem mesmo nossos melhores amigos. Estava muito desapontada com ela, e a julgar pela enxurrada de lágrimas de Annabelle, podia ver o quanto a amiga se sentia culpada. A mãe e James estavam certos.

— Não cometi erro algum — disse Annabelle, soluçando enquanto chorava. Ela se sentia uma criança abandonada, e ficou chocada com a falta de solidariedade de Hortie, depois de tudo o que passaram juntas desde a infância. Hortie parecia bastante distante e soava muito fria.

— Acho que não quero saber o que aconteceu — disse Hortie, alcançando a porta. — Lamento, mas você precisa ir. James disse que não posso vê-la outra vez. Adeus, Annabelle, tenho de subir e me deitar, não estou me sentindo bem. — Então Hortie saiu da sala e fechou a porta ao passar, sem dizer mais nada. Annabelle ficou sentada olhando para a porta, incapaz de acreditar no que havia acabado de acontecer. Tremia violentamente quando se levantou, saiu correndo de lá e voltou para casa. Pensou em se atirar ao mar, em se matar, mas não tinha coragem para tanto. Teria gostado, pois assim veria seus pais e Robert outra vez, estava certa disso. Não podia acreditar que Hortie também a abandonara, que tivesse dito que jamais a veria novamente. E então percebeu que todos que conhecia fariam o mesmo. Cada porta em Newport e em Nova York seria fechada para ela, uma vez que pudesse voltar a sair.

Annabelle bateu a porta depois de entrar correndo em casa e subir para o quarto. Atirou-se na cama, abalada demais até para chorar. Ainda estava deitada quando Blanche entrou no quarto e falou carinhosamente com a mulher que conhecia desde criança.

— Sei que não fez o que dizem, Srta. Annabelle. Vi a senhorita quase todos os dias, durante toda a sua vida. Sei que foi uma boa esposa para ele. Não sei o que aconteceu entre vocês dois, mas sei que não tem nada a ver com você. — E então aproximou-se, passou os braços em volta de Annabelle, e as duas choraram juntas. Annabelle não podia contar a Blanche o que realmente tinha acontecido, mas ela sabia que a patroa estava sendo acusada injustamente. E enquanto choravam abraçadas, Annabelle sentiu mais falta da mãe do que nunca. Havia se recusado a pedir o divórcio de Josiah, que, pensando em poupá-la de um destino pior, marcou-a como adúltera para sempre.

Sentiu o gosto do que isso significava nas últimas semanas de agosto, quando a temporada de verão chegou ao fim. Foi algumas vezes à mercearia, ao correio, e, sempre que o fazia, as pessoas que encontrava no caminho viravam o rosto e se recusavam a falar com ela. Os homens a encaravam com ar de desaprovação, as mulheres a olhavam como se ela fosse invisível. Havia de fato se tornado a pária que dissera a Josiah que seria. Ele havia achado que isso seria melhor para ela, e a libertara por amor e remorso, mas, ao fazê-lo, condenara Annabelle a uma sentença eterna de reprovação e desprezo. Ela mesma a banira de seu próprio mundo. Soube então que sua vida estava acabada em Newport e em Nova York, que jamais seria admitida outra vez em casas decentes ou nos círculos idôneo. Seria para sempre a adúltera de quem Josiah Millbank se divorciou. Ele podia muito bem tê-la enforcado. A mulher decente que sempre foi estava morta.

Capítulo 13

Annabelle voltou para Nova York na primeira semana de setembro, deixando Blanche, William e alguns outros criados na casa de Newport. Não era mais a casa de seus pais, agora era sua casa. Levou Thomas consigo para Nova York e planejava vender todos os carros do pai, exceto um.

Ficou no apartamento de Josiah, mas sabia que precisava encontrar uma casa, só não fazia ideia de por onde começar a procurar. Sabia que Josiah não voltaria tão cedo, se é que faria isso. Ele e Henry ficariam fora por meses, ou talvez por mais tempo, e não tinha notícias dele desde sua partida para o México. Ele a abandonara por completo, assim como todos os outros. E Josiah achava que isso seria melhor para ela.

Quando voltou a trabalhar no Hospital para Imigrantes de Ellis Island, tentou pensar no que fazer. As pessoas ainda estavam chegando da Europa, mesmo com os britânicos tendo enchido o Atlântico de minas e os alemães ainda afundando navios. E, certo dia, conversando com uma francesa, Annabelle entendeu o que precisava fazer. Era a única coisa na qual conseguia pensar, e parecia fazer mais sentido do que ficar em Nova York sendo marginalizada por todos que conhecia. Agora não lhe importava morrer na travessia do Atlântico, ou quando estivesse na Europa. Na verdade, receberia de bom grado a libertação do destino ao qual Josiah, sem perceber, lhe condenara com o divórcio.

Conversou com várias pessoas no Hospital para Imigrantes de Ellis Island sobre o que fazer. O médico para quem trabalhava lhe deu uma carta, atestando suas habilidades, que ela planejava apresentá-la em um hospital na França. Ele lhe falou de um hospital que fora montado em uma abadia em Asnières-sur-Oise, perto de Paris, dirigido por mulheres. Havia sido estabelecido um ano antes por uma escocesa, a Dra. Elsie Inglis, cuja proposta de fazer o mesmo na Inglaterra fora recusada. O governo francês a recebeu de braços abertos, e ela assumiu pessoalmente a criação do hospital na abadia, empregando mulheres na equipe, tanto médicas quanto enfermeiras, tendo apenas alguns homens atuando como médicos. O amigo de Annabelle que era médico no Hospital de Ellis Island a encorajou a ir para lá quando ela lhe revelou seu plano.

Elsie Inglis era uma mulher visionária e sufragista que havia estudado na Escola de Medicina para Mulheres de Edimburgo. Havia criado a própria faculdade de medicina e lecionado no Novo Hospital para Mulheres. O clínico que a indicou a Annabelle tinha certeza de que qualquer estabelecimento médico criado por Inglis seria medicamente correto e impecavelmente dirigido. Ela conseguiu montar a Abbaye de Royaumont e colocá-la para funcionar em dezembro de 1914, pouco depois da eclosão da guerra. E pelo que o médico havia ouvido, estava fazendo um ótimo trabalho cuidando dos soldados feridos que chegavam aos hospitais de campanha no *front*. Tudo sugeria a Annabelle que era lá que ela deveria estar, e que era muito provável que fosse bem-vinda. Não importava se dirigiria uma ambulância ou se trabalharia no hospital. Qualquer coisa que precisassem, ela estaria mais do que disposta a fazer.

Agora não tinha motivos para ficar nos Estados Unidos. Não tinha lar, parentes, marido, e até a melhor amiga havia dito que não podiam mais se ver. Os amigos dos pais dela e de Josiah deviam estar ainda mais chocados com a situação. E já que ele havia deixado a cidade, todos presumiam que ela tinha partido o coração dele. Annabelle fora desonrada de todas as maneiras possíveis, e ninguém jamais saberia o que realmente aconteceu. Ela não tinha razão nenhuma para ficar em Nova York e possuía todos os motivos para partir.

Annabelle passou vários dias empacotando tudo o que queria enviar para o depósito e tirou um passaporte novo, já que não viajava havia seis anos, desde que tinha 16 anos. Reservou uma passagem para a França no *Saxonia* e comprou roupas resistentes para vestir assim que chegasse lá. Não precisava mais de trajes elegantes e cheios de babados, por isso deixou suas joias e as da mãe em um cofre no banco do pai e providenciou todos os arranjos financeiros de que precisaria na Europa. Não contou a ninguém o que estava fazendo e, no fim de setembro, voltou a Newport para se despedir de Blanche e dos outros criados. Havia cinco deles na casa para o inverno, para cuidar do imóvel e do terreno. Era o bastante, dado o tamanho do chalé, mas não o suficiente. Contou a Blanche o que pretendia fazer e avisou que ficaria fora por um bom tempo.

A mulher chorou por tudo o que havia ocorrido e lamentou o destino de sua jovem senhora e as coisas que poderiam lhe acontecer na França. Todos perceberam que ela talvez não sobrevivesse à travessia, pelas minas inglesas e os submarinos alemães que espreitavam no mar. Blanche sabia muito bem que Annabelle não se importava. Não tinha nada a perder e ninguém por quem viver. E no *front* talvez ela servisse a algum propósito. Estava levando todos os seus livros de medicina, para o caso de precisar deles. E quando deixou Newport, dois dias depois, todos choravam enquanto acenavam em despedida, imaginando se um dia voltariam a vê-la.

De volta a Nova York, Annabelle se despediu dos médicos e das enfermeiras com quem trabalhava no Hospital de Ellis Island, e de alguns dos pacientes preferidos de longa data, especialmente as crianças. Todos lamentavam sua partida, mas ela não explicou o motivo. Disse ao médico-chefe que seria voluntária em um hospital de campanha na França. Partia seu coração ter de se despedir.

Todos os seus pertences que estavam no apartamento de Josiah já haviam sido enviados para um depósito, e tudo o que restava eram as malas que levaria consigo e o que havia dentro delas: as roupas resistentes que comprara para a viagem e várias jaquetas e casacos. Conseguiu acomodar tudo em três valises grandes. Como planejava ficar dentro da cabine no navio, não levava roupas de noite. Havia tirado um passaporte novo e reservado passagem com seu próprio sobrenome, não no de Josiah. Em seu último dia em Nova York, saiu para um longo passeio, passando pela antiga casa dos pais. Era a única coisa que ainda restava para se despedir. Ficou parada na frente da casa por um bom tempo, pensando em tudo o que havia perdido. Viu um dos antigos vizinhos sair do carro e lançar um olhar maldoso em sua direção. Ele virou de costas sem cumprimentá-la, subiu os degraus da casa e bateu a porta. Enquanto voltava para o apartamento de Josiah pensando no ocorrido, fortaleceu sua decisão. Não lhe restava mais nada em Nova York.

Thomas conduziu Annabelle ao cais da Cunard na manhã seguinte, a tempo de colocar suas três magras valises a bordo. O *Saxonia*, construído há 15 anos, era um grande navio de passageiros e carga, com quatro mastros enormes e uma chaminé alta. Seu projeto priorizara o tamanho, não a velocidade, e o navio faria sua travessia pelo Atlântico a 15 nós. Não era luxuoso, mas confortável; e era rentável para a companhia por causa da carga, o que reduzia consideravelmente a área de passageiros. A primeira classe havia sido eliminada completamente desde a eclosão da guerra. Não era em nada tão prestigioso quanto os outros navios nos quais Annabelle já havia viajado com os pais, mas ela não se importava, por isso reservou um dos maiores compartimentos da segunda classe.

Dois jovens marinheiros a escoltaram à cabine, e Thomas lhe deu um afetuoso abraço de despedida. Ele deixaria o carro guardado em uma garagem alugada, e o banco recebera instruções de vendê-lo.

Thomas já estava procurando outro emprego, pois Annabelle não fazia ideia de quando estaria de volta.

Ele ainda estava parado no cais, acenando para a jovem, quando o navio começou a se afastar devagar do ancoradouro uma hora e meia depois. As pessoas no convés pareciam sérias, pois sabiam dos riscos que estavam correndo por desbravar o Atlântico. Mas todos tinham um bom motivo para estar ali. Ninguém navegava naquelas águas por prazer, era perigoso demais com toda a Europa em guerra.

Annabelle ficou no convés até passarem pela Estátua da Liberdade. Viu o Hospital de Ellis Island e sentiu o coração doer, então voltou para a cabine. Pegou um dos livros de medicina e começou a lê-lo, tentando não pensar no que aconteceria caso fossem atingidos por um torpedo. Era sua primeira jornada no oceano desde que o pai e o irmão haviam morrido no *Titanic*, por isso ficou tensa ao ouvir o barulho do navio, imaginando se os submarinos estariam em águas norte-americanas e se os atacariam. Todos os passageiros pensavam a mesma coisa.

Jantou sozinha em sua cabine e ficou deitada em seu beliche naquela noite, imaginando se chegariam em segurança e o que encontraria quando desembarcasse na França. Planejava seguir caminho até a área onde lhe disseram que seus serviços seriam mais necessários. Como os Estados Unidos não estavam na guerra, Annabelle não podia ser voluntária pelo próprio país, embora soubesse que seus primos Astor haviam financiado um hospital de campanha e um de seus primos Vanderbilt fosse voluntário. Mas depois que a notícia do divórcio se espalhou, ela não ousou entrar em contato com eles. Encontraria o próprio caminho quando chegasse à França. Daria um jeito.

Uma vez no hospital que era seu destino, faria o que quer que lhe fosse atribuído. Estava disposta a assumir as tarefas mais humildes, porém, pelo que ouvira, havia trincheiras por todo canto e os hospitais estavam lotados de gente ferida. Tinha certeza de que alguém a colocaria para trabalhar, caso conseguissem sobreviver à viagem.

Havia aprendido muita coisa com os médicos e as enfermeiras do Hospital de Ellis Island e continuava estudando todos os dias. E mesmo que tudo o que lhe permitissem fosse dirigir uma ambulância, ela pelo menos teria mais serventia lá do que se ficasse em Nova York escondida dos olhares de todo um mundo de pessoas conhecidas e do qual agora havia sido excluída.

Embora Josiah tivesse as melhores intenções, naquele momento, toda a sua respeitabilidade, reputação, retidão e capacidade de começar uma nova vida tinham sido destruídas pelo divórcio. Ele não compreendia o que havia feito a Annabelle. Era como ser condenada por um crime pelo qual jamais seria perdoada. Sua sentença seria eterna; sua culpa, uma certeza para todos. E sob circunstância alguma ela jamais revelaria o segredo de Josiah. Ela o amava demais para isso, e o que ele escondia era ainda mais chocante que o divórcio. A revelação de seu antigo caso amoroso com Henry e da sífilis, que agora compartilhavam, teria acabado com a vida dele. Seu segredo morreria com ela. E, sem querer, ele a sacrificara.

Era um alívio estar indo para a França, onde ninguém a conhecia. A princípio, não sabia se dizia que era viúva ou que jamais havia se casado. Mas se alguém conhecesse Josiah, o que era possível mesmo na Europa, saberia que ele estava vivo e que ela estava mentindo. Por fim, ela decidiu que falaria que nunca havia se casado. Era mais simples assim, caso encontrasse alguém que o conhecesse. Ela era Annabelle Worthington de novo, como se os dois anos com Josiah nunca tivessem ocorrido, embora o tivesse amado demais. Ou o suficiente para perdoá-lo pelas fragilidades que não podia evitar, e pela doença que no fim o mataria.

Talvez, pensou consigo mesma, enquanto o navio singrava tranquilamente a primeira noite, acabasse sendo morta na França e assim não teria de sofrer outra perda ou privação. Sabia que, mesmo depois do divórcio, quando ele morresse, seu coração se partiria novamente. Tudo o que queria era ter uma vida com ele, um casamento feliz, e gerar os filhos dele. Hortie não sabia o quanto era sortuda por

138

ter filhos e um marido normal. E agora nem mesmo a velha amiga Annabelle tinha mais. Fora marginalizada e abandonada por todos. A rejeição de Hortie feriu mais fundo que a de Josiah. E o que tudo isso significava para Annabelle era que, enquanto o *Saxonia* seguia com cautela para a França através do Atlântico, ela estava absoluta e completamente sozinha no mundo. Era um pensamento aterrorizante para uma jovem que fora protegida a vida inteira, primeiro pela família e depois pelo marido. E agora todos haviam partido, levando seu bom nome e sua reputação. Estaria marcada como adúltera para sempre. Ao pensar novamente nisso, lágrimas escorreram de seus olhos caindo no travesseiro.

O navio viajou sem problemas naquela noite. Haviam dobrado a vigilância para detectar minas. Não se sabia onde elas poderiam estar, ou até onde os submarinos alemães ousariam se aproximar da terra. Haviam feito um treinamento com os botes salva-vidas uma hora depois de deixarem o cais. Todos sabiam onde eram suas estações de salvamento, e os coletes salva-vidas estavam pendurados bem à vista nas cabines. Em tempos de paz, os coletes eram acondicionados de maneira mais discreta, mas, desde o naufrágio do *Lusitania*, em maio, a Cunard Line não assumia mais riscos. Cada medida de segurança possível estava sendo tomada, mas isso só aumentava o clima de tensão na viagem.

Annabelle não falava com ninguém. Dera uma olhada na lista de passageiros e vira que havia dois conhecidos dos pais a bordo. Dado o maremoto de escândalos que seu divórcio havia causado em Nova York, não tinha nenhuma vontade de encontrá-los e correr o risco de ser esnobada por eles, ou algo pior. Preferia ficar em sua cabine durante grande parte do dia e só saía para um passeio solitário pelo convés ao cair da noite, quando todos estavam se trocando para o jantar. E, todas as noites, jantava sozinha em seu compartimento. Mesmo com todos os livros que levara para se distrair, pensava constantemente na morte do pai e do irmão no *Titanic*. E as histórias do naufrágio do *Lusitania* eram ainda piores.

Ficou tensa e ansiosa na maior parte do tempo e mal dormia, mas estudou bastante durante suas longas horas de vigília.

A camareira que cuidava dos seus aposentos tentou, sem sucesso, incentivá-la a jantar no salão. E o capitão a convidara para jantar em sua mesa na segunda noite de viagem. Isso seria uma honra para a maior parte dos passageiros, mas Annabelle preferiu enviar um bilhete educado declinando do convite, dizendo que não se sentia bem. O mar estava um pouco revolto naquele dia, então era fácil acreditar que ela estava enjoada, o que não era verdade. Sentiu-se bem no trajeto inteiro.

O camareiro e a camareira que lhe foram designados se perguntavam se ela estava se recuperando de algum tipo de perda. Era bela e jovem, mas muito solene, e notaram que estava sempre vestida de preto. Seria viúva ou havia perdido um filho? Estava claro para eles que algo havia lhe acontecido. Ela parecia uma figura trágica e romântica quando observava o pôr do sol nos passeios de fim de tarde. Ficava olhando o mar, pensando em Josiah, imaginando se voltaria a vê-lo. Tentava não pensar em Henry e não odiá-lo.

Geralmente, quando voltava para seu compartimento, que incluía uma sala de visitas e um quarto espaçoso, parecia que havia chorado. Costumava usar um véu para esconder o rosto, que ficava ainda menos visível sob grandes chapéus. Não queria ser reconhecida. Estava desaparecendo de seu mundo, desvencilhando-se da casca de proteção que antes apreciava e da identidade que fora parte integral dela durante toda a vida. Estava se despindo de todas as coisas seguras e familiares, para desaparecer em uma vida de serviço no *front*. Era tudo o que queria agora.

Era chocante perceber que, a não ser pelo chalé de veraneio dos pais em Newport, não tinha um lar. Quase tudo o que possuía estava em um depósito, e o resto, naquelas três malas, que ela conseguia carregar sozinha. Não havia levado um único baú, o que era muito estranho, comentou a camareira com o comissário, para uma mulher de sua classe social. Mesmo sem casacos de pele, joias

140

ou vestidos de noite, só pelo seu porte e jeito de falar, pelos modos gentis e pela postura, era fácil ver que Annabelle era bem-nascida. E vendo o ar de tristeza em seu semblante todos os dias, a jovem camareira lamentava por ela. Tinham quase a mesma idade, e Annabelle era sempre gentil com ela.

No quarto dia de viagem, conforme se aproximavam da Europa, o navio reduziu bastante a velocidade. Mal se movia na água, mas o responsável pela vigilância havia avistado algo suspeito e temia que houvesse algum submarino por perto. Todos os passageiros estavam preocupados, e alguns até vestiram os coletes salva-vidas, embora nenhum alarme tivesse soado. Annabelle saiu à luz do dia pela primeira vez para ver o que estava acontecendo. Um dos oficiais explicou-lhe calmamente a situação e ficou impressionado com sua beleza, escondida sob o chapéu e o véu. Imaginou se seria uma atriz famosa tentando se passar por uma pessoa comum, ou uma figura bastante conhecida. Estava vestindo um conjunto preto bem-talhado e, quando retirou uma das luvas, o oficial notou as mãos graciosas. Depois que ele a tranquilizou, Annabelle deu um breve passeio pelo navio, evitando as aglomerações que conversavam e as pessoas que estavam sentadas em grupinhos jogando cartas, voltando em seguida para o quarto.

O jovem oficial bateu à sua porta mais tarde naquele mesmo dia, e ela pareceu surpresa ao atender. Annabelle segurava um livro, e o seu longo cabelo loiro estava esparramado sobre os ombros. Ela parecia uma menina, e ele ficou ainda mais impressionado com sua beleza. Ela agora estava sem a jaqueta do conjunto e vestia apenas uma blusa preta e uma saia longa também preta. Assim como a camareira, ele suspeitava que Annabelle era uma jovem viúva, mas não fazia ideia do porquê ela estava indo para a Europa. O jovem disse que estava ali para se certificar de que ela estava bem, já que se mostrara bastante preocupada mais cedo naquele dia, e o navio ainda singrava em baixa velocidade. Annabelle garantiu-lhe, com um sorriso tímido, que estava ótima. O oficial baixou o olhar para ver o que ela estava lendo e ficou surpreso ao descobrir. Era um livro de medicina do Dr. Rudolph Virchow, e havia mais três do Dr. Louis Pasteur e do Dr. Claude Bernard, autoridades médicas da época, sobre a mesa às costas dela. Eram suas bíblias.

— Está estudando medicina? — perguntou, visivelmente impressionado. Não era um livro comum para uma mulher, por isso imaginou que ela fosse enfermeira. Parecia improvável, dada sua aparente boa posição na vida.

— Sim... não... bem, não exatamente — respondeu ela, parecendo embaraçada. — Só gosto de ler livros sobre medicina. É uma espécie de paixão minha.

— Meu irmão é médico — disse ele, orgulhoso. — É o irmão esperto. Minha mãe é enfermeira. — Ele se demorou, procurando uma desculpa para continuar a conversa. Havia algo de misterioso nela, e ele não conseguia deixar de se perguntar o que a levava à França. Talvez tivesse família lá. Naqueles dias, um número cada vez menor de mulheres fazia travessias nos navios. — Se houver qualquer coisa que eu possa fazer, Srta. Worthington, por favor, não hesite em me avisar. — Ela assentiu, chocada por ser chamada assim pela primeira vez em dois anos. Ainda não tinha se acostumado. Era como regressar à infância e viajar no tempo. Sempre teve tanto orgulho de ser a Sra. Millbank. Ficava triste por ser Worthington outra vez, como se não merecesse o sobrenome de Josiah. Haviam acordado que ela retomaria seu próprio sobrenome. Ele podia ter pedido perante o tribunal que ela mantivesse o sobrenome dele, mas os dois acharam que seria melhor se ela assumisse o sobrenome de solteira novamente. Seria mais fácil recomeçar do zero com o próprio sobrenome, mas Annabelle ainda sentia falta do dele.

— Muito obrigada — agradeceu educadamente. O oficial se curvou, e Annabelle fechou a porta e voltou para o livro. Não saiu do quarto antes de escurecer. Estava ansiosa para chegar. Ficar confinada em seu pequeno quarto o tempo inteiro fazia a viagem parecer muito longa. E a lentidão em que navegavam lhes custou

142

um dia inteiro, mas todos concordavam que era melhor seguir com cautela e segurança, mesmo que isso significasse um atraso na chegada.

O dia seguinte foi ainda mais estressante. O vigia matutino havia avistado uma mina ao longe a estibordo. Dessa vez, as sirenes soaram e todos foram levados ao convés para que a tripulação pudesse explicar o que estava acontecendo. Todos estavam vestindo coletes salva-vidas e foram aconselhados a mantê-los durante o dia todo. Annabelle havia deixado a cabine sem colocar o chapéu e o véu, e o dia estava agradável e ensolarado, com uma brisa suave. Seu cabelo caía escovado sobre as costas, e ela usava um vestido de linho preto. O mesmo oficial do dia anterior se aproximou dela outra vez com um sorriso.

— Nada com o que se preocupar — avisou ele —, é só uma precaução. Temos nos mantido bem longe de problemas. Nossos homens são muito sagazes. Avistaram a mina de imediato. — Annabelle ficou aliviada, mas, de qualquer forma, aquilo era um inconveniente.

Mesmo sem ter intenção de compartilhar nada com ele, deixou uma pequena informação pessoal escapar.

— Meus pais e meu irmão estavam no *Titanic* — murmurou, e quase estremeceu ao dizê-lo, fitando o oficial com olhos arregalados.

— Sinto muito — disse ele, gentilmente. — Nada semelhante acontecerá aqui. Não se preocupe, senhorita. O capitão tem tudo sob controle. — Mas a presença do campo minado ao longe significava mais um dia rastejando pelas águas. E nos dois dias seguintes, ficaram ainda mais vigilantes conforme o *Saxonia* se aproximava da França.

No fim, a viagem levou sete dias. Chegaram a Le Havre às seis da manhã, e o navio foi ancorado ao cais enquanto a maior parte dos passageiros ainda dormia. O café da manhã seria servido às sete, e os passageiros que iriam desembarcar pegariam o trem às nove. Depois, o navio seguiria para Liverpool, uma vez que Southampton havia sido tomada pelos militares. Naquela viagem, pararam primeiro na França, pois foram obrigados a desviar bastante da rota por causa das áreas minadas. Annabelle estava no convés quando atracaram. O costumeiro oficial a viu e se aproximou. Ela parecia animada e bem desperta. Não a vira tão feliz assim durante toda a viagem, por isso pensou que a costumeira melancolia da jovem era apenas medo por estar no navio, já que os familiares morreram em um. E as áreas minadas e os submarinos haviam deixado os passageiros preocupados. Todos estavam felizes por chegar à França em segurança.

— Está feliz por estar em Paris? — perguntou, tentando ser agradável. Era óbvio que ela estava feliz, e o oficial de repente se perguntou se ela teria um noivo lá. O sorriso de Annabelle era radiante ao assentir sob o sol do comecinho da manhã. Estava usando chapéu, mas sem véu, então ele pôde olhar diretamente em seus olhos azuis.

— Estou. Mas não ficarei muito tempo aqui — disse simplesmente, ao que ele pareceu surpreso. Com a guerra, ninguém mais vinha à Europa para passar pouco tempo, considerando-se os riscos envolvidos, e certamente não para uma breve viagem de férias.

— Vai voltar?

— Não, não vou. Quero trabalhar em um hospital ao norte de Paris, a cerca de 50 quilômetros do *front*.

— É muita coragem a sua — comentou ele, parecendo impressionado. Ela era tão jovem e bonita que não suportava imaginá-la na carnificina de um hospital perto do *front*, mas ela estava visivelmente animada com a ideia. Aquilo explicava por que ela estava lendo livros de medicina na cabine quando ele passou para vê-la.

— Estará em segurança lá? — perguntou, parecendo preocupado, mas Annabelle sorriu.

— Bastante segura. — Preferiria ficar no *front*, mas soube que só médicos e militares treinados tinham autorização para trabalhar lá. O hospital que foi montado na Abbaye de Royaumont em

144

Asnières-sur-Oise era bastante peculiar e ela tinha mais chances de ser aceita lá.

— Vai para lá hoje ainda? — perguntou ele com interesse, mas ela meneou a cabeça.

— Pensei em passar uma noite em Paris e descobrir um jeito de ir para lá amanhã. — O hospital ficava a 30 quilômetros ao norte de Paris, e ela não sabia que tipo de transporte conseguiria arranjar.

— Você é muito corajosa por viajar sozinha — disse ele, admirado, pressentindo corretamente que ela era uma mulher que fora abrigada e protegida durante toda a vida, e que não estava acostumada a cuidar de si mesma. Mas ela não tinha escolha naquele momento. Annabelle sabia que aquele era um recomeço, ou, pelo menos, um afastamento do ostracismo que apenas começara a provar nos Estados Unidos e que só poderia piorar com o tempo.

O oficial precisou retornar a seus deveres, então Annabelle voltou para seu compartimento para terminar de arrumar as malas. Estava pronta para partir às sete. Agradeceu à camareira pela gentileza e atenção durante a viagem, deu-lhe uma boa gorjeta em um discreto envelope e foi para o principal salão de refeições para tomar café. Era a primeira e a única vez que fazia uma refeição em público durante a travessia. Mas todos estavam ocupados demais para prestar atenção nela. Despediam-se dos novos amigos e desfrutavam uma farta refeição antes de deixarem o navio.

Annabelle foi uma das primeiras a desembarcar. E deu adeus ao jovem oficial, que foi se despedir e lhe desejar boa sorte. Ela embarcou no compartimento particular que lhe fora reservado no trem, e sabia que esses eram os últimos luxos que desfrutaria por um bom tempo. No dia seguinte, com alguma sorte, estaria trabalhando com afinco e vivendo como qualquer outro servidor médico na abadia.

Carregou as malas sozinha e conseguiu pegar um táxi na Gare du Nord, em Paris. Havia almoçado no trem, por isso não estava com fome, então foi direto para o hotel. Reservara um quarto no

Hôtel de Hollande, no nono *arrondissement*, perto de Montmartre. Enquanto passavam por lá, notou homens de quepe azul em bicicletas, geralmente em grupos de quatro, patrulhando a cidade. Os cafés não tinham mais os terraços, o que era uma grande mudança desde a última vez em que estivera em Paris com seus pais, quando era mais nova. Não vinha à cidade desde os 16 anos. Havia uma atmosfera de tensão silenciosa ali, e Annabelle notou que mal se viam homens nas ruas. A maior parte deles havia sido recrutada pelos militares e estava lutando pelo país e por suas vidas no *front*, mas a cidade ainda era tão bonita quanto ela se lembrava. A Place de la Concorde estava majestosa como sempre, assim como a Champs-Élysées. O tempo estava bonito, e fazia um esplêndido dia de outono quando o táxi estacionou diante do hotel.

Nada surpreendente, o recepcionista era bastante velho e a conduziu ao quarto no primeiro andar. O cômodo era pequeno, mas claro e ensolarado, com vista para o jardim do hotel, onde as cadeiras estavam dispostas ao redor de mesas e algumas pessoas almoçavam. Annabelle perguntou-lhe sobre o transporte para Asnières no dia seguinte. Queria saber se era possível contratar um motorista que dirigisse um veículo particular. Falou com ele no francês fluente que aprendeu com seu tutor, parte de uma educação refinada, que agora lhe servia bem.

— Por que desejaria ir para lá? — perguntou ele, franzindo o cenho em desaprovação. Ficava perto demais do *front* para o gosto dele, mas não para o de Annabelle. Havia tentado sugerir discretamente, sem ofender, que pagaria bem ao motorista pela viagem de ida, considerando que o hospital a deixasse ficar, o que ainda precisava ser confirmado. Mas ela era otimista, e tinha a carta de referência do médico do Hospital de Ellis Island na bolsa.

— Vou para a abadia em Asnières — explicou ela.

— Não é mais uma abadia — informou ele. — É um hospital, dirigido por mulheres.

— Eu sei. — Annabelle sorriu para ele. — É por isso que estou indo para lá.

— Você é enfermeira? — Ela balançou a cabeça em resposta. Ele não podia deixar de pensar que aquele era um hotel distinto para uma enfermeira se hospedar, mas, mesmo nas roupas simples, ela parecia bastante nobre.

— Não, sou apenas uma assistente médica, ou seja lá o que me deixarem ser — disse com humildade, ao que ele sorriu, com ar de espanto.

— Veio aqui para ajudar nossos rapazes no hospital? — Desta vez, ela assentiu sem hesitar. Ele mandou que levassem o jantar no quarto dela naquela noite, com uma pequena garrafa de vinho que estava guardando para si mesmo. — Você é uma mulher virtuosa — disse ele quando a viu novamente.

— Obrigada — murmurou ela, sabendo que Nova York inteira junto com Newport teriam discordado.

Mais tarde, o recepcionista idoso lhe disse que havia pedido ao sobrinho que a levasse no dia seguinte. Ele havia sido ferido no *front* no ano anterior e tinha perdido alguns dedos, mas o senhor lhe garantiu que Jean-Luc era ótimo motorista, embora se desculpasse porque o rapaz teria de conduzi-la a Asnières em um caminhão. Era o único veículo que tinham, mas ela lhe garantiu que estava ótimo.

Mal pôde dormir na cama do hotel naquela noite, estava muito ansiosa. Não sabia o que o dia seguinte lhe reservava, ou sequer se a deixariam permanecer na abadia. Tudo o que ela podia fazer era rezar para que fosse aceita.

Capítulo 14

Annabelle e o sobrinho do recepcionista, Jean-Luc, saíram às seis horas na manhã seguinte, quando o sol surgia sobre Paris. Era um dia estonteantemente lindo, e o rapaz lhe disse que havia começado uma batalha terrível em Champagne no dia anterior, que ainda estava em curso. Contou que era a segunda batalha que acontecia lá, e 190 mil pessoas já haviam sido mortas e ou feridas. Ela ouviu, horrorizada, pensando na enormidade dos números. Aquilo era inconcebível.

Era exatamente por isso que estava ali. Para ajudar aqueles homens, e fazer o que pudesse para salvá-los, caso fosse capaz de ajudá-los de alguma forma, ou ao menos confortá-los. Estava usando um vestido fino de lã preta, botas e meias também pretas, tinha todos os livros de medicina nas malas e levava um avental branco limpo na bolsa. Era o que usava no Hospital de Ellis Island quando trabalhava lá, com saias e vestidos ligeiramente mais coloridos quando não estava de luto. Quase tudo o que levava para vestir era preto.

Demoraram três horas para chegar ao hospital. As estradas estavam em mau estado e bastante sulcadas, com buracos por toda a parte. Ninguém tinha tempo de consertá-las, já que não havia homens para fazê-lo. Cada homem sadio estava no Exército, e não restara ninguém para fazer os reparos ou manter o país funcionando, exceto idosos, mulheres, crianças e os feridos que haviam sido mandados de volta para casa. Annabelle não se importou com as estradas precárias enquanto sacolejava no caminhão de Jean-Luc, que lhe disse que costumava usá-lo para entregar galinhas. Ela sorriu quando viu que havia penas de ave presas em suas valises. Viu-se olhando para as próprias mãos por um momento, para ter certeza de que as unhas estavam cortadas bem curtas, e notou a marca estreita que a aliança de casamento havia deixado. Sentiu uma pontada no coração. Havia tirado a aliança em agosto e ainda sentia falta dela. Deixara-a no cofre do banco em um porta-joias, com seu anel de noivado. Josiah insistiu para que ela o guardasse. Mas Annabelle não tinha tempo para pensar nisso agora.

Eram pouco mais de nove horas quando chegaram à Abbaye de Royaumont, uma abadia do século XIII, que merecia uma reforma. Era uma bela construção com arcos graciosos e um lago nos fundos. O local estava fervilhando de atividade. Enfermeiras uniformizadas empurravam homens em cadeiras de rodas no pátio, outras seguiam apressadas para várias alas da construção, enquanto alguns homens eram carregados em padiolas para fora de ambulâncias dirigidas por mulheres. As pessoas que carregavam as padiolas também eram mulheres. Não havia nada além de mulheres trabalhando ali, inclusive médicas. Os únicos homens que viu estavam feridos. Depois de alguns minutos, notou um médico correr na direção de uma passagem. Ele era uma exceção em uma vasta população de mulheres. E, enquanto ela olhava ao redor, Jean-Luc perguntou se queria que ele a esperasse.

— Sim, se não se importar — pediu, desarmada por um minuto, mas bem ciente de que se não lhe permitissem ser voluntária, não fazia ideia de onde ir ou do que fazer. Estava determinada a ficar na França e trabalhar ali, a menos que fosse se voluntariar na Inglaterra. Mas, independentemente do que acontecesse, não voltaria para casa. Não por um bom tempo, ou talvez nunca. Não queria pensar naquilo agora. — Tenho de falar com a pessoa responsável e ver se me aceitam — murmurou. E se realmente lhe permitissem trabalhar ali, ela precisaria de um lugar para ficar. Estava disposta a dormir em uma barraca ou em um lugar improvisado se fosse preciso.

Annabelle atravessou o pátio, acompanhando as placas que indicavam as várias alas do hospital improvisado estabelecido na abadia, então viu uma seta apontando na direção de alguns escritórios debaixo dos arcos que dizia "Administração".

Quando entrou na sala, viu um grupo de mulheres alinhadas a uma mesa, cuidando de papelada, enquanto as motoristas das ambulâncias lhes entregavam papeletas de requisição. Estavam registrando os históricos de todos os feridos que eram tratados, o que nem sempre acontecia em hospitais de campanha, onde geralmente havia uma pressão muito maior. Ali, havia uma sensação de atividade frenética, mas, ao mesmo tempo, lucidez e organização. As mulheres à mesa eram em sua maioria francesas, embora Annabelle conseguisse perceber pelo sotaque que algumas eram inglesas. E todas as motoristas das ambulâncias eram francesas. Eram mulheres daquela região, treinadas na abadia, e algumas pareciam ter apenas 16 anos. Todas foram compelidas ao serviço. Aos 22, Annabelle era mais velha que muitas ali, embora não aparentasse. Mas tinha certeza de que era madura o bastante para dar conta do trabalho, caso permitissem, e muito mais experiente que a maior parte das voluntárias.

— Então, o que posso fazer por você? — perguntou-lhe a atendente, examinando-a. Annabelle havia vestido o avental, para parecer mais adequada. No austero vestido preto, parecia uma mistura de enfermeira e freira, sem ser de fato nenhuma das duas.

— Tenho uma carta — disse Annabelle, nervosa, tirando-a da bolsa, temendo ser rejeitada. E se só aceitassem enfermeiras? — Presto assistência médica desde os 16 anos como voluntária em hospitais. Trabalhei no Hospital para Imigrantes de Ellis Island em Nova York, nos últimos dois anos, e tenho bastante experiência em lidar com doenças infecciosas. Antes disso, trabalhei no Hospital para Alívio dos Fraturados e Mutilados de Nova York. Provavelmente é um pouco mais parecido com o trabalho que executam aqui — continuou Annabelle, parecendo ao mesmo tempo sem fôlego e esperançosa.

— É formada em medicina? — perguntou a mulher em uniforme de enfermeira enquanto lia a carta do médico do Hospital de Ellis Island. Ele a havia elogiado muitíssimo, dizendo que era a assistente médica sem formação mais talentosa que já havia encontrado, melhor que a maioria das enfermeiras e alguns médicos. Annabelle ficara ruborizada ao lê-la.

— Não exatamente — retrucou Annabelle, sendo honesta quanto à sua falta de formação. Não queria mentir e fingir que sabia coisas que não sabia. — Li muitos livros de medicina, principalmente sobre doenças infecciosas, cirurgias ortopédicas e ferimentos gangrenosos. — A enfermeira assentiu, examinando-a com atenção. Gostou dela. Parecia ansiosa para trabalhar, como se isso lhe significasse muito.

— É uma carta de peso — disse ela, admirada. — Presumo que seja americana. — Annabelle assentiu. A moça era britânica, mas falava um francês perfeito, sem qualquer traço de sotaque, mas o francês de Annabelle também era bom.

— Sim — disse Annabelle, em resposta à pergunta sobre sua nacionalidade. — Cheguei ontem.

— Por que veio para cá? — perguntou a enfermeira, curiosa, e Annabelle hesitou, ficando em seguida corada ao exibir um sorriso tímido.

— Por vocês. O médico do Hospital de Ellis Island que escreveu a carta me falou sobre este lugar. Pareceu-me maravilhoso, então pensei em ver se precisavam de ajuda. Farei qualquer coisa que me pedirem. Comadres, bandejas cirúrgicas, qualquer coisa.

— Sabe dirigir?

— Ainda não — respondeu Annabelle, encabulada. Sempre fora conduzida. — Mas posso aprender.

— Está conosco — disse simplesmente a jovem enfermeira britânica. Não havia razão para colocá-la à prova com uma carta daquelas, e podia ver que a jovem era boa. O rosto de Annabelle explodiu em um grande sorriso quando foi aceita pela mulher atrás da mesa. Era justamente para isso que viera. A longa, solitária e assustadora viagem para chegar até ali havia valido a pena, apesar das áreas minadas e dos submarinos, e de seus próprios medos depois do *Titanic*. — Reporte-se à Enfermaria C à uma da tarde. — Faltavam vinte minutos para o horário.

— Preciso de um uniforme? — perguntou Annabelle, ainda sorridente.

— Está ótima assim — disse a mulher, olhando para seu avental. E então se lembrou de algo. — Você tem quartel? Um lugar para ficar, quero dizer. — Elas trocaram um sorriso.

— Ainda não. Há algum quarto disponível aqui? Posso dormir em qualquer lugar. No chão, se necessário.

— Não diga isso para mais ninguém — avisou-lhe a enfermeira —, senão vão levá-la ao pé da letra. Camas estão em falta por aqui, e qualquer um ficaria feliz em pegar a sua. A maioria de nós está fazendo rodízio, revezando as camas com pessoas que trabalham em outros turnos. Há poucas sobrando nas antigas celas das freiras, e há um dormitório no mosteiro, mas está lotado. Eu pegaria uma cela se fosse você, ou encontraria alguém disposto a dividir uma. Vá lá e pergunte. Alguém aceitará você. — Ela explicou em qual prédio ficava e, ainda admirada, Annabelle saiu em busca de Jean-Luc. A missão fora um sucesso, eles a deixariam trabalhar ali, mal podia acreditar em sua sorte. Ainda estava sorrindo quando encontrou Jean-Luc parado perto do caminhão, tanto para tomar conta do veículo quanto para que Annabelle pudesse encontrá-lo. Veículos estavam em falta, e ele tinha pavor de que alguém pudesse confiscar seu caminhão e transformá-lo em ambulância.

— Vai ficar? — perguntou ele, quando Annabelle se aproximou, sorridente.

— Sim, eles me aceitaram — disse, aliviada. — Começo a trabalhar em vinte minutos e ainda tenho de arranjar um quarto. — Ela alcançou a parte de trás do caminhão, espanou as penas de galinha das valises e as puxou. Jean-Luc se ofereceu para carregá-las, mas Annabelle achou melhor fazer isso sozinha. Agradeceu-lhe outra vez, pois já havia lhe pagado pela manhã. Ele lhe deu um abraço caloroso, beijou-lhe as duas bochechas, desejou boa sorte, entrou no caminhão e partiu.

Annabelle adentrou a abadia carregando as malas e encontrou a área onde a enfermeira lhe disse que ficavam as antigas celas. Havia fileiras e fileiras delas, escuras, pequenas, úmidas, mofadas, de aparência desconfortável, com um colchão ordinário no chão de cada uma, e um cobertor. E, em muitos casos, sem lençol. Só algumas celas possuíam lençóis, e Annabelle presumiu, corretamente, que as próprias mulheres que viviam naquelas celas é que os haviam arranjado. Havia apenas um banheiro para cerca de cinquenta celas, mas ela estava grata por existir encanamento interno. Estava claro que as freiras não tinham qualquer tipo de conforto ou luxo, no século XIII ou desde então. A abadia fora comprada da ordem muitos anos antes, no fim do último século, e tinha um dono particular quando Elsie Inglis a assumiu e a transformou em um hospital. Era uma bela construção antiga e, embora não estivesse em condições maravilhosas, servia ao propósito com perfeição. Era um hospital ideal para elas.

Enquanto Annabelle olhava ao redor, uma jovem deixou uma das celas. Era alta, magra e de aparência bastante inglesa, tinha a pele pálida e o cabelo bem escuro. Usava uniforme de enfermeira e sorriu para a recém-chegada com uma expressão cansada. Parecia ser uma boa moça. Houve uma afinidade imediata entre as duas.

— Não é exatamente o Claridge's — comentou ela, com sotaque de uma classe superior, tendo de imediato pressentido o mesmo a respeito de Annabelle. Sentia-se mais do que se via, mas nenhuma das moças estava ansiosa para anunciar seu sangue azul para mais ninguém. Estavam ali para trabalhar duro e se sentiam felizes por isso. — Presumo que esteja procurando um quarto — disse a moça, que se apresentou. — Sou Edwina Sussex. Sabe qual é o seu turno?

Annabelle disse seu nome e respondeu que não.

— Não sei ao certo o que irei fazer. Creio que tenho de me apresentar à Enfermaria C em dez minutos.

— Que bom. É uma das alas cirúrgicas. Não é melindrosa, é? — Annabelle meneou a cabeça, enquanto Edwina explicava que já havia outras duas garotas dividindo cela com ela, mas indicou a cela seguinte, dizendo que sua ocupante fora para casa no dia anterior porque a mãe estava doente. Nenhuma delas estava tão longe de casa quanto Annabelle. As moças britânicas podiam ir para casa com facilidade, e voltar, caso necessário, embora a travessia do Canal já não fosse tão tranquila ultimamente, mas nada tão perigoso quanto atravessar o Atlântico. Annabelle explicou que havia chegado dos Estados Unidos no dia anterior. — Quanta bravura — comentou Edwina, admirada. As duas jovens tinham exatamente a mesma idade. Edwina disse que era noiva de um rapaz que, no momento, lutava na fronteira italiana, e que não o via fazia seis meses. Enquanto ouvia, Annabelle colocou as malas na cela ao lado. Era pequena, escura e tão feia quanto as outras, mas ela não se importava. Edwina falou que praticamente não ficavam nos quartos, só os usavam para dormir.

Annabelle mal teve tempo de deixar as malas, desceu depressa a escada para procurar a Enfermaria C. E, como Edwina dissera, quando chegou lá, ela encontrou uma imensa ala cirúrgica. Havia uma sala enorme que parecia ter sido uma grande capela, com cerca de cem camas espalhadas. O cômodo não era aquecido, e os homens usavam cobertores para afugentar o frio. Estavam em vários estágios de sofrimento, muitos com os membros amputados por explosões ou removidos cirurgicamente. A maioria estava gemendo, alguns choravam, e todos estavam muito enfermos. Alguns deliravam de febre e, enquanto ela procurava a enfermeira-chefe para se apresentar, muitos dos homens agarraram seu vestido. Além da grande sala, havia dois outros cômodos espaçosos sendo usados como salas de cirurgia. Annabelle escutou gritos mais de uma vez. Era uma cena

154

impressionante. Se não tivesse feito trabalho voluntário nos últimos seis anos, ela teria desmaiado na hora. Mas a jovem parecia imperturbável enquanto seguia pela sala, passando por dúzias de camas.

Encontrou a enfermeira-chefe saindo de uma das salas de cirurgia parecendo exausta e carregando numa bandeja a mão de alguém. Annabelle explicou que estava ali para se apresentar para o trabalho. A enfermeira-chefe entregou-lhe a bandeja e disse onde se livrar daquilo. Ela não se abalou e, quando retornou, a enfermeira-chefe a colocou para trabalhar nas dez horas seguintes. Annabelle não parou um minuto. Era sua prova de fogo, e, ao fim, havia conquistado o respeito da experiente enfermeira.

— Você servirá — disse ela, com um sorriso reservado. Alguém comentou com Annabelle que a mulher havia trabalhado com a própria Dra. Inglis, que estava novamente na Escócia. Ela tinha planos de abrir outro hospital na França.

Era meia-noite quando Annabelle voltou para sua cela. Estava cansada demais para desfazer as malas ou mesmo se despir. Deitou no colchão, puxou o cobertor sobre si e cinco minutos depois dormia profundamente com uma expressão tranquila no rosto. Suas orações haviam sido atendidas. E, por enquanto, sentia-se em casa.

Capítulo 15

Os primeiros dias de Annabelle na Abbaye de Royaumont foram exaustivos. Os feridos da Segunda Batalha de Champagne chegavam em ritmo veloz. Ela ajudava nas cirurgias, esvaziando bandejas cirúrgicas e recolhendo sangue, descartava membros removidos, esvaziava comadres, segurava a mão de homens moribundos e banhava feridos com febres altíssimas. Nada que já tivesse visto antes era sequer remotamente parecido com aquilo. Nunca trabalhou tanto na vida, mas era exatamente o que queria. Sentia-se útil e estava aprendendo mais a cada dia.

Annabelle pouco via Edwina, que trabalhava em outra parte do hospital, e as duas estavam em turnos diferentes. De vez em quando, elas se esbarravam no banheiro ou se encontravam em um corredor entre uma enfermaria e outra, então acenavam uma para a outra. Annabelle não tinha tempo de fazer amigos, tinha muito trabalho todos os dias, e o hospital estava abarrotado de homens feridos e agonizantes. Todas as camas estavam ocupadas, e alguns feridos tinham sido acomodados em colchões no chão.

Ela enfim conseguiu alguns minutos em uma tarde para ir ao banco local e enviou ao seu próprio banco em Nova York a mensagem de que havia chegado em segurança e que tudo estava bem. Já estava em Asnières havia duas semanas, mas era como se estivesse ali há um ano. Os ingleses e os franceses haviam aportado em

Salonica, na Grécia. As forças austríacas, alemãs e búlgaras haviam invadido a Sérvia e expulsado o exército sérvio do país. Na França, os homens estavam morrendo como moscas nas trincheiras. A 50 quilômetros do hospital, o *front* mal havia se deslocado, mas vidas eram perdidas constantemente. Hospitais de campanha estavam sendo montados nas igrejas mais próximas ao *front*, mas o máximo de homens possível era removido para a abadia em Asnières, onde podiam receber atendimento melhor. Annabelle estava aprendendo muito sobre cirurgia. Ali se enfrentava de tudo, desde disenteria a pé de trincheira, além de alguns casos de cólera. Annabelle achava tudo pavoroso, mas excitante, por ser capaz de ajudar.

Em uma das raras manhãs de folga, uma das mulheres no seu bloco de celas lhe ensinou a dirigir um dos vários caminhões usados como ambulâncias, que não era muito diferente do caminhão para transportar galinhas de Jean-Luc. Foi difícil engrená-lo a princípio, mas ela estava começando a pegar o jeito quando teve de se apresentar ao trabalho novamente. Era designada à sala de cirurgia com mais frequência que as outras, pois era precisa, atenta, meticulosa e seguia as instruções ao pé da letra. Várias das médicas notaram e comentaram isso com a enfermeira-chefe, que concordou que o trabalho de Annabelle era excelente. Achava que ela seria uma enfermeira maravilhosa, e até sugeriu a Annabelle aprender enfermagem formalmente depois da guerra, mas o cirurgião-chefe da abadia achava que ela era capaz de mais. Ele parou certa vez para conversar com ela depois da última operação, já tarde da noite. Annabelle nem parecia cansada ao esfregar a sala e fazer a limpeza. Havia sido um dia particularmente exaustivo para todos, mas ela não esmoreceu nem por um minuto.

— Você parece gostar do trabalho — comentou ele, secando as mãos no próprio avental ensanguentado. O dela estava tão horrível quanto o dele. Annabelle parecia não notar, mas tinha um filete de sangue alheio no rosto. Ele lhe entregou um trapo para limpar-se, ao que ela agradeceu e sorriu. Era um cirurgião francês que viera

157

de Paris, e um dos poucos homens da equipe. A maioria era de mulheres, como planejara Elsie Inglis, mas abria exceções, já que precisavam muito de ajuda. Estavam cuidando de tantos homens que agora ficavam gratas por cada médico que conseguiam.

— Sim, gosto — disse Annabelle com honestidade, colocando o trapo junto dos outros panos que as meninas da lavanderia recolheriam mais tarde. Alguns simplesmente precisavam ser jogados fora. — Sempre adorei esse tipo de trabalho. Só queria que os homens não tivessem de sofrer tanto. Essa guerra é terrível demais. — Ele concordou. Estava com 50 anos, e nunca vira tamanha carnificina.

— A enfermeira-chefe acha que você deve ir para uma escola de enfermagem — disse ele, hesitante, olhando para Annabelle enquanto saíam juntos da sala de cirurgia. Era impossível não notar como ela era bonita, mas havia muito mais nela do que beleza. Todos estavam impressionados com suas habilidades médicas desde que havia chegado. O médico que escreveu a carta de referência dela não exagerara, Annabelle era ainda melhor que seus intensos elogios. — É o que gostaria de fazer? — indagou o cirurgião. Ele estava impressionado com o francês dela também, que havia melhorado muito nas últimas duas semanas. Ele não tinha problemas para falar em francês com ela, nem ela para lhe responder.

Annabelle pensou por um momento antes de responder. Não estava mais casada com Josiah, e os pais haviam partido. Poderia fazer o que quisesse agora — não devia satisfação a ninguém. Se quisesse ir para a escola de enfermagem, poderia, mas, ao encará-lo, ficou tão surpresa quanto ele com o que disse.

— Preferiria ser médica — quase sussurrou, temerosa de que ele risse dela. A Dra. Inglis, que fundara o hospital, era uma mulher, mas ainda era incomum mulheres frequentarem uma escola de medicina. Algumas o faziam, mas era muito raro. Ele assentiu em resposta.

— Eu estava pensando nisso. Acho que deveria. Você tem talento. Posso ver. — Havia lecionado na Faculté de Médecine por anos antes da guerra e lidado com homens bem menos capazes do que ela. Achava que era uma ideia excelente. — Há algo que eu possa fazer para ajudar?

— Eu não sei — disse ela, parecendo chocada. Nunca antes se permitira pensar nisso como uma possibilidade real. E agora aquele homem gentil a estava levando a sério e oferecendo ajuda. Aquilo fez os olhos dela ficarem marejados. — Seria possível?

— Claro. Qualquer coisa é possível, se você quiser mesmo e estiver disposta a trabalhar por isso. E algo me diz que você faria o que precisasse. Por que não pensa no assunto e conversamos sobre isso em outra hora?

O nome dele era Dr. Hugues de Bré, e seus caminhos não se cruzaram novamente por um mês. Ele fora trabalhar em um dos hospitais de campanha próximos ao *front* durante um tempo e retornara à abadia em novembro. Ele sorriu no momento em que viu Annabelle e fez com que ela mesma administrasse clorofórmio ao paciente. Ela foi gentil e calma ao colocar o homem que sofria para dormir, e um jovem médico assumiu seu lugar em seguida. O Dr. De Bré conversou com ela naquela noite antes de ir embora.

— Pensou naquele nosso plano? Eu me lembrei de outra coisa — disse, cauteloso. — A escola de medicina é cara. Seria viável para você? — Algo nela lhe sugeria que sim, mas ele não quis se antecipar. Andou pensando em como lhe arranjar uma bolsa de estudos. Seria difícil porque ela não era francesa.

— Acho que isso não seria problema — respondeu, sendo discreta.

— Que tal ir para a faculdade de medicina da Dra. Inglis na Escócia? — sugeriu ele, mas Annabelle meneou a cabeça.

— Acho que prefiro ficar na França. — A questão da língua seria mais fácil na Escócia, mas ela conseguia se comunicar em francês, e a perspectiva de passar anos no clima lúgubre da Escócia não lhe atraía muito.

— Eu poderia fazer mais para ajudá-la aqui. Estive pensando em uma pequena escola de medicina da qual sempre gostei no sul da França, perto de Nice. E acho que não deve esperar até a guerra acabar. Seria mais fácil entrar agora. As turmas estão menores, precisam de estudantes. Muitos dos homens jovens estão ausentes, então há menos concorrência pelas vagas. Eles a receberiam de braços abertos. Com sua permissão, gostaria de escrever uma carta e ver o que dizem. — Annabelle sorriu, maravilhada e agradecida. Era impossível acreditar que aquilo estava acontecendo. Talvez fosse o destino. Seis meses atrás, estava casada, esperando ter uma família um dia, em sua vida segura e previsível em Newport e Nova York. Agora estava sozinha, na França, falando em ir para uma escola de medicina, e tudo em sua vida havia mudado. Josiah estava com Henry no México, e ela não tinha de dar satisfação a ninguém. Se este fosse o sonho dela, poderia realizá-lo agora. Não havia ninguém para impedi-la. A única coisa que a deixava triste era não ter ninguém com quem discutir o assunto, exceto o Dr. De Bré.

Ainda estavam lidando com as levas de feridos provenientes do *front* enquanto a temperatura caía e mais homens morriam de infecções e disenteria. Annabelle havia perdido dois homens dos quais estava cuidando naquela manhã quando o Dr. De Bré parou para conversar com ela novamente. Faltavam duas semanas para o Natal, e ela sentia saudades de casa pela primeira vez. Apenas um ano antes sua mãe estava viva. O Dr. De Bré interrompeu seus devaneios e disse que havia recebido uma carta da escola em Nice. Ele a encarou de maneira solene, e ela prendeu a respiração, esperando para ouvir o que o médico tinha a dizer.

— Disseram que ficariam muito felizes em aceitá-la com uma recomendação minha. Vão admiti-la em caráter probatório no primeiro semestre, e, se você se sair bem, será aceita como aluna plena. — Ele estava sorrindo quando os olhos dela se arregalaram. — Gostariam que você começasse em 15 de janeiro, se lhe aprouver. — De olhos arregalados e boquiaberta, ela o encarou.

— Está falando sério? — Annabelle quase pulou em seus braços. Parecia uma menininha, o que o fez rir. Havia sido um prazer ajudar uma moça tão talentosa. Fizera isso porque achava que o mundo precisava de médicos como ela. E, por mais que a assistência dela fosse necessária ali, achava que seria muito mais importante para Annabelle treinar para ser uma profissional tão logo fosse possível. Ela faria um bem muito maior ao mundo como médica.

— Temo que sim. Então, o que vai fazer? — perguntou, ainda sem saber se Annabelle iria. Ela mesma não estava muito certa. A averiguação dele fora mais um exercício para ver o que diriam. Não esperava que fosse tão fácil, ou tão rápido. Mas a escola precisava desesperadamente de alunos, e, com a recomendação do Dr. De Bré, tinham toda a confiança de que Annabelle justificaria a fé que ele depositara nela.

— Ah, meu Deus — disse ela, encarando-o, enquanto deixavam a enfermaria e caminhavam para o ar frio da noite. — Ah, meu Deus... Eu *tenho* de ir! — Aquilo era inacreditável, algo que jamais esperava acontecer. Ela jamais ousara sonhar com isso, e agora aquilo estava ao seu alcance. Não precisava mais só ler livros de medicina por conta própria, tentando entender tudo sozinha. Podia estudá-los e se tornar exatamente quem e o que queria ser. Ele lhe dera um presente inacreditável. Annabelle não sabia como lhe agradecer quando atirou os braços em seu pescoço e beijou-lhe a face.

— Você será uma médica maravilhosa, minha querida. Quero que mantenha contato comigo e que venha me ver quando esta guerra acabar e a vida voltar ao normal, se é que isso é possível. — Era difícil crer nisso agora. O número de mortos na Europa havia chegado a 3 milhões. Vidas demais haviam sido perdidas, e nada fora resolvido. Toda a Europa estava em guerra, e os Estados Unidos ainda estavam determinados a não se envolver.

Annabelle odiava ter de deixar a abadia. Sabia que era necessária lá, mas o Dr. De Bré havia atentado para o fato de que aquele era o momento perfeito para que entrasse na escola de medicina. Em época de paz, com mais homens se matriculando, talvez não estivessem tão dispostos a aceitá-la. Disseram que no semestre seguinte ela seria a única mulher em sua turma, embora algumas mulheres já tivessem se graduado por lá. Seus estudos levariam seis anos ao todo. Um, em grande parte, na sala de aula, depois passaria cinco anos assistindo a aulas e trabalhando com pacientes no hospital próximo à escola, que tinha convênio com um dos melhores hospitais de Nice. Ela ganharia muita experiência, e era um lugar bom de se viver. Em época de paz, era mais seguro que Paris, mais provinciano e menor, já que ela não tinha quem a protegesse. O Dr. De Bré lhe disse que havia dormitórios na escola, e que lhe dariam um grande quarto só para ela, já que era a única mulher. E sugeriu que, mais tarde, ela retornasse a Paris e talvez trabalhasse para ele. Ele tinha tanta fé nela que Annabelle estava determinada a justificá-la.

Estava flutuando de felicidade naquela noite ao voltar para sua cela, e o Dr. De Bré lhe disse que escreveria à escola para aceitar a vaga por ela. Annabelle precisava lhes enviar algum dinheiro até o dia primeiro de janeiro, o que não seria problema. Ela pagaria o resto do custo do primeiro ano quando chegasse lá. Ela estava empolgada e cheia de planos em mente. A cabeça estava girando, e ficou acordada a maior parte da noite pensando em tudo. Lembrou-se de ter dito a Josiah certa vez que queria dissecar um cadáver e agora conseguiria; nada nem ninguém poderia impedi-la. Já havia aprendido bastante sobre anatomia depois de trabalhar na sala de cirurgia da abadia, particularmente com o Dr. De Bré. Ele era sempre meticuloso ao ensinar-lhe tudo durante o procedimento, quando o caso não era muito grave. E só assisti-lo operar já era uma honra.

Não contou a ninguém seus planos até a véspera de Natal, quando finalmente falou com a enfermeira-chefe, que ficou espantada, mas achou a ideia excelente.

— Minha nossa — disse ela, sorridente. — Pensei que seria enfermeira. Nunca imaginei que quisesse ser médica. Mas por que não? A Dra. Inglis é uma das melhores. Você também pode ser um dia — disse, orgulhosa, como se ela mesma tivesse tido a ideia. — Que coisa boa o Dr. De Bré fez. Aprovo de coração.

Annabelle já estava ali havia três meses, e fora testada sob vários aspectos. Não teve realmente tempo para fazer amigos, já que trabalhava o dia inteiro, mesmo quando não precisava. Mas havia muitos feridos, e muito trabalho a ser feito por todos. Até dirigia uma das ambulâncias de tempos em tempos quando era preciso. Estava disposta a fazer tudo. Havia ido até bem perto do *front* para resgatar feridos nos hospitais de campanha e levá-los para a abadia. O som das armas nos arredores era impressionante e lembrou-lhe o quanto a batalha estava próxima. De certa forma, sentia-se culpada por ter de deixá-los para estudar medicina em Nice, mas era uma perspectiva tão empolgante que não havia como resistir. Era um bocado intimidador saber que estaria com 28 anos quando concluísse os estudos. Parecia-lhe um longo tempo, mas ela tinha muito a aprender neste ínterim. Não conseguia imaginar como estudar tudo aquilo em seis anos.

Encontrou Edwina do lado de fora das celas na manhã de Natal. Elas se abraçaram, e Annabelle contou-lhe que estaria de partida em três semanas. Edwina ficou imediatamente desapontada.

— Ah, sinto muito. Sempre quis passar algum tempo com você, conversar, mas nunca conseguimos, e agora você está indo embora.

— Esperava que as duas se tornassem amigas, mas nenhuma delas teve tempo para isso. Sempre havia muito trabalho. Aquilo fez Annabelle pensar em Hortie, na última vez em que se encontraram e na terrível sensação de traição. Hortie não pensou duas vezes em virar as costas para a amiga mais antiga e querida e dizer que James não lhe permitiria vê-la novamente. Era parte do motivo pelo qual decidira vir para a França. Havia perdido pessoas demais, e Hortie fora a gota d'água. Por isso fitou Edwina com um sorriso gentil, ao se lembrar da decepção e da adorada amizade perdida.

— Talvez eu volte a trabalhar aqui se nos derem alguma folga. Não sei se há férias na escola de medicina, mas deve ter — disse Annabelle, esperançosa. Queria rever todos ali. Em certos aspectos, não queria partir. Fora feliz ali durante aqueles três meses, tanto quanto era possível em meio a homens gravemente feridos, mas a camaradagem entre a equipe era tremenda.

— Vai para a escola de medicina? — Edwina parecia espantada. Não fazia ideia.

— O Dr. De Bré deu um jeito — disse Annabelle, com o olhar agitado. Ficava mais empolgada a cada dia. — Nunca pensei que uma coisa assim pudesse acontecer comigo — acrescentou, com um ar de perplexidade.

— O que sua família acha? — perguntou Edwina com interesse, e uma nuvem nublou o rosto de Annabelle, algo que Edwina não entendeu. — Não acham perigoso você ficar aqui? Devem ficar preocupados com você, tão perto do *front*. — Se as linhas se movessem e os franceses fossem aniquilados, todos poderiam ser feitos prisioneiros. Era um risco no qual não se permitiam pensar uma vez que estavam ali, mas a ameaça era real. Os pais de Edwina ficaram nervosos com a ida dela para lá, particularmente a mãe, mas ela foi mesmo assim. Seus dois irmãos estavam na guerra, e ela queria tomar parte naquilo também.

— Não tenho família — murmurou Annabelle. — Perdi todo mundo. Minha mãe faleceu há um ano, e meu pai e meu irmão morreram quando o *Titanic* afundou. Eles estavam no navio. — Não mencionou Josiah, que era outra perda em sua vida, mas ninguém ali sabia que ela tinha sido casada, então não havia como explicar a situação, e, de qualquer forma, não queria explicá-la. Era uma dor silenciosa que carregava sozinha, e sempre carregaria.

— Sinto muito — murmurou Edwina. — Não sabia. — Nenhuma delas nunca teve tempo de dividir suas histórias, ou qualquer outra coisa, só às vezes uma xícara de chá, um cumprimento aqui e outro ali. Havia tanto a ser feito que era escasso o tempo para delicadezas, ou para o tipo de oportunidades que, em outras circunstâncias, poderia fortalecer uma amizade. Apenas trabalhavam lado a lado até quase desmaiarem e iam dormir em seus colchões no chão nas diminutas e antigas celas de freiras. A coisa mais empolgante que tinham para fazer era, às vezes, passar um cigarro às escondidas, em meio a risadinhas. Annabelle tentou fumar algumas vezes, só para ser sociável, mas não gostou muito.

Conversaram por mais alguns minutos, e Edwina lhe desejou um feliz Natal e boa sorte na escola. Prometeram passar algum tempo juntas, ou se encontrarem no refeitório, antes de Annabelle partir, mas nenhuma das duas sabia se isso realmente aconteceria. E então seguiram caminhos distintos para as respectivas enfermarias. O Natal era apenas outro dia para cuidar dos doentes e feridos. Não houve celebrações, cânticos, presentes. Houve um cessar-fogo pelo dia, mas os alemães o violaram às seis da tarde, e mais homens chegaram com membros amputados naquela noite. Era um fluxo interminável de homens sofrendo qualquer que fosse o dia do ano.

Annabelle ficou grata por trabalhar tanto naquele dia. Aquilo a impedia de pensar em todas as pessoas que amara e que perdera, duas delas só naquele ano. Não se permitiria pensar na véspera de Natal na casa da mãe no ano anterior. Era simplesmente doloroso demais. E logo estaria começando uma nova vida em Nice. Obrigou-se a se concentrar nisso sempre que tinha uma folga naquele dia, o que não foi frequente. Imaginava como seria a escola de medicina, mas de vez em quando visões da mãe teimavam em aparecer, ou o som da sua voz... a última vez que a viu... e pensou nisso quando se deitou em seu colchão naquela noite, imaginando o que a mãe acharia de tudo o que havia acontecido no último ano. Esperava que, de onde quer que estivesse olhando por ela, ficasse orgulhosa quando Annabelle se tornasse médica. Sabia que a mãe provavelmente não aprovaria a ideia. Mas o que mais ela tinha agora? Quem ela tinha agora? Tornar-se médica era o único sonho de Annabelle; sua única esperança de uma vida inteiramente nova.

Capítulo 16

A partida de Annabelle passou despercebida no dia em que ela deixou o hospital na Abbaye de Royaumont em Asnières. No dia anterior, fora se despedir do Dr. De Bré e lhe agradecer; também se despediu da enfermeira-chefe. Além deles, não tinha mais ninguém a quem dizer adeus, exceto Edwina, com quem esteve por alguns minutos naquela manhã. Desejaram boa sorte uma à outra. Elas ainda tinham esperanças de um dia se reencontrarem. E então Annabelle entrou no caminhão que a levaria até a estação. Tomou o trem para Nice, e a viagem foi longa e arrastada. Todas as rotas que passavam próximas ao *front* haviam sido reorientadas em trajetos tortuosos, e a maior parte dos trens fora reivindicada pelo Exército.

Demorou um dia e uma noite para chegar a Nice, mas quando, enfim, desembarcou na cidade, encontrou dois táxis na estação ferroviária, ambos dirigidos por mulheres. Entrou em um deles e deu à motorista o endereço da escola de medicina. Ficava logo nos arredores de Nice, em uma colina com vista para o oceano, em um pequeno *château* que pertencia à família do fundador da escola, o Dr. Graumont. E com seus tranquilos jardins e pomares ao redor, era difícil crer que uma guerra estava sendo travada em algum lugar do mundo. Gases asfixiantes, corpos despedaçados ou pessoas morrendo eram coisas que não combinavam com aquele cenário.

Sentiu-se completamente protegida do mundo real ali. Era o lugar mais tranquilo que já vira desde Newport e, de certa forma, fazia com que Annabelle se lembrasse de lá.

Uma governanta de ar austero lhe mostrou seu quarto, entregou-lhe os lençóis para fazer a própria cama e disse-lhe para estar no andar inferior às oito horas para o jantar. Os alunos de medicina do primeiro ano moravam em um dormitório. Já os veteranos, todos homens, possuíam quartos individuais. Como ela era a única mulher, conseguiu um dos quartos, um cômodo confortável com vista para o mar. Havia 44 estudantes morando no *château*, todos isentos do serviço militar por algum motivo. Havia um inglês, um escocês, dois italianos, e os demais eram franceses. Annabelle era a única americana. Soube que poderia exercer a medicina quando voltasse aos Estados Unidos fazendo uma prova lá, mas não estava pensando tão longe ainda. Ficaria ali nos próximos seis anos, e parecia-lhe ser o local certo para estar. Teve certeza disso logo que viu o lugar. Sentiu-se segura e protegida.

Lavou o rosto e as mãos, colocou um vestido preto limpo, um dos melhores que levara consigo, e prendeu o cabelo em um coque discreto. Desceu, parecendo imaculada, prontamente às oito para o jantar.

Os estudantes costumavam se encontrar na grande sala de visitas do *château* antes do jantar todas as noites. Conversavam tranquilamente, em geral sobre assuntos médicos, e todos estavam ali desde setembro. Annabelle foi a intrusa que chegou tarde. Ao entrar na sala, todos os olhos se voltaram para ela. Em seguida, alguns alunos se viraram para continuar conversando e a ignoraram. Annabelle ficou espantada com a fria recepção, mas ficou sentada quieta sozinha até o jantar ser servido, sem puxar conversa com ninguém. Percebeu que alguns deles lhe davam espiadas, mas ninguém se aproximou para conversar. Era como se ela não existisse. Era como se acreditassem que, se não registrassem que ela estava ali, ela desapareceria.

167

Um senhor de idade, com um fraque de mais idade ainda, veio chamá-los para a refeição, e os grupos seguiram para a sala de jantar, ocupando as três longas mesas do refeitório, que eram tão antigas quanto o *château*. Tudo lá estava gasto e puído, mas possuía uma espécie de esplendor desbotado, que lembrava muito a França Antiga.

O Dr. Graumont, o diretor da escola, veio cumprimentá-la e a convidou a sentar-se perto dele. Foi extremamente educado quando se apresentou, mas em seguida passou a maior parte do tempo conversando com o rapaz ao seu lado, que parecia ter cerca de 30 anos. Estavam comentando sobre uma cirurgia que ambos haviam acompanhado naquele dia, e não fizeram qualquer tentativa de incluir Annabelle na conversa. Ela se sentia um fantasma, invisível para todos.

Mais tarde, durante o jantar, o Dr. Graumont falou-lhe brevemente sobre o Dr. De Bré e perguntou como ele estava, mas o assunto não foi muito além disso. Em seguida, deu um boa-noite a Annabelle, enquanto os outros voltavam para os quartos. Nem ao menos um de seus companheiros de estudos se apresentou ou perguntou-lhe o nome. Annabelle subiu sozinha para o quarto e sentou-se na cama, sem saber direito o que pensar e já não tão certa como antes de sua decisão. Seriam longos seis anos se ninguém falasse com ela no *château*. Estava mais do que óbvio que não lhes agradava ter uma mulher entre eles, então decidiram ignorá-la. Mas Annabelle não estava ali para se socializar, e sim para aprender.

Estava na sala de refeições na manhã seguinte, precisamente às sete horas, como fora avisada. O café da manhã foi precário em função da guerra, e ela comeu muito pouco. Os outros chegaram e saíram sem lhe dirigir a palavra, mas Annabelle encontrou a sala a tempo para a aula das oito horas. O *château* inteiro fora dedicado à escola, o que permitiu a família preservá-lo e mantê-lo conservado. Uma vez iniciada a aula, Annabelle lembrou por que estava ali. Era fascinante. Estavam estudando moléstias dos rins, com a apresentação de diagramas de cirurgias. E iriam ao hospital em Nice no dia seguinte, onde fariam todas as observações cirúrgicas e trabalhariam com pacientes. Ela mal podia esperar.

Ainda estava empolgada com a palestra quando foram almoçar, e ela estava mais grata do que nunca ao Dr. De Bré. Toda aquela euforia fez com que ela se esquecesse do quanto seus colegas de classe haviam sido inamistosos, então começou a conversar com um inglês, comentando sobre a aula. Ele a encarou como se Annabelle tivesse acabado de se despir de todas as roupas.

— Sinto muito, eu falei alguma coisa errada? — perguntou ela inocentemente.

— Não me recordo de ter falado com você — retrucou ele, de forma rude, menosprezando-a. Aquilo significava, em termos claros, que ele não tinha interesse nenhum nos comentários dela.

— Não, mas eu falei com você — disse ela com calma, recusando-se a ficar intimidada. Ouvira-o dizer que vinha de quatro gerações de médicos. Era obviamente muito convencido, mas, assim como ela, era apenas um aluno do primeiro ano, embora consideravelmente mais velho. Ele havia comentado com alguém que frequentara Eton e depois Cambridge, o que explicava a discrepância entre suas idades. Estava claro que ele se achava muitíssimo melhor que Annabelle, e não tinha qualquer intenção de gastar seu tempo conversando com ela. O fato de ela ser bonita também não o deixara impressionado. Estava muito mais interessado em ser desagradável e colocá-la em seu devido lugar.

"Sou Annabelle Worthington" — continuou ela, em tom agradável, recusando-se a ser depreciada. Queria acertá-lo na cabeça com o prato, mas sorriu com educação e se voltou para o estudante ao seu outro lado, apresentando-se. Ele olhou para o homem à sua frente, como se esperasse uma indicação dos outros, mas depois sorriu apesar de tudo.

— Sou Marcel Bobigny — disse ele em francês, e os outros o encararam como se ele fosse um traidor e olharam para os próprios pratos enquanto comiam.

Annabelle e Marcel começaram a conversar sobre a palestra daquela manhã, e os outros ficaram quietos na maior parte do almoço. Estava claro que ela não era bem-vinda, e até o diretor da escola a ignorou. Annabelle pegou o caderno e a caneta e foi para a aula seguinte, depois de agradecer a Marcel pela conversa. Ele se curvou educadamente, e Annabelle ouviu seus companheiros repreenderem-no por conversar com ela, que se afastou com a cabeça erguida.

— Não dou a mínima se é bonita — ouviu um deles murmurar aos outros. — Ela não tem nada o que fazer aqui. — Mas ela tinha tanto direito de estar ali quanto eles. Havia pagado pelos estudos e estava tão ansiosa para ser médica quanto todos ali, talvez até mais. Mas estava claro que havia um acordo tácito entre os estudantes para segregá-la.

Aquele tratamento tosco para com ela continuou por quatro semanas de aulas e visitas ao hospital em Nice, aonde iam três vezes por semana ouvir palestras e ver os pacientes; e Annabelle notou que estava sendo observada atentamente tanto por professores quanto por alunos. Pressentia que qualquer equívoco que cometesse, ou qualquer afirmação incorreta que pronunciasse, seria usado contra ela de imediato, então sempre tinha extremo cuidado com o que dizia. Até o momento, não cometera qualquer engano óbvio, e os dois trabalhos que fizera sobre moléstias do trato urinário e rins receberam notas excelentes.

E era quando visitavam e conversavam com os pacientes que seus invejosos colegas de classe mais a odiavam. Annabelle era sempre muito gentil e compassiva, fazia-lhes perguntas pertinentes sobre os sintomas, deixando-os imediatamente confortáveis com ela. Os pacientes preferiam falar com Annabelle, procurando-a sempre, a falar com seus colegas, e aqueles que a viam mais de uma vez ficavam contentes por encontrá-la de novo. Aquilo deixava seus colegas loucos.

— Você tem intimidade demais com os pacientes — criticou certo dia o estudante inglês, que era sistematicamente desagradável com ela.

— Que interessante — respondeu Annabelle calmamente. — Acho você rude demais com eles.

— Como poderia saber? Já esteve em algum hospital antes?

— Acabei de passar três meses trabalhando perto do *front* em Asnières, e trabalhei como voluntária em hospitais por seis anos, nos últimos dois com imigrantes recém-chegados a Ellis Island, em Nova York. — Ele não disse mais nada depois disso, e não iria admitir a Annabelle, mas ficou impressionado ao saber que ela passara três meses em Asnières. Ouvira dizer o quanto o trabalho lá era pesado.

Marcel Bobigny a alcançou depois da aula e perguntou como havia sido trabalhar na Abbaye de Royaumont. Era a primeira vez que conversava de verdade com alguém ali em um mês. E ela ficou grata por, enfim, ter com quem falar.

— Foi difícil — disse, sendo honesta. — Todos nós trabalhávamos cerca de 18 horas por dia, às vezes mais. O hospital é dirigido e operado por mulheres, o que era o conceito original, mas agora receberam alguns médicos de Paris. Precisam de toda a ajuda possível.

— Que tipo de casos viu por lá? — perguntou ele com interesse. Achava que os outros estavam errados por tratarem-na com antipatia. Marcel gostava dela. Annabelle era bem-humorada, amigável, esforçada, e não era pretensiosa como os outros.

— Víamos principalmente membros amputados, muita gangrena, vítimas de explosões, gás asfixiante, disenteria, cólera, muito do que se espera encontrar tão perto do *front*. — Falou de maneira simples e prática, sem tentar impressioná-lo ou vangloriar-se.

— O que a deixavam fazer?

— Aplicar clorofórmio na sala de cirurgia, de vez em quando. Eu geralmente esvaziava bandejas cirúrgicas, mas o cirurgião-chefe me ensinava de bom grado os procedimentos enquanto eu o assistia. No resto do tempo, eu ficava na enfermaria cirúrgica, cuidando dos feridos no pós-operatório, e às vezes eu dirigia a ambulância para ajudar.

— É uma experiência muito boa para alguém que não tem formação oficial. — Ele estava impressionado.

— Eles precisavam de ajuda.

Marcel assentiu, desejando poder também um dia estar lá. Confidenciou isso a Annabelle, que sorriu. Ele era o único estudante a tratá-la de forma civilizada, era até gentil. A maior parte deles a ignorava.

Em fevereiro, um mês e meio após sua chegada, todos estavam animados ao jantar, discutindo a Batalha de Verdun, que tinha começado há vários dias e causado muitas perdas para ambos os lados. Era uma batalha violenta que perturbava a todos, e Marcel puxou Annabelle para a conversa. Os outros estavam tão envolvidos na discussão que até se esqueceram de ignorá-la ou de fazer cara feia quando ela falava.

A Batalha de Verdun foi o assunto principal de todas as noites no jantar, até que, duas semanas depois, no começo de março, a Quinta Batalha de Isonzo, na Itália, contra a Áustria-Hungria, tomou precedência. A conversa ricocheteava entre questões médicas e a guerra e causava uma profunda preocupação em todos.

Certo dia, o inglês lhe perguntou quando os Estados Unidos entrariam na guerra. O presidente Wilson ainda garantia a todos que não, mas já não era segredo que o país estava suprindo os dois lados e sendo duramente criticado por isso. Annabelle disse claramente que achava isso errado, e todos concordaram. Ela acreditava que os Estados Unidos deviam entrar na guerra e vir para a Europa para ajudar seus aliados. A conversa então se voltou para o *Lusitania*, que todos acreditavam ter sido afundado por estar transportando suprimentos bélicos escondidos, o que nunca foi oficialmente revelado. Falar sobre o *Lusitania* de alguma forma levou ao *Titanic*, e Annabelle de repente ficou quieta e triste. Rupert, o inglês, notou e fez um comentário.

— Não foi nossa melhor hora — admitiu, com um sorriso.

— Nem a minha — murmurou ela. — Meus pais e meu irmão estavam nele. — Todos à mesa se calaram e a encararam.

— Eles conseguiram se salvar? — perguntou um dos alunos franceses, mas ela meneou a cabeça.

— Minha mãe escapou em um dos botes salva-vidas, mas meu pai e meu irmão afundaram com o navio.

Houve um coro de lamentos, e Marcel discretamente mudou de assunto, tentando aliviar o momento desconfortável. Gostava de Annabelle e queria protegê-la dos outros. Mas, pouco a pouco, eles também foram amolecendo. Era difícil resistir à sua gentileza, simplicidade, inteligência e humildade.

Duas semanas depois, o navio de passageiros francês *Sussex* foi torpedeado, o que trouxe o assunto à tona outra vez. Àquela altura, a situação no *front* havia se agravado, e quase 4 milhões de pessoas haviam morrido. O número estava aumentando a cada dia. Às vezes, aquilo os distraía dos estudos e ninguém conseguia falar sobre mais nada. Mas todos estavam trabalhando bastante. Não havia preguiçosos no grupo, e com as turmas tão pequenas, todos os estudantes se destacavam.

Aos poucos, todos foram relaxando a respeito de Annabelle, e em maio muitos deles já estavam de fato dispostos a falar, conversar e até rir com ela. Aprenderam a respeitar suas perguntas inteligentes proferidas em voz calma, e seus modos à cabeceira dos pacientes eram muito melhores que os deles. Todos os professores notaram isso, e o Dr. Graumont escrevera ao Dr. De Bré para garantir-lhe que não cometera engano. Disse-lhe que Annabelle Worthington era uma aluna excelente e que seria uma ótima médica. E, para Annabelle, comparado à abadia em Asnières, o hospital em Nice era extremamente monótono, mas interessante mesmo assim. E ela finalmente realizou seu desejo. Começaram a dissecar cadáveres, o que achou tão fascinante quanto sempre imaginara que seria.

As notícias da guerra continuavam a distraí-los, conforme prosseguiam com as aulas durante o verão. Em primeiro de julho, come-

173

çou a Batalha do Somme, com a maior baixa na guerra até aquele momento. Quando o dia terminou, havia 6 mil mortos e feridos. Os números eram apavorantes. E, à medida que o verão avançava, a situação só piorava. Por isso, às vezes era difícil concentrar-se nos estudos. Era chocante a quantidade de vidas perdidas conforme a guerra se desenrolava. E aparentemente não havia perspectiva de término. A guerra na Europa completava dois anos.

Em agosto, Annabelle tentou não pensar em seu aniversário com Josiah. Teria sido o terceiro, e ela já estava na Europa havia 11 meses. Parecia difícil de acreditar. Desde que chegara à escola de medicina em Nice, o tempo havia voado. Estavam fazendo muitas coisas e tentando aprender o máximo possível. Agora trabalhavam com mais frequência com os pacientes e passavam três dias inteiros por semana no hospital em Nice. Os feridos de guerra estavam sendo mandados para lá, já que os homens machucados que não voltariam ao *front* estavam sendo transferidos para mais perto de casa. Ela até encontrou dois homens dos quais cuidara em Asnières. Ficaram animados ao ver Annabelle, que ia visitá-los sempre que podia.

A esta altura, ela e Marcel eram bons amigos. Conversavam todas as noites depois do jantar e costumavam estudar juntos. Os outros alunos finalmente a aceitaram. Ela agora era bem-vista, benquista e respeitada por todos os companheiros. Alguns estudantes até acharam graça do quanto haviam sido desagradáveis com ela no início, e Rupert, o inglês pomposo que fora o mais grosseiro, aos poucos se tornou seu amigo. Era difícil para qualquer um deles encontrar falhas no trabalho de Annabelle, que não deixava de ser agradável com ninguém. Marcel dizia que ela era uma espécie de madrinha para eles.

Estavam caminhando pelo pomar certo dia, depois da aula, quando ele se virou para ela com ar curioso.

— Por que uma mulher tão bonita como você não está casada? — perguntou-lhe. Annabelle sabia que ele não estava interessado nela, já que havia acabado de ficar noivo de uma moça em Nice.

A escolhida era amiga de sua família havia anos. Marcel era de Beaulieu, não muito longe, e ia visitar a família, e até jantar, sempre que podia. Sua noiva o visitava na escola, e Annabelle gostava muito dela.

— Acho que não posso ser casada e ser médica. O que você acha? — indagou ela, esquivando-se da pergunta. Annabelle achava que havia uma diferença. Para ela, a profissão exigia mais sacrifício e comprometimento das mulheres do que dos homens.

— Por que tenho a sensação de que veio para a Europa com o coração partido? — Ele era um homem astuto e conseguia ver isso em seus olhos. — Não sei se isso tem muito a ver com sacrificar a vida pessoal pela profissão, mas talvez tenha medo de ter uma vida pessoal e esteja se escondendo na medicina. Acho que pode ter os dois — disse ele, gentilmente, olhando-a nos olhos.

Annabelle não disse nada por um bom tempo e mordeu em uma maçã. Fizera 23 anos em maio. Era bonita e estava viva, mas tinha medo de se machucar novamente. Marcel estava certo. Ele a conhecia bem.

— Por trás da risada e dos sorrisos gentis — prosseguiu ele —, há algo muito triste, e não acho que tenha a ver com seus pais. As mulheres só ficam assim quando estão com o coração partido. — Lamentava que isso lhe tivesse acontecido. Ela, mas do que qualquer uma que ele conhecia, merecia um homem gentil e amoroso.

— Devia ser vidente em vez de médico — brincou ela dando um sorriso agradecido. Mas Marcel sabia, mesmo sem que ela confirmasse, que estava certo. Porém Annabelle não tinha intenção nenhuma de contar-lhe que era divorciada. Não estava disposta a admitir isso a ninguém, nem mesmo a ele, agora que eram amigos. Sentia muita vergonha.

Havia recebido uma carta do banco no mês anterior, avisando que os documentos definitivos do divórcio haviam chegado. Ela e Josiah agora estavam divorciados. Ela havia recebido apenas uma carta dele, no ano anterior, no Natal, dizendo-lhe que ele e Henry ainda estavam no México. Não fazia ideia se eles ainda estavam lá, mas esperava que Josiah estivesse bem. Podia deduzir do que ele lhe escrevera que os dois estavam muito doentes. Annabelle havia escrito de volta, preocupada com ele, mas não recebera notícias desde então.

— Estou certo? — insistiu Marcel. O jovem gostava de Annabelle e vivia querendo saber mais sobre ela. Ela, por outro lado, nunca falava sobre sua infância ou mesmo sobre sua vida. Era como se não quisesse ter uma. Tudo o que ela queria agora era passar uma esponja no passado e recomeçar. Ele podia pressentir, sempre que conversavam, que seu passado escondia alguns segredos.

— Não importa. Agora estou aqui, de coração partido ou não.

— Acha que um dia vai voltar? — Marcel continuava curioso.

Annabelle ficou calada enquanto pensava, depois respondeu com sinceridade.

— Não sei. Não tenho nada lá, exceto um chalé em Rhode Island. — Os criados ainda estavam lá, cuidando da casa e esperando que ela voltasse. Annabelle escrevia para Blanche de vez em quando e para ninguém mais. — Minha família se foi. Não tenho razão para voltar.

— Deve ter amigos — disse ele, olhando para Annabelle com tristeza. Odiava imaginá-la sozinha. Era uma pessoa tão calorosa, gentil e amável que não conseguia imaginá-la sem amigos, mesmo sendo tão tímida. — Você não cresceu sozinha. Alguém ainda deve estar lá. — O que ele disse a fez pensar em Hortie, mas Annabelle meneou a cabeça. Não havia lhe sobrado nenhum amigo. Por melhores que fossem as intenções de Josiah, ele acabara tirando tudo dela. Havia sido ingênuo ao pensar que estava fazendo a coisa certa ao libertá-la. Tudo o que fizera foi torná-la uma pária em seu próprio mundo. O único amigo que tinha agora era Marcel.

— Não. Tudo em minha vida mudou. É por isso que vim para cá. — Mas nem ela tinha certeza que ficaria ali. Agora não pertencia a ninguém e a lugar nenhum. Sua vida agora era a escola de medicina, e assim seria pelos próximos cinco anos. Sua casa era o *château*. Sua única cidade, Nice. E os homens com quem ia à escola eram os únicos amigos que tinha, principalmente Marcel.

— Fico feliz que tenha vindo para cá — disse ele simplesmente, sem querer se intrometer muito nem tocar em velhas feridas.

— Eu também. — Annabelle sorriu, e eles voltaram para o *château* caminhando devagar. Marcel estava impressionado porque nenhum de seus colegas tinha interesse amoroso por ela. Mas Annabelle carregava uma mensagem velada que dizia: "Não se aproxime demais." Havia um muro ao redor dela agora. Marcel podia sentir isso, mas não sabia o porquê, e achava aquilo uma lástima. Manter-se distante, como ela fazia, era um desperdício. Ela era uma mulher adorável. Achava que merecia ter alguém em sua vida e esperava que isso acontecesse em breve.

Foi um verão longo e quente no *château*, com muitos dias de estudos e visitas ao hospital, e, em agosto, enfim, tiveram duas semanas para ir para casa ou sair de férias. Annabelle foi a única a ficar. Não tinha nenhum lugar para onde ir. Saiu para longos passeios e fez algumas comprinhas em Nice, embora não houvesse quase nada nas lojas por causa da guerra. Comprou umas coisinhas para repor o guarda-roupa, pois muito do que levara era preto, e o luto pela mãe já tinha acabado. Certa tarde, quando conseguiu pegar emprestado um caminhão antigo que mantinham na escola, dirigiu até a velha Antibes e a região próxima e encontrou uma antiga e bela igreja do século XI, de onde ficou olhando a paisagem bem acima da cidade. A tarde estava perfeita, e a vista era espetacular.

À noite, parou para jantar em um pequeno café, depois voltou para a escola. Até o Dr. Graumont estava fora, e Annabelle ficou sozinha no *château* com as duas criadas. Teve duas semanas tranquilas e ficou feliz quando os outros voltaram, particularmente quando Marcel chegou. Todos disseram ter se divertido, embora seu amigo inglês, Rupert, tivesse retornado devastado por ter perdido o irmão na guerra. Vários deles já haviam perdido irmãos, primos, amigos.

177

Era uma dura lembrança do tumulto e da angústia que tomavam a Europa e pareciam jamais ter fim.

Quando retomaram as aulas em setembro, a Batalha do Somme ainda estava fervilhando, e já durava dois meses. Por fim terminou em meados de novembro, o que foi um grande alívio para todos. Por alguns dias, a paz reinou. Era o fim da terrível batalha que deixou mais de 1 milhão de mortos e feridos. E apenas dez dias depois de terminada, os alemães atacaram os britânicos com aeronaves pela primeira vez. Uma nova guerra começou, o que aterrorizou todo o mundo. Perto do Natal, todos estavam de moral baixo com as perdas e os constantes ataques. Mais dois alunos perderam seus irmãos. No fim do mês, o Dr. Graumont reuniu todos no salão principal. Ele havia recebido uma carta do governo francês que queria ler para os alunos. Era uma convocação para que toda mão de obra com formação médica prestasse assistência no *front*. Havia uma grande demanda por eles nos hospitais de campanha por toda a França. Ele ficou calado depois de ler a carta e então disse que cabia a cada um decidir o que fazer. Explicou que a escola lhes concederia uma licença, caso desejassem se voluntariar, sem prejuízos, e automaticamente os aceitaria de volta quando retornassem. Estavam recebendo cartas de hospitais havia meses, inclusive de um hospital novo, organizado mais uma vez por Elsie Inglis, agora em Villers-Cotterêts, ao nordeste de Paris, mais perto do *front* que Asnières e a Abbaye de Royaumont. Mais uma vez, todas as profissionais médicas em Villers-Cotterêts eram mulheres, e Annabelle seria bem recebida lá.

Todos os alunos comentaram o assunto durante o jantar naquela noite, e a conversa foi intensa. Pela manhã, metade deles havia tomado uma decisão, e um a um os alunos foram ver o Dr. Graumont. Partiriam nos dias posteriores. Além disso, havia sido um inverno penoso no *front*, e, por toda a Europa, os homens estavam morrendo com ferimentos, doenças e exposição ao frio. Os estudantes não conseguiam resistir aos apelos por ajuda. No fim, restaram apenas quatro deles na escola. Annabelle se decidiu no primeiro dia. Estava triste por interromper sua formação médica, mas sentia que realmente não havia outra escolha. Seria egoísmo ficar.

— Vai nos deixar também? — perguntou o Dr. Graumont com um sorriso triste, mas sem se surpreender. No último ano, aprendera a gostar dela e a respeitá-la muito. Annabelle daria uma excelente médica um dia; na verdade, sob vários aspectos já o era.

— Tenho de ir — disse ela, tristonha. Odiava ter de deixar a escola e o *château*. — Eu voltarei.

— Espero que sim — disse ele, sendo honesto. — Para onde vai?

— Para o hospital da Dra. Inglis em Villers-Cotterêts, caso me aceitem.

Com o treinamento que os alunos recebiam, todos poderiam ser socorristas. Era mais do que ela havia sido capaz de fazer em Asnières, e seria mais útil aos homens.

— Tenha cuidado, Annabelle. Mantenha-se em segurança. Estarei esperando por você aqui — garantiu-lhe.

— Obrigada — respondeu ela, dando-lhe um abraço caloroso. Arrumou as malas naquela noite e deixou duas delas no *château*, pois planejava levar apenas uma valise. No dia seguinte, quase todos, exceto os quatro alunos restantes, haviam ido embora.

Todos se abraçaram e desejaram boa sorte uns aos outros, e prometeram retornar. As despedidas com Annabelle foram particularmente fraternais e afetuosas, e todos insistiram para que ela tomasse cuidado, e ela repetia o mesmo para eles.

Marcel a conduziu ao trem antes de partir. Annabelle estava carregando sua pequena mala enquanto caminhava ao lado dele. Era seu único amigo verdadeiro, e fora gentil com ela desde o começo. Ainda era grata a ele por isso.

— Cuide-se — disse Marcel, dando-lhe um último abraço e beijando-a nas bochechas. — Espero que todos nós estejamos de volta em breve — disse com fervor. Ele partiria no final daquela tarde.

— Eu também. — Annabelle ficou acenando para Marcel enquanto ainda podia ver o amigo, que ficou parado acenando de volta na plataforma. Ficou observando-o até que ele sumisse de vista. Foi a última vez que o viu. Duas semanas depois, ele estava dirigindo uma ambulância que passou por cima de uma mina. Marcel foi a primeira baixa da escola do Dr. Graumont, e Annabelle perdeu outro amigo.

Capítulo 17

Annabelle chegou ao hospital que Elsie Inglis havia montado em Villers-Cotterêts, próximo a Paris e mais perto ainda do *front*. Dali, conseguiam ouvir as explosões ao longe. O hospital havia acabado de ser inaugurado e lá havia uma operação maior e mais intensa que aquele onde trabalhara em Asnières, no ano anterior. Era operado e dirigido por mulheres, como a Dra. Inglis planejara. A nacionalidade delas representava muito das nações aliadas, mas a maioria era de francesas e inglesas, sendo Annabelle uma das três americanas. Desta vez, tinha um quarto que, apesar de minúsculo, dividia com outra mulher. E todos os pacientes eram trazidos do *front*. A carnificina era pavorosa: corpos mutilados, crânios despedaçados e um número alarmante de vidas perdidas.

As motoristas das ambulâncias iam constantemente ao *front*, de onde os homens eram arrastados das trincheiras mutilados, destroçados e em agonia. Normalmente, uma socorrista viajava com a ambulância e a motorista, e elas precisavam ter bastante treinamento e conhecimento para realizar grandes proezas no caminho para salvar os homens que estavam transportando. Se estivessem feridos demais para serem removidos, eram deixados nos hospitais de campanha montados perto das trincheiras. Mas sempre que possível, os soldados feridos eram levados para o hospital em Villers--Cotterêts para cirurgia e tratamento intensivo.

Agora, com um ano de escola de medicina no currículo, e com sua experiência em trabalho voluntário, Annabelle foi designada para a divisão de ambulâncias e vestia o uniforme oficial de socorrista. Trabalhava 18 horas por dia, sacolejando em estradas esburacadas ao longo do caminho, e às vezes segurando os homens nos braços, quando não havia mais nada que pudesse fazer. Lutava bravamente para salvá-los com o material que tinha à mão, e usava todas as técnicas que havia aprendido. Às vezes, os ferimentos eram tantos que nem mesmo seus melhores esforços e ou uma corrida arriscada de volta ao hospital impediam que morressem na estrada.

Ela havia chegado a Villers-Cotterêts no dia de Ano-Novo, que foi apenas outro dia de trabalho para todos eles. Mais de 6 milhões de homens já haviam morrido na guerra. Nos dois anos e meio desde o início das batalhas, a Europa havia sido dizimada e estava perdendo seus homens jovens para o monstro que era a guerra, que os devorava aos milhares. Annabelle às vezes sentia como se estivessem esvaziando o oceano com uma xícara, ou pior, um dedal. Eram muitos corpos para resgatar, alguns com muito pouco a salvar, muitas mentes que jamais se recuperariam das brutalidades vividas. Também era difícil para a equipe médica, e todos estavam exaustos e abatidos ao fim de cada dia. Mas não importava o quanto fosse difícil, ou até desencorajador às vezes, Annabelle estava mais segura do que nunca de sua decisão de ser médica, e, apesar de partir seu coração em tantas ocasiões, ela adorava seu trabalho, e o fazia bem.

Em janeiro, o presidente Wilson estava tentando orquestrar um fim para a guerra, usando a neutralidade dos Estados Unidos para encorajar os Aliados a declararem seus objetivos para obter a paz. Seus esforços não deram frutos, mas ele continuava determinado a manter o país fora da guerra. Ninguém na Europa conseguia entender por que os americanos não se uniam às forças aliadas, mas, em janeiro de 1917, ninguém acreditava que eles permaneceriam fora do combate por muito mais tempo. E não estavam errados.

Em primeiro de fevereiro, a Alemanha retomou as hostilidades irrestritas com seus submarinos. Dois dias mais tarde, os Estados Unidos cortaram relações diplomáticas com a Alemanha. Depois de três semanas, o presidente requisitou permissão do Congresso para armar os navios mercantes americanos para o caso de ataque dos submarinos alemães. O Congresso negou o pedido, mas, em 12 de março, por decreto, Wilson anunciou que os navios mercantes americanos seriam armados dali em diante. Oito dias depois, em 20 de março, seu conselho de guerra votou com unanimidade pela declaração de guerra à Alemanha.

O presidente fez seu discurso em prol da guerra ao Congresso em 2 de abril. E, quatro dias depois, em 6 de abril, os Estados Unidos declararam guerra à Alemanha. O país finalmente estava entrando no conflito, e os trôpegos Aliados na Europa precisavam desesperadamente de sua ajuda. Nos meses seguintes, jovens americanos deixaram suas casas, dizendo adeus às famílias, esposas e namoradas, para serem treinados. Seriam enviados para o exterior dentro de dois meses. Do dia para a noite, tudo em seu lar havia mudado.

— Já não era sem tempo — disse uma das americanas em Villers-Cotterêts para Annabelle, quando se encontraram no refeitório certa vez, já tarde da noite. As duas haviam trabalhado 19 horas em suas respectivas funções. Ela e as outras americanas eram enfermeiras, e a jovem sabia que Annabelle era socorrista.

— Estava estudando para ser enfermeira antes da guerra? — perguntou ela com interesse. Era uma bonita moça oriunda do sul e tinha o sotaque carregado do Alabama. Seu nome era Georgianna e era uma beldade sulista, mas isso não significava nada ali, assim como a distinta criação de Annabelle na elegante mansão da família em Nova York, que já não tinha mais qualquer relação com sua vida cotidiana. Tudo o que lhe dera foi uma educação decente, boas maneiras e a habilidade de falar francês. O resto já não importava mais.

— Estudei uma escola de medicina no sul da França no último ano — disse Annabelle, bebericando uma sopa bem rala numa

183

caneca. Eles tentavam economizar ao máximo a comida, para benefício tanto da equipe médica quanto dos pacientes. Por isso, há meses, nenhum deles tinha uma refeição realmente decente, mas a comida era boa. Annabelle havia perdido uma quantidade considerável de peso nos quatro meses desde sua chegada. Nem ela conseguia acreditar que era abril de 1917, e que já estava na França havia 19 meses.

Georgianna ficou impressionada com o fato de Annabelle ter começado a estudar medicina, então conversaram sobre isso por alguns minutos. As duas estavam exaustas. A enfermeira era uma moça bonita, com grandes olhos verdes e um cabelo vermelho brilhante. Ela riu quando admitiu que, depois de dois anos ali, ainda falava um francês execrável, mas Annabelle sabia, pelo que ouvira falar, que a moça fazia bem o seu trabalho apesar disso. Nunca conhecera tantas pessoas conscientes, competentes e dedicadas na vida. Eles davam tudo de si.

— Acha que vai concluir seus estudos? — perguntou-lhe Georgianna, ao que Annabelle assentiu, pensativa.

— Espero que sim. — Não conseguia imaginar o que a impediria, a não ser que fosse morta.

— Não quer ir para casa quando isso acabar? — Georgianna não conseguia se imaginar ficando ali. Tinha família no Alabama, três irmãs mais novas e um irmão. Annabelle não queria voltar para Nova York. Não possuía nada lá, exceto punição e dor.

— Na verdade, não. Não tenho muita coisa lá. Acho que vou ficar. — Vinha pensando muito no assunto nos últimos tempos e tomara uma decisão. Tinha mais cinco anos de estudos na escola de medicina e depois disso queria ir a Paris para trabalhar. Com sorte, talvez até com o Dr. De Bré. Não havia nada que quisesse agora em Nova York. E ainda teria de estagiar por mais um ano lá. Estava quase convencida de que sua vida nos Estados Unidos era coisa do passado. O único futuro que possuía estava ali. Era uma vida inteiramente nova, onde ninguém conhecia seu passado, nem a vergonha de seu divórcio. Na França, até onde se sabia, ela nunca havia sido casada. Ela faria 24 anos em algumas semanas. E um dia, com bastante afinco e um pouco de sorte, seria médica. Em Nova York ela sempre seria uma desonra, embora não por culpa sua.

As duas mulheres deixaram o refeitório e seguiram seus caminhos. Voltaram para os respectivos alojamentos, prometendo saírem juntas qualquer dia, quando tivessem folga. Só que, quando isso acontecia, elas nunca conseguiam aproveitar. Annabelle não havia tirado uma folga de seus deveres como socorrista desde sua chegada.

A Terceira Batalha de Champagne acabou em desastre para os franceses no fim de abril e trouxe uma leva de pacientes novos, que deixaram todos ocupados. Annabelle estava constantemente transportando homens do *front*. O único encorajamento que tiveram foi a vitória canadense na Batalha de Vimy. E devido ao enorme desânimo em suas fileiras, deflagaram-se motins entre os franceses durante as primeiras semanas de maio. Também chegavam notícias da Revolução Russa — o tsar havia abdicado em março. Mas qualquer coisa que estivesse acontecendo além das trincheiras mais próximas e do *front* parecia muito remoto para qualquer um em Villers-Cotterêts. Estavam bastante envolvidos nas questões ali tão perto para se preocuparem com qualquer outra coisa.

Annabelle esqueceu-se completamente de seu aniversário. Um dia atropelava o outro, e ela não fazia ideia de qual era a data. Só uma semana depois, quando viu o jornal que alguém trouxera de Paris, percebeu que havia completado 24 anos. Um mês depois, em junho, todos ficaram empolgados quando souberam que as primeiras tropas americanas haviam desembarcado na França.

Foi três semanas depois, em meados de julho, que um batalhão americano veio para Villers-Cotterêts e montou acampamento nos arredores da cidade. Forças britânicas se juntaram a eles em uma semana, em preparação para uma ofensiva em Ypres. A área ficou consideravelmente agitada com as tropas britânicas e americanas perambulando por toda parte. Eles se divertiam tentando seduzir todas as mulheres do local, e a polícia militar estava sempre arrastando os bêbados para fora de bares e pelas ruas, devolvendo-os aos seus acampamentos. Pelo menos eram discretos, e, apesar dos inevitáveis soldados baderneiros, alguns eram bem simpáticos. Quando voltava com a ambulância de um hospital de campanha nas proximidades, Annabelle viu um grupo de soldados americanos caminhando com algumas mocinhas francesas. Não estava com humor para eles, já que o homem que estavam levando para o hospital em Villers--Cotterêts havia morrido no caminho. Mas, quando a ambulância passou pelos americanos, eles gritaram e acenaram diante de duas mulheres bonitas no *front*. E, por um instante, Annabelle teve uma vontade enorme de ouvir vozes americanas. Acenou de volta e sorriu. Um dos homens de uniforme veio correndo até o lado da ambulância, então Annabelle não conseguiu deixar de dizer "oi".

— É americana? — perguntou ele, espantado, e a motorista da ambulância parou e sorriu. Ela o achou uma gracinha. Era francesa.

— Sou — disse Annabella, parecendo cansada.

— Quando chegou aqui? Pensei que as enfermeiras só iriam chegar no mês que vem. — Demoraram mais tempo para organizar as mulheres voluntárias do que os homens conscritos.

Ela riu da pergunta. Reconheceu o sotaque de Boston na voz dele e teve de admitir: era bom ouvi-lo. Era como estar em casa.

— Estou aqui há dois anos — respondeu, com um grande sorriso. — Vocês rapazes estão atrasados.

— Estamos coisa nenhuma. Vamos chutar os alemães de volta ao lugar de onde vieram. Guardaram o melhor para o final.

Parecia uma criança, e de fato era, tão irlandês quanto seus conterrâneos, o que lhe lembrou as visitas feitas a Boston e os verões em Newport. De repente sentiu saudades de casa, pela primeira ou segunda vez em 22 meses. Nem se lembrava da última vez que se sentira assim.

— De onde você é? — perguntou ele, enquanto um dos amigos conversava com a motorista da ambulância, do outro lado, mas elas precisavam voltar. Não era certo ficar conversando com eles, com um homem morto lá atrás, embora outros tivessem feito pior. Em dado momento, os horrores da guerra já não são tão chocantes quanto antes.

— De Nova York — disse Annabelle, tranquila.

— Sou de Boston. — E, ao dizê-lo, ela sentiu o cheiro de álcool em seu hálito. Assim que deixavam os acampamentos onde estavam aquartelados, quase todos bebiam muito. Tinham um bom motivo para isso. Bebiam e perseguiam qualquer garota que lhes cruzasse o caminho.

— Pude notar — disse, referindo-se ao sotaque de Boston, enquanto fazia sinal à colega para que retomassem viagem. — Boa sorte — disse para ele e para os outros.

— Sim, para você também — retribuiu ele, dando um passo para trás. E, enquanto voltavam ao hospital, uma onda de nostalgia a inundou. Ela nunca sentiu tanta saudade de seu país na vida. Sentiu falta de cada coisa familiar que não havia visto nem se permitido pensar em dois anos. Suspirou enquanto, juntas, carregavam o homem morto na padiola para o necrotério. Ele seria enterrado nas colinas com inúmeros outros, e a família seria notificada. Não havia como mandar os corpos para casa. Eram muitíssimos. E cemitérios improvisados agora cobriam os campos.

Pensando nos americanos que havia visto naquela tarde, Annabelle saiu para um rápido passeio naquela noite, quando deixou o trabalho, antes de voltar para seu quarto. Haviam perdido todos os homens que trouxeram dos hospitais de campanha naquele dia. Era deprimente e, embora fosse comum, aquilo a aborrecia muito. Aqueles rapazes eram tão jovens, muitos deles bem mais novos que ela. Até muitas das enfermeiras eram mais novas que ela agora. Aos 24, com um ano de escola de medicina nas costas, não se sentia mais uma mocinha. Muitas coisas difíceis haviam lhe acontecido nos últimos anos, e ela tinha visto muita dor.

Estava caminhando, pensando em sua vida perdida nos Estados Unidos, com a cabeça baixa, não muito longe de seu alojamento, voltando do passeio. Passava da meia-noite, e ela havia trabalhado desde as seis horas daquela manhã. Estava cansada e distraída, por isso levou um susto quando ouviu uma voz com sotaque britânico às costas.

— Ei, garota bonita — murmurou alguém. — O que está fazendo aqui fora sozinha? — Ela virou-se e ficou surpresa por ver um oficial inglês andando sozinho pela mesma trilha. Era óbvio que andara bebendo. Havia saído de um bar próximo sem seus companheiros. Estava muito vistoso em seu uniforme, e muito bêbado. Era um homem bonito, aproximadamente da mesma idade dela, e não a assustou, principalmente porque Annabelle percebeu se tratar de um oficial. Já havia visto muitos homens bêbados nos últimos dois anos e jamais teve problemas em mantê-los na linha.

— Parece que precisa de uma carona — disse ela com um sorriso sem emoção. — Pegue aquela direção — disse, apontou para um dos prédios administrativos onde geralmente lidavam com assuntos daquele tipo, já que era uma ocorrência comum. Eram tempos de guerra, afinal, e eles lidavam com milhares de homens em suas bases durante o dia, muitos dos quais farreavam à noite. — Alguém lhe dará uma carona de volta para o acampamento. — Principalmente por ser um oficial, ninguém lhe fará perguntas. Às vezes dispensavam aos conscritos um trato ligeiramente mais rude. Mas os oficiais sempre eram respeitados por sua posição. Podia ver pelo uniforme que era um tenente, e dava para saber, por seu sotaque, que era um aristocrata. Isso não o impedia de ser tão boboca quanto qualquer outro bêbado, ou mesmo de cambalear ligeiramente enquanto a encarava.

— Não quero voltar para o acampamento — disse com teimosia —, prefiro ir pra casa com você. O que me diz, vamos parar em algum lugar e tomar um drinque? O que você é, afinal? Enfermeira? — Ele a avaliava com certa altivez, tentando colocá-la em foco.

— Sou socorrista, e você vai precisar de uma, se não se deitar um pouco. — Ele parecia prestes a desmaiar.

— Excelente ideia. Sugiro que nos deitemos juntos.

— Essa não é uma opção. — Annabelle o encarou com frieza, imaginando se deveria simplesmente se afastar e deixá-lo por conta própria. Não havia mais ninguém na trilha, mas ela não estava longe dos alojamentos. Àquela altura, todos haviam ido para casa, exceto aqueles do turno da noite que estavam dirigindo ambulâncias ou trabalhando nas enfermarias.

— Quem você acha que é, afinal? — perguntou ele, atirando-se na frente dela para agarrá-la, ao que Annabelle recuou. Ele tropeçou e quase caiu, e parecia zangado quando se endireitou. — Você não é ninguém, é o que você é — continuou, tornando-se sórdido de repente. — Meu pai é o conde de Winshire. E eu sou Lorde Harry Winshire. Sou um visconde — disse vangloriando-se, mas com a voz arrastada.

— Que bom saber, visconde — disse ela com educação, à altura da posição e do título dele. — Mas precisa voltar ao acampamento antes que se machuque. E eu estou indo para o meu alojamento. Boa noite.

— Vadia! — disse ele, cuspindo-lhe a única palavra quando Annabelle lhe virou as costas. A conversa havia se prolongado demais, e ela não queria demorar ali. Estava óbvio que era um homem mimado, desagradável e estava bêbado. Annabelle não sentia medo dele, já havia enfrentado coisa pior antes, mas não queria arriscar a sorte. Mas, antes que ela pudesse dar mais um passo pela trilha deserta, ele a agarrou, girou-a com força em seus braços, tentando beijá-la. Annabelle o afastou com força e lutou bastante. Ele era surpreendentemente forte, mesmo estando bêbado.

— Pare com isso! — gritou ela. Mas ficou chocada com a força dele e com seus braços firmes.

Annabelle percebeu, de repente, que estava sendo subjugada. Ele lhe cobriu a boca com uma das mãos e com a outra a arrastou para a entrada escura de um dos alojamentos próximos. Não havia ninguém por perto, e ele tapava sua boca com tanta força que

Annabelle não conseguia gritar. Ela mordeu-lhe os dedos, mas isso não o deteve. E lutou feito uma leoa quando ele a atirou no chão e deitou-se sobre ela com todo o peso. O ar fugiu-lhe dos pulmões quando caiu no chão, e a mão que não cobria sua boca havia erguido sua saia e puxava para baixo sua roupa íntima. Annabelle não conseguia acreditar no que estava acontecendo, então usou toda a força para enfrentá-lo, mas era uma mulher pequena contra um homem grande e forte. E ele agora estava tomado pela raiva, além de estar embriagado, e determinado a possuí-la. Annabelle o enfureceu ao dispensá-lo, e agora ele a faria pagar por isso. Tudo o que ela conseguia enxergar era a fúria negra em seus olhos enquanto continuava a agarrá-la e pressioná-la no chão. Não tirava a mão de sua boca, e tudo o que Annabelle conseguia emitir eram sons guturais abafados que ninguém conseguia ouvir.

A noite estava silenciosa, exceto pela risada de mulheres ao longe e pelos gritos embriagados de homens saindo do bar. Qualquer som que ela emitia era fraco demais para que alguém ouvisse, e havia terror nos olhos dela. Agora ele já havia desabotoado a calça com a mão livre, e ela conseguia sentir a rigidez dele contra si. O que Josiah jamais fora capaz de fazer, aquele estranho bêbado estava para tomar dela à força. Annabelle fazia tudo o que podia para impedi-lo, mas de nada adiantava. Ele usou a perna para afastar as dela, e, em um instante, estava dentro dela, arrojando-se com violência e gemendo. Annabelle continuou tentando lutar, mas ele a pressionava com força no chão. E, a cada vez que arremetia mais fundo, Annabelle se encolhia de dor e era esmagada contra a soleira em que estavam deitados. Em um instante, estava terminado, ele se aliviou com um grito e depois a empurrou com tanta força que a deixou caída no chão encolhida na soleira feito uma boneca de porcelana quebrada. Annabelle não conseguia gritar, ou fazer emitir qualquer som. Sentia muito medo. Virou-se, vomitou e sufocou um soluço. Ele se pôs de pé, abotoou a calça, e a olhou do alto com desprezo.

— Se contar a alguém sobre isso, volto e mato você. Vou encontrá-la. E aceitarão minha palavra, e não a sua.

Annabelle sabia que aquilo tinha grandes chances de ser verdade, ele era um oficial e, supostamente, não apenas um nobre, mas um visconde. Independentemente do que ela dissesse, ninguém ousaria desafiá-lo, muito menos puni-lo, por um incidente como aquele. Para ele, não significava nada; para ela, a virtude que manteve por toda a vida, e sustentou mesmo depois de dois anos de casamento com o homem que amava, tinha sido tomada e descartada por ele como se não passasse de lixo. Baixou a saia enquanto ele se afastava, e ficou deitada na soleira, soluçando, até enfim se erguer, sentindo-se tonta. Ele também havia batido a cabeça dela no degrau de pedra enquanto a violentava.

Estava às cegas enquanto andava de volta para seu alojamento, e parou outra vez para vomitar, grata por não ser vista por ninguém. Queria se esconder em algum lugar e morrer, mas sabia que jamais esqueceria o rosto dele ou o ar assassino naqueles olhos ao tomá-la. Ele desapareceu na noite, e ela subiu quase rastejando os degraus do alojamento e foi para o banheiro, aliviada por não ter ninguém lá. Ela se limpou da melhor maneira possível, havia sangue entre as pernas e na saia, já que era virgem, o que de nada importou para ele. Para ele, Annabelle era apenas outra vadia que ele tomara depois de uma noite de farra no bar. Sentia uma dor latejante entre as pernas e uma terrível dor nas costas e na cabeça por ter sido atirada no degrau de pedra, mas nada disso se comparava à dor em seu coração.

E ele estava certo, se tentasse contar a alguém, ninguém lhe ouviria ou daria importância para aquilo. As garotas alegavam que os soldados as violentavam todos os dias, e ninguém fazia nada a respeito. Quando insistiam com as autoridades em um tribunal militar, eram humilhadas e desonradas, e ninguém acreditava nelas. Eram imediatamente acusadas de serem vadias que haviam encorajado seus atacantes. E com um lorde inglês sendo acusado de ter perpetrado o crime, Annabelle seria colocada para fora de qualquer gabinete oficial às gargalhadas. Pior ainda, estavam em meio a uma guerra, por isso o estupro de uma socorrista era o menor dos problemas de qualquer um. Tudo o que podia fazer agora era rezar para não ter engravidado. Não conseguia imaginar que o destino pudesse ser tão cruel assim. Tudo em que Annabelle conseguia pensar, enquanto se arrastava para a cama naquela noite, relembrando o que tinha acontecido, era que nada nem ninguém poderia ter sido mais cruel do que o visconde. E, enquanto estava ali deitada soluçando, só conseguia pensar em Josiah. Tudo o que sempre quis foi dividir uma vida com ele e ter filhos. E, em vez disso, aquele desgraçado havia transformado um ato de amor em algo horrível ao violentá-la. E não havia nada que ela pudesse fazer a respeito a não ser tentar esquecer.

Capítulo 18

Em setembro, os alemães estavam vencendo completamente os russos. E em Villers-Cotterêts, Annabelle vomitava todos os dias. O pior havia acontecido. Não ficava menstruada desde julho, e sabia que estava grávida. Só não sabia o que fazer a respeito. Não tinha para quem contar, nenhuma maneira de interromper a gravidez. As costas, a cabeça e outras partes do corpo levaram semanas para sarar, mas os efeitos do que ele lhe fizera durariam para sempre. Pensou em procurar alguém que lhe fizesse o aborto, mas não sabia a quem perguntar, porém sabia o quanto era perigoso. Duas das enfermeiras haviam morrido ao fazer aborto desde sua chegada ao hospital. Annabelle não ousava correr esse risco. Preferiria simplesmente se matar, mas tampouco tinha coragem para isso. Só que ela não queria um filho daquele monstro. Segundo seus cálculos, a criança nasceria em abril, portanto teria de deixar o hospital tão logo a barriga começasse a aparecer. Felizmente, ainda não estava aparente. E ela estava trabalhando mais do que nunca, carregando homens e equipamento pesados, sacolejando nas estradas esburacadas na ambulância. Rezava para que a natureza lhe fosse gentil e fizesse com que ela sofresse um aborto, mas, conforme o tempo passava, ficou cada vez mais óbvio que isso não iria acontecer. E quando seu quadril e seu corpo começaram a alargar, ela pegou tiras de gaze do material de cirurgia e amarrou nela o mais apertado

193

que conseguiu. Mal podia respirar, mas estava determinada a trabalhar pelo máximo de tempo possível. E não tinha ideia de onde ir quando já não pudesse mais fazer isso.

No Natal, a barriga ainda não tinha aparecido, mas agora ela já conseguia sentir o bebê se mexendo suavemente dentro de si. Annabelle tentou resistir, e disse a si mesma que tinha todos os motivos para odiá-lo, mas não conseguia. O bebê era tão inocente quanto ela, mesmo que odiasse seu pai. Pensou em entrar em contato com ele para lhe dizer o que havia acontecido e obrigá-lo a assumir a responsabilidade, mas sabia que, dado o que havia visto naquela noite, ele simplesmente negaria o fato. E quem sabia quantas mulheres ele não teria estuprado antes, ou desde então? Annabelle era apenas um destroço que flutuara diante dele no mar da guerra, e ele a descartaria exatamente como naquela noite, junto com o bebê dela. Não dispunha de recurso nenhum, era apenas uma mulher carregando um filho ilegítimo em tempos de guerra, e ninguém daria a mínima para o fato de ter sido violentada.

Continuava trabalhando em janeiro. Estava com seis meses de gravidez, e escondia a grossura do tronco com o avental. Não havia volume porque ainda amarrava as tiras de gaze bem apertado, e, por causa da preocupação, e também da escassez, comia muito pouco. Não havia ganhado peso nenhum, se é que era possível, havia perdido. Andava muito deprimida desde julho, quando tudo aconteceu. E não contou a ninguém.

Foi em um dia chuvoso, muito frio, mais adiante naquele mês, quando estava trabalhando na enfermaria da ala de cirurgia certa tarde, cobrindo a ausência de alguém, que ouviu dois homens conversando. Os dois eram britânicos, um era oficial, o outro, sargento. Os dois haviam perdido membros nas batalhas mais recentes nas trincheiras. E Annabelle parou o que estava fazendo quando os ouviu mencionar Harry. Não sabia o porquê, poderia ser qualquer um, mas um momento depois o oficial disse que era uma perda terrível o fato de Harry Winshire estar morto. Falaram sobre como havia sido um bom homem e o quanto sentiriam sua falta. Annabelle queria se virar e berrar-lhes que ele não era um bom homem coisa nenhuma, que era um monstro. Cambaleou para fora da enfermaria e ficou lá fora tremendo no frio, sorvendo o ar, como se estivesse sendo estrangulada. Ele não apenas a violentara, mas agora ele estava morto. Seu bebê não teria pai, jamais teve. Sabia que provavelmente era melhor assim, que ele merecia ter morrido, mas, quando percebeu a enormidade do que estava acontecendo, sentiu-se de repente subjugada por uma sensação de puro terror, que oscilou vagarosamente como um salgueiro na brisa, e então ela desmaiou, caindo na lama ao seu redor. Duas enfermeiras a viram cair e vieram correndo, enquanto um dos cirurgiões que deixava o prédio parou e se ajoelhou ao seu lado. Como sempre, todos temeram pelo cólera, mas, quando a tocaram, viram que não tinha febre. Suspeitaram que fosse excesso de trabalho e falta de comida ou sono, uma condição da qual vinham sofrendo havia anos.

O médico ajudou a levá-la para dentro, e Annabelle recobrou a consciência quando a colocavam em uma maca. Estava ensopada, o cabelo grudado na cabeça por causa da chuva, o avental estava colado ao corpo. Ela se desculpou profusamente por ter causado tanto trabalho e tentou se levantar para escapar deles. Mas, no momento em que o fez, desmaiou de novo, e desta vez o médico puxou a maca para uma salinha e fechou a porta. Não a conhecia bem, mas a via com frequência.

Perguntou calmamente se ela estava com disenteria, mas Annabelle garantiu que sentia-se bem, que estava trabalhando desde as primeiras horas da manhã e que não havia comido nada desde o dia anterior. Tentou sorrir com animação, mas o médico não se deixou enganar. O rosto dela estava tão branco quanto o avental. Perguntou-lhe o nome, e ela respondeu.

— Srta. Worthington, acredito que esteja sofrendo de fadiga de batalha. Talvez precise se afastar por alguns dias, para tentar se recuperar. — Ninguém tirava folga havia meses, e ela não queria parar de trabalhar, mas também sabia que seus dias no hospital estavam contados. Sua barriga crescia exponencialmente agora e era cada vez mais difícil escondê-la, por mais apertado que amarrasse as tiras de gaze. — Tem mais alguma coisa sobre sua saúde que não tenha me contado? — perguntou ele, preocupado. A última coisa que queriam era a equipe médica espalhando doenças infecciosas, começando uma epidemia ou simplesmente morrendo por excesso de trabalho e enfermidades não reveladas. Todos eram tão conscienciosos com o trabalho que muitas enfermeiras e vários médicos escondiam que estavam doentes. Ele temia que este fosse o caso dela. Annabelle parecia péssima.

Ela começou a balançar a cabeça, e então o médico viu lágrimas em seus olhos.

— Não, estou bem — insistiu.

— Tão bem que acabou de desmaiar duas vezes — observou ele, gentilmente.

Tinha a sensação de que havia algo mais, mas Annabelle estava determinada a ficar calada, e parecia tão malnutrida quanto muitos outros. Pediu que ela se deitasse para poder examiná-la por cima das roupas, e, tão logo Annabelle se deitou, ele viu o leve inchaço da barriga e buscou os olhos dela. Sempre delicado, pôs as mãos sobre a barriga dela e pôde sentir o volume que estava escondido com tanta determinação havia tempos, então compreendeu imediatamente o que era. Annabelle não era a primeira jovem a engravidar de um soldado em época de guerra. Quando a encarou, ela começou a chorar.

— Acho que este é o problema — disse ele quando Annabelle se sentou, pegou um lenço e assoou o nariz. Parecia mortalmente embaraçada e desesperadamente infeliz. — Para quando é?

Annabelle quase engasgou com as palavras, quis explicar como havia acontecido, mas não ousou. A verdade era tão horrorosa, e, com certeza, ele e todos no mundo a culpariam, nunca acreditariam nela. Estava certa disso, havia visto acontecer com outras antes. Mulheres diziam que haviam sido violentadas, quando na verdade simplesmente haviam tido um caso extraconjugal. Por que ele deveria acreditar nela? Então, como o segredo de Josiah que salvaguardara para protegê-lo quando foi abandonada, agora ela guardava o do visconde Winshire. E Annabelle era quem havia pagado o preço por tudo.

— Para abril — respondeu, com ar de desespero.

— Conseguiu manter em segredo por bastante tempo. — Ele afrouxou o avental, abriu o cós, ergueu-lhe a blusa e ficou horrorizado quando viu o quanto ela havia se apertado, e obviamente vinha fazendo isso havia meses. — Fico espantado que consiga respirar. — Era muito mais apertado que qualquer corpete, e uma crueldade com mãe e criança.

— Não consigo — disse ela, em meio a lágrimas.

— Terá de parar de trabalhar em breve — disse ele, mas Annabelle já sabia. — E o pai? — perguntou com delicadeza.

— Morto — murmurou. — Eu só descobri hoje. — Não disse que odiava Harry e que estava feliz por sua morte. Ele a merecia. Sabia que o médico ficaria chocado se falasse tal coisa.

— Entendo. Vai para casa?

— Não posso — disse ela. Ele simplesmente não conseguiria entender as razões dela. Annabelle já não era mais bem-vinda em Nova York ou em Newport, e a gravidez decretaria para sempre o seu fim.

— Terá de arranjar um lugar para viver. Quer que eu a ajude a encontrar uma família com que possa ficar? Talvez você possa ajudar a cuidar das crianças. — Annabelle balançou a cabeça. Andava pensando muito nisso nos últimos tempos, enquanto a barriga crescia. Também não podia voltar à escola de medicina, pelo menos não por enquanto. O lugar em que conseguiu pensar foi a área acima de Antibes, perto da antiga igreja, aonde ia às vezes quando tinha uma folga na escola de medicina. Se conseguisse encontrar uma casinha por lá, poderia se esconder até o bebê nascer e depois voltar ao *front* ou à escola com o bebê. Era difícil imaginar-se retornando ao *front* com um bebê, e não tinha com quem deixá-lo. Tinha muito

197

a pensar, mas declinou da ajuda. Queria resolver as coisas sozinha. E ele não sabia que ela podia fazer os próprios arranjos financeiros e que era capaz de alugar ou comprar uma casa, se preferisse.

— Obrigada, eu dou um jeito — agradeceu com tristeza, enquanto ele a ajudava a descer da maca.

— Não espere muito — aconselhou ele. Surpreendia-lhe que tivesse conseguido esconder a gravidez por seis meses.

— Não esperarei — prometeu. — Obrigada — disse ela, com lágrimas nos olhos outra vez, com o médico lhe afagando o ombro, tentando tranquilizá-la enquanto deixavam a sala. As duas jovens enfermeiras ainda estavam esperando lá fora para saber como Annabelle estava.

— Ela está bem — disse o médico com um sorriso. — Vocês todas trabalham muito aqui. Eu disse a ela que precisa tirar uma folga, antes que contraia cólera e comece uma epidemia. — Sorriu para todas elas tranquilamente, deu uma olhada significativa para Annabelle e se foi. As outras duas mulheres a levaram para o quarto, e ela tirou o resto do dia de folga.

Ficou deitada na cama, pensando. Ele estava certo. Tinha de partir logo, sabia disso. Antes que todos descobrissem e ela fosse mais uma vez desonrada sem ter culpa nenhuma.

Annabelle conseguiu ficar em Villers-Cotterêts até primeiro de fevereiro, e, então, com pesar, disse que precisava partir. Falou à supervisora que estava voltando para a escola de medicina em Nice. Mas ninguém podia reclamar. Havia ficado lá por 14 meses e sentia-se uma traidora por partir agora, mas ela não tinha escolha.

Foi um dia triste para ela quando deixou o hospital e as pessoas com quem trabalhava. Pegou o trem para Nice e demorou dois dias para chegar lá, com três desvios e longas esperas em muitas estações, para permitir que os transportes militares passassem, carregando suprimentos para o *front*.

A primeira coisa que fez quando chegou a Nice foi procurar uma pequena joalheria e comprar uma aliança de ouro. Colocou-a no dedo, e o joalheiro a parabenizou. Era um senhor gentil, que disse que esperava que ela fosse muito feliz. Annabelle saiu da loja em silêncio, com lágrimas nos olhos. Inventara a história para si mesma de que era uma viúva de guerra, cujo marido fora morto em Ypres. Não havia motivo para que ninguém duvidasse dela. Annabelle parecia respeitável, e o país estava cheio de viúvas agora, muitas cujos bebês haviam nascido após a morte dos maridos. Annabelle era apenas mais uma em um mar de baixas e tragédias causadas pela guerra.

Fez o *check-in* em um hotelzinho em Nice e comprou vários vestidos pretos em tamanhos maiores. Ficou chocada ao notar que, uma vez que não usava mais as bandagens restritivas, sua barriga estava surpreendentemente grande. Não tão grande quanto a de Hortie, mas era óbvio que ela teria um bebê, e não havia motivo para esconder isso agora. Usando uma aliança e o vestido preto de viúva, parecia a mulher respeitável que era, e a tristeza que qualquer um enxergava em seus olhos era real.

Teria gostado de visitar o Dr. Graumont na escola de medicina, mas achou que não conseguiria. Mais tarde ela o visitaria com o bebê, contaria a história do homem com quem se casara e que depois fora morto. Mas tudo para ela agora era recente demais. Não se sentia preparada para encarar ninguém antes do nascimento do bebê. E ainda não tinha certeza de como explicar que não havia mudado de nome. Pensaria nisso depois. Por ora, tinha de encontrar um lugar para morar. Um dia foi a Antibes, à pequena igreja que tanto adorava. Era uma capela de marinheiros com vista para o porto e os Alpes Marítimos. Estava saindo da igreja quando perguntou à zeladora se sabia de casas disponíveis para alugar naquela região, de preferência. E a mulher meneou a cabeça, depois a inclinou para o lado, com ar pensativo.

— Acho que não — disse ela, com seu forte sotaque do sul. O francês de Annabelle era tão fluente agora que ninguém suspeitaria

que não era de Paris, ou de alguma das cidades ao norte da França.
— Uma família vivia aqui antes da guerra. Eles se mudaram para Lyon, e os dois filhos foram mortos. Não vêm aqui desde então, e acho que não voltarão. Os garotos adoravam o lugar. Partiria o coração deles. — Ela informou a Annabelle onde era a casa. Ficava a uma curta caminhada da igreja, e era uma *villa* pequena e bonita que parecia ter sido uma casa de veraneio. Viu um senhor cuidando do terreno, ele acenou de volta quando Annabelle o cumprimentou e perguntou se havia alguma possibilidade de que aquela casa estivesse para alugar. Ele respondeu que achava que não, mas estava disposto a escrever aos proprietários em nome dela. Contou que toda a mobília e os pertences deles ainda estavam lá, perguntou se isso seria problema. Annabelle garantiu que não, que de fato preferia assim.

Ele pôde ver que ela estava para ter um bebê, sete meses agora, por isso Annabelle contou que era viúva. Disse-lhe que ficaria grata em alugá-la por quanto tempo desejassem. Até o fim do ano, talvez. Esperava voltar à escola no semestre seguinte, em janeiro no máximo. Em setembro, o bebê estaria com 5 meses, e ela poderia voltar à escola de medicina, se tivesse com quem deixá-lo. Talvez pudesse ir e voltar todos os dias, se conseguisse um veículo para chegar lá. Annabelle deixou o nome do hotel com o zelador, e ele disse que entraria em contato com ela quando recebesse notícia dos proprietários, qualquer que fosse a resposta. Esperava que ele ficasse comovido com a situação dela e convencesse os proprietários a alugarem a casa.

No caminho de volta para Nice, pensou que poderia ficar no hotel, se necessário, embora não fosse o ideal para um bebê, mas era organizado e limpo. Uma casa funcionaria melhor, mas, se não conseguisse encontrar uma, poderia ficar onde estava.

Nas várias semanas seguintes, saía para passear todos os dias em Nice. Caminhava na praia, comia o mais decentemente possível e dormia muitas horas. Encontrou um médico local por intermédio do hospital e marcou uma consulta, contando a mesma história inventada de que era uma viúva de guerra. Ele foi gentil e simpático, e Annabelle lhe informou que queria dar à luz em casa. Não queria correr o risco de esbarrar com algum dos médicos que conhecia, da escola de medicina, no hospital. Não quis dizer ao médico o motivo, mas ele estava disposto a atendê-la em casa.

Certo dia de março, quando voltou de um passeio, encontrou uma mensagem de Gaston, o zelador da casa em Antibes. Pedia que ela fosse vê-lo, o que Annabelle fez. Ele tinha boas notícias. Os proprietários lhe foram solidários e estavam felizes em alugar a casa. Talvez até ficassem dispostos a vendê-la um dia, embora ainda não estivessem decididos. Como Gaston suspeitava, eles disseram que guardavam muitas recordações dos filhos lá, e seria triste retornar. Por enquanto, estavam dispostos a alugá-la por seis meses e decidir o que fazer depois. Gaston se ofereceu para mostrar a casa, e Annabelle ficou satisfeita com o que viu. O quarto principal, de proporções confortáveis, era ensolarado, e havia dois quartos menores. Os três quartos dividiam um único banheiro, o que não a incomodava. O banheiro era antigo e ladrilhado, e tinha uma enorme banheira, o que a agradou. E lá embaixo havia uma sala de estar e outra de jantar, e um pequeno solário envidraçado que dava para um pórtico. Era do tamanho ideal para ela e um bebê, e talvez também para uma mocinha que ajudasse a cuidar da criança mais tarde. Por enquanto, tudo o que queria era ficar sozinha.

Ela escreveu uma carta de agradecimento aos proprietários e disse que mandaria o banco fazer a transferência do dinheiro. Gaston ficou muito satisfeito e a parabenizou, dizendo que seria bom ter vida na casa outra vez, e que sua esposa ficaria feliz em limpar o imóvel e até ajudá-la com o bebê quando ele nascesse. Annabelle lhe agradeceu e foi a um banco em Nice naquela tarde. Apresentou-se ao gerente e pediu-lhe que enviasse um telegrama para o seu banco nos Estados Unidos, informando-lhes onde estava. Tudo o que precisavam saber era para onde enviar o dinheiro, já que havia fechado sua conta em Villers-Cotterêts quando partiu. Ninguém lá sabia por que ela estava em Nice ou o que estava acontecendo em sua vida, e Annabelle não conseguia deixar de imaginar quantos bebês Hortie teria tido desde sua partida. Ainda sentia falta da velha amiga. Foi uma traição Hortie virar as costas para ela, mas Annabelle sabia que a amiga fizera aquilo por fraqueza. E isso não impedia Annabelle de se importar com ela, embora soubesse que nunca mais seriam amigas de novo. Mesmo que retornasse a Nova York um dia, muita coisa havia mudado desde então.

Annabelle mudou-se para a casa acima de Cap d'Antibes em 4 de abril. O médico disse que o bebê chegaria logo, embora não soubesse quando. A futura mamãe já estava imensa; caminhava devagar pelas colinas todos os dias e ia à igreja que adorava para admirar a vista. Florine, esposa de Gaston, limpava a casa para ela e às vezes cozinhava também. Annabelle passava as noites lendo seus velhos livros de medicina. Ainda tinha sentimentos conflitantes a respeito da criança. Havia sido concebida em meio a tanta violência e angústia, que era difícil imaginar como não se lembrar disso sempre que a visse. Mas o destino havia dado uma à outra. Pensara em entrar em contato com os pais do visconde para avisar-lhes, mas não lhes devia nada, e, se fossem tão caprichosos e desonrados quanto o filho, não queria nada com eles. Ela e o bebê teriam um ao outro, e não precisavam de mais ninguém.

Na terceira semana de abril, Annabelle saiu para um longo passeio, parou na igreja, como sempre fazia, e sentou-se pesadamente no banco para admirar a vista. Havia acendido uma vela para a mãe e rezado por Josiah. Não tinha notícias dele havia mais de dois anos e não sabia onde ele e Henry estavam, fosse ainda no México ou de volta a Nova York. Depois que ele a deixara, não fizera qualquer contato. Queria que ela estivesse livre para começar uma nova vida, mas jamais poderia ter remotamente imaginado as voltas e reviravoltas do destino que ela havia suportado.

Voltou para casa caminhando devagar sob a luz matizada do sol naquela tarde, pensando em todos eles, Josiah, Hortie, sua mãe, seu pai, Robert. Era como se pudesse senti-los perto dela. Quando chegou em casa, foi para o quarto se deitar. Florine havia saído, e Annabelle caiu no sono. Para sua grande surpresa, passava da meia-noite quando despertou. Um desconforto nas costas lhe acordara, e, de repente, sentiu uma dor perfurante no ventre e soube de imediato o que era. Não havia quem lhe chamasse o médico, e ela não tinha telefone, mas não estava assustada enquanto permanecia deitada ali. Tinha certeza de que era um processo simples e que poderia fazer aquilo sozinha. Mas, conforme a noite avançava e as dores pioravam, não teve tanta certeza. Parecia inacreditavelmente cruel que tivesse sofrido ao conceber a criança, e agora tivesse de sofrer de novo, por uma criança sem pai, que ela não planejou ter. Todos aqueles anos desejando um bebê com Josiah, mas nunca lhe ocorreu que uma criança entraria em sua vida dessa maneira.

Contorcia-se a cada contração, apertando os lençóis. Viu o sol surgir ao amanhecer, e já sangrava bastante. As dores eram insuportáveis, e Annabelle agora começava a sentir como se estivesse se afogando e fosse morrer. Aquilo a fez lembrar das histórias horríveis que Hortie lhe contara, e nos partos terríveis pelos quais havia passado. Estava começando a entrar em pânico quando Florine apareceu na porta do quarto. Ouviu-a lá de baixo e subiu a escada correndo. Annabelle estava deitada na cama com os olhos esbugalhados, incapaz de falar de tanta dor que havia sentido a noite inteira. Estava em trabalho de parto havia oito horas.

Florine entrou depressa no quarto e ergueu as cobertas com delicadeza para espalhar os lençóis velhos que haviam separado para este propósito. Tentava tranquilizar Annabelle dizendo que as coisas estavam indo bem. Conseguiu até ver a cabeça do bebê.

— Não importa — disse Annabelle, desesperada. — Quero que ele saia... — Deixou escapar um grito quando o bebê pareceu avançar por um instante, para depois recuar. Florine desceu correndo para procurar Gaston e mandou que trouxesse o médico depressa. Mas nada do que estava vendo a alarmou, tudo estava correndo bem. E sabia, por outros partos aos quais assistira, que ainda poderia demorar muito tempo. O pior ainda estava por vir, e a sombra que viu da cabeça do bebê não era maior que uma moedinha.

Annabelle ficou deitada na cama chorando, enquanto Florine molhava sua cabeça com panos embebidos em essência de lavanda, mas, depois de um tempo, ela não deixou mais a outra mulher fazer nem isso. Não queria que ninguém a tocasse, e estava chorando de dor. Uma vida inteira pareceu passar até a chegada do médico. Ele estava fazendo outro parto, de gêmeos. Chegou à casa de Annabelle às duas da tarde, mas nada havia progredido, embora as dores estivessem ficando piores.

Pareceu muito satisfeito quando a examinou, depois de lavar as mãos.

— Estamos indo muito bem — disse, encorajando a paciente, que gritava a cada contração. — Acho que teremos o bebê aqui na hora do jantar. — Annabelle o encarou com verdadeiro desespero, sabendo que não conseguiria suportar mais um minuto daquela agonia. E, por fim, enquanto soluçava desesperadamente, o médico pediu a Florine que erguesse os travesseiros dela e segurasse-lhe os pés. Annabelle se rebelava contra eles e chamava pela mãe, mas o médico a repreendeu com seriedade e disse que ela precisava cooperar. O topo da cabeça do bebê estava muito maior agora, e, repetidas vezes, ele mandava Annabelle empurrar. Ela por fim tombou nos travesseiros, exausta demais para repetir o movimento, mas o médico a mandou empurrar com mais força e não parar. O rosto dela ficou roxo quando o topo da cabeça do bebê começou a sair, com um rostinho enrugado, enquanto Annabelle gritava e olhava para a criança emergindo de seu útero.

Empurrou com toda a sua força, e finalmente ouviu-se um longo e fino choro. Um rostinho de olhos brilhantes os olhava, enquanto Annabelle ria e chorava ao mesmo tempo, e Florine exclamava de empolgação. O bebê estava em um emaranhado de bracinhos e perninhas em meio ao cordão, que foi cortado pelo médico. Florine envolveu a criança em um cobertor e a entregou à mãe. Era uma menina.

— Ah... ela é tão linda!... — disse Annabelle, as lágrimas escorrendo pelas bochechas. Aquele pequeno ser era perfeito, com feições lindas, membros graciosos, e mãos e pés minúsculos. O médico tinha razão, passava pouco das seis da tarde, o que ele dizia ter sido rápido para o primeiro filho. Annabelle não conseguia parar de olhar para a filha e falar com ela, enquanto o médico terminava seu trabalho. Florine limparia Annabelle mais tarde, e por enquanto a deixaram coberta com uma manta. E com ternura infinita, Annabelle levou o bebê ao seio, seguindo seu perfeito instinto maternal. Aquele pequenino anjo nos braços era seu único parente no mundo, e havia valido cada instante de dor, que agora parecia insignificante.

— Como vai chamá-la? — perguntou-lhe o médico, sorrindo para as duas, sentido porque a mãe era viúva. Mas ao menos tinha a criança.

— Consuelo — murmurou Annabelle —, como minha mãe.

— Então se inclinou devagar e beijou a cabeça da filha.

Capítulo 19

O bebê era perfeito em todos os aspectos. Era saudável, feliz e fácil de lidar. Era como um anjinho caído do céu que havia pousado nos braços da mãe. Annabelle nunca achou que pudesse amar tanto o bebê. Qualquer laço com o pai que o gerara havia desaparecido no momento de seu nascimento. Consuelo pertencia a Annabelle e a ninguém mais.

Annabelle foi visitar o Dr. Graumont na escola de medicina em julho, logo após o início da Segunda Batalha de Marne. O número de mortos continuava a crescer de maneira assustadora desde que ela deixara Villers-Cotterêts. E, após o nascimento de Consuelo, Annabelle percebeu que não poderia voltar ao *front*. Não queria levar a filha consigo, ficar muito tempo longe dela ou expô-la ao risco de doenças e epidemias. Embora se sentisse culpada por não mais contribuir com os esforços de guerra, Annabelle sabia que seu lugar agora era com a filha. Florine se ofereceu para ficar com ela caso Annabelle realmente voltasse ao *front*, mas ela não conseguia ficar longe do bebê por uma hora, quanto mais deixar Consuelo durante meses com outra pessoa. Então decidiu ficar em Antibes por um tempo.

Ainda tinha intenção de frequentar a escola de medicina e esperava poder conseguir retomar as aulas. Tinha uma história bem estruturada quando foi ver o Dr. Graumont. Disse-lhe que havia se

206

casado com um oficial britânico logo após chegar a Villers-Cotterêts. Mantiveram o casamento em segredo pois não queriam que a família dele soubesse até que pudessem ir à Inglaterra anunciá-lo, mas, antes que tivessem oportunidade de fazê-lo, ele foi morto. E como ninguém sabia do casamento, ela decidiu manter o próprio nome, principalmente porque sua família agora não possuía herdeiros, então não queria abandonar o sobrenome Worthington, para honrá-los. A história era meio forçada, mas o Dr. Graumont pareceu acreditar nela, ou pareceu disposto a aceitar qualquer história que Annabelle contasse. Disse que a criança era muito bonita e concordou em deixá-la usar um pequeno chalé da propriedade para acomodar-se com a filha quando retornasse para o início do próximo período, em setembro. Havia nove alunos na faculdade de medicina, e mais três novos que começariam em setembro. Infelizmente, contou-lhe que sete de seus colegas originais haviam morrido desde a partida de todos. Estava aliviado por ver Annabelle sã e salva, e ainda mais bonita desde que dera à luz. Ela havia completado 25 anos naquela primavera e parecia ainda mais feminina. Estava claramente preparada para retomar os estudos e nem um pouco intimidada com o fato de que estaria com 30 anos quando se formasse e fosse uma verdadeira médica. Tudo o que queria naquele momento era recomeçar. Só faltavam seis semanas para o início do semestre.

Decidiu manter a casa em Antibes, para ir sempre que possível. Mas precisava de alguém para cuidar de Consuelo quando estivesse assistindo às aulas, então contratou uma jovem, Brigitte, para ficar com elas. As três morariam no chalé que o Dr. Graumont havia designado para elas, por uma taxa simbólica. Tudo estava se encaixando.

E, na data combinada, em setembro, Annabelle, o bebê e Brigitte chegaram ao *château*. Acomodaram-se ali, e as aulas de Annabelle começaram no dia seguinte. Foi muitíssimo empolgante, e ela estava mais feliz do que nunca. Tinha Consuelo, a quem amava muito, e estava mergulhada em seus estudos de medicina outra vez. E o trabalho no hospital de Nice agora era mais fácil. Depois de tudo o que aprendera na abadia e no hospital em Villers-Cotterêts, como socorrista, estava muito mais adiantada do que quando partiu.

A guerra ainda continuava em setembro, e, naquela mesma época, uma assustadora epidemia de gripe começou a se espalhar tanto pela Europa quanto pelos Estados Unidos, dizimando civis e militares. Milhares estavam morrendo, principalmente crianças e idosos.

No final do mês, as tropas francesas e americanas começaram a Ofensiva Meuse-Argonne. Em poucos dias, as forças do general Douglas Haig atacaram e romperam a Linha Hindenburg. Seis dias depois, a Áustria e a Alemanha entraram em contato com o presidente Wilson para requisitar um armistício, enquanto as forças britânicas, americanas e francesas continuavam esmagando a oposição e virando o jogo. O embate continuou por mais cinco semanas, período em que Annabelle e seus colegas na escola de medicina não conseguiam falar de outra coisa.

Por fim, em 11 de novembro, às onze horas da manhã, o combate cessou. A guerra que havia devastado a Europa por mais de quatro anos e custado 15 milhões de vidas estava encerrada.

Annabelle abraçou seu bebê quando ouviu a notícia, lágrimas lhe escorriam pela face.

Capítulo 20

Com a guerra encerrada, as pessoas começaram a retomar suas vidas. Os soldados voltaram aos seus lares, casaram com as mulheres que haviam deixado lá, ou com as que haviam conhecido nos anos de combate, retornando para suas antigas vidas e ocupações. Os mutilados e feridos eram vistos por toda a parte nas ruas, de muletas, em cadeiras de rodas, muitos deles com membros artificiais. Às vezes parecia que metade dos homens na Europa estava aleijada, mas pelo menos eles estavam vivos. E aqueles que não retornaram foram chorados e lembrados. Annabelle pensava muito nos antigos colegas que não haviam voltado. Sentia falta de Marcel todos os dias, e até de Rupert, que lhe atormentara sem misericórdia em seus primeiros meses no *château* e no fim se tornara um amigo gentil.

Os recém-chegados apareciam com regularidade, e, na primavera, o *château* contava com sessenta alunos comprometidos, determinados, dispostos a serem médicos e a servirem ao mundo. Annabelle ainda era a única mulher, e todos estavam apaixonados por Consuelo. A primeira festa de aniversário da menina contou com 61 enternecidos convidados, todos estudantes de medicina, e ela começou a andar no dia seguinte. Era a queridinha de todos, e até havia conquistado o coração do habitualmente austero Dr. Graumont. Estava com 17 meses quando a mãe começou seu terceiro ano de estudos. Annabelle sempre tinha o maior cuidado de mantê-la afastada de estranhos, já que a feroz epidemia mundial de gripe persistia. Até aquele momento, milhões de pessoas haviam morrido.

A escola de medicina se tornou o lar perfeito para Annabelle e Consuelo, com sessenta tios afeiçoados que lhe faziam festa sempre que tinham a oportunidade. Levavam-lhe presentinhos, brincavam com ela, e sempre havia alguém que a pegasse no colo ou a ninasse. Consuelo tinha uma vida feliz.

Annabelle acabou deixando a casa em Antibes quando os proprietários decidiram vendê-la, e ficou triste por dizer adeus a Gaston e Florine. Mas Brigitte ficou com elas, e o chalé nas terras do *château* era bastante confortável para as três.

De vez em quando, ao perceber que Consuelo estava crescendo, Annabelle pensava em entrar em contato com a família do visconde. Agora que tinha sua própria filha, imaginava se os pais dele desejariam ter algum tipo de elo com o filho através da menina. Mas não conseguia criar coragem. Não queria dividir Consuelo com ninguém. O bebê era exatamente a cara de Annabelle, como se mais ninguém tivesse contribuído para que ela tivesse nascido. Todos que a viam diziam que era o retrato de Annabelle sob todos os aspectos.

Os anos de estudos passaram com a velocidade de um raio. Annabelle estava tão ocupada e envolvida com o que fazia que era como se tudo tivesse acabado em um piscar de olhos, embora ela houvesse trabalhado muito para chegar até ali.

Annabelle fez 30 anos no mês em que se formou como médica na escola de medicina do Dr. Graumont. E Consuelo havia completado 5 anos em abril. Deixar a escola e o chalé onde haviam vivido era como deixar seu lar outra vez. Era ao mesmo tempo empolgante e sofrido. Annabelle decidira ir para Paris e havia solicitado associação ao hospital Hôtel-Dieu de Paris, perto de Notre-Dame, na Île de La Cité. Era o mais antigo hospital da cidade. Pretendia abrir um consultório médico. Sempre teve esperanças de trabalhar para o Dr. De Bré, mas ele havia morrido na primavera anterior. E seu último laço com o lar havia sido rompido um mês antes de sua graduação. Annabelle recebera uma carta do presidente do banco do seu pai, avisando que Josiah havia morrido no México em fevereiro, e que Henry Orson falecera pouco depois. O homem que cuidava de seus assuntos no banco achou que ela gostaria de saber e incluiu uma carta que Josiah lhe deixara. Ele estava com 59 anos.

A morte e a carta de Josiah inundaram-na de lembranças, trouxeram um maremoto de tristeza. Fazia oito anos que ele a deixara e ela viera para a Europa, há sete anos desde o divórcio. A carta dele era terna e nostálgica. Havia sido escrita quando ele estava perto do fim da vida. Disse que estava feliz no México com Henry, mas que sempre pensava nela com amor, e pesar, pelas coisas terríveis que lhe fizera, mas esperava que Annabelle também encontrasse a felicidade e um dia o perdoasse. Ao ler a carta, sentiu como se o mundo no qual crescera e que compartilhara com Josiah já não existisse mais. Já não possuía mais nenhum laço com ele. Sua vida estava na França, com sua filha e exercendo sua profissão. Os laços haviam sido desfeitos havia muito tempo. A única coisa que lhe restava nos Estados Unidos era a casa em Newport, que estava vazia havia oito anos, cujos adoráveis criados de seus pais ainda tomavam conta. Duvidava que um dia fosse revê-la, mas não tinha coragem de vendê-la ainda, nem precisava. Seus pais lhe deixaram mais do que o suficiente para viver e assegurar seu futuro e o de Consuelo. Um dia, quando reunisse coragem, venderia o antigo chalé de veraneio da família. Mas, por enquanto, não era capaz disso. Assim como também não conseguia entrar em contato com os pais do indigno visconde. Ela e Consuelo viviam em um mundo só delas.

Foi doloroso deixar a escola de medicina e os amigos que fizera lá. Todos os seus colegas graduados estavam se dispersando por várias partes da França. Muitos ficariam no sul, e ela nunca fora próxima do único entre eles que estava indo para Paris. Durante todos os anos em que esteve na Europa, não teve nenhum relacionamento amoroso. Esteve muito ocupada trabalhando no esforço de guerra, e depois com os estudos e com a filha. Era uma viúva digna e jovem, e agora seria uma médica dedicada. Não havia espaço em sua vida para mais nada, e queria que as coisas permanecessem assim. Josiah havia partido seu coração, e o pai de Consuelo havia destruído o resto. Não queria nenhum homem em sua vida, e mais ninguém além da filha. Consuelo e seu trabalho eram tudo de que precisava.

Annabelle e Consuelo embarcaram no trem para Paris em junho com Brigitte, que estava animada por ir para a cidade com elas. Annabelle não ia a Paris, que agora era uma cidade agitada, havia anos. Chegaram à Gare de Lyon e pegaram um táxi para o hotel na Rive Gauche, onde Annabelle havia feito reserva. Era um pequeno estabelecimento que o Dr. Graumont lhe recomendara, adequado para duas mulheres e uma criança. Ele a havia alertado sobre os perigos de Paris. Annabelle notou que o motorista do táxi era russo e possuía um ar distinto. Muitos nobres russos agora estavam em Paris, dirigindo táxis e trabalhando em empregos servis, depois da Revolução Bolchevique e do assassinato da família do tsar.

Foi empolgante dar entrada no hotel como *Docteur* Worthington. Seus olhos brilhavam como os de uma criança. Ainda era a bela mulher que havia chegado à Europa, e, quando brincava com Consuelo, parecia ser menina outra vez. Mas por trás do espírito jovem, estava uma mulher séria, responsável, alguém em quem os outros poderiam acreditar e confiar a saúde e a vida. Seu jeito delicado de tratar os pacientes havia sido motivo de inveja de outros estudantes, mas ela conquistara o respeito dos professores. O Dr. Graumont sabia que ela seria uma excelente médica, e um tributo à escola dele.

Elas se acomodaram no hotel. O Dr. Graumont enviaria os pertences delas depois, assim que encontrassem uma casa. Annabelle queria um lugar onde pudesse estabelecer seu consultório e praticar a medicina.

No dia seguinte à sua chegada, foi ao hospital Hôtel-Dieu de Paris para saber se tinha permissão para internar seus pacientes lá, enquanto Brigitte levava Consuelo ao Jardim de Luxemburgo. A linda menina bateu palmas de empolgação quando encontrou de novo a mãe no hotel.

— Vimos um camelo, mamãe! — disse Consuelo, descrevendo--o, enquanto Brigitte e a mãe riam. — Queria montar nele, mas não me deixaram. — Fez beicinho, mas depois explodiu em risadinhas gostosas outra vez. Era uma criança encantadora.

A permissão do hospital Hôtel-Dieu foi concedida com a recomendação do Dr. Graumont. Era um passo importante para Annabelle. Levou Consuelo e Brigitte para jantar no Hôtel Meurice para comemorar, e um dos motoristas russos as conduziu pelas ruas de Paris para que vissem os marcos da cidade à noite, iluminados. Era muitíssimo diferente do que Annabelle viu quando chegou lá em plena guerra, de coração partido e marginalizada pelos conhecidos em Nova York. Este era o começo de uma vida completamente nova pela qual havia batalhado muito.

Finalmente voltaram para o hotel às dez da noite. Consuelo havia dormido no táxi, e Annabelle a carregou no colo e a colocou na cama com delicadeza. Depois, foi para o próprio quarto e olhou pela janela, contemplando a noite de Paris. Não se sentia tão jovem e empolgada havia anos. Mal podia esperar para começar a trabalhar, mas primeiro precisava encontrar uma casa.

Nas três semanas seguintes, parecia-lhe que estava vendo todas as casas de Paris, tanto na Rive Gauche quanto na Rive Droite, enquanto Brigitte levava Consuelo a cada parque da cidade — o parque de Bagatelle, o Jardim de Luxemburgo, o Bois de Boulogne — e para andar de carrossel. As três saíam para jantar todas as noites. Annabelle não se divertia tanto assim havia anos, aquela era uma vida adulta completamente nova para ela.

Entre visitar uma casa e outra, Annabelle parava para comprar roupas novas, sérias o bastante para uma médica, mas elegantes o suficiente para uma mulher parisiense. Lembrou-se de quando havia comprado seu enxoval com a mãe, e contou a história a

Consuelo. A menininha adorava ouvir histórias da avó, do avô e do tio Robert. Dava-lhe a sensação de pertencer a mais gente além da mãe, e sempre fazia o coração de Annabelle doer um pouquinho pela família que não podia lhe dar. Mas tinham uma à outra, e ela sempre lembrava a Consuelo que isso era o bastante para elas. A menina comentou que precisavam de um cachorro também. Todos em Paris possuíam um. Annabelle prometeu que, quando encontrassem uma casa, também teriam um cachorro. Foram dias felizes para elas, e Brigitte também estava se divertindo, flertando com um dos mensageiros do hotel. Tinha acabado de completar 21 anos e era uma jovem muito bonita.

No fim de julho, Annabelle estava bastante desanimada. Ainda não havia encontrado uma casa. Tudo o que via era grande ou pequeno demais, e não era o ideal para seu consultório médico. Parecia que nunca encontrariam o que precisavam. Até que achou o lugar perfeito em uma rua estreita no 16º *arrondissement*. Era uma casa pequena mas elegante, com um pátio frontal e um jardim nos fundos, e um anexo com entrada separada onde poderia atender seus pacientes. As condições do imóvel eram excelentes, e a propriedade estava sendo vendida pelo banco. Annabelle gostou do ar distinto daquela casa. Parecia-lhe perfeitamente adequada para uma médica. E havia um pequeno parque ali perto, onde Consuelo ainda poderia brincar com outras crianças.

Annabelle imediatamente fez uma oferta pela casa, que se ajustou ao preço solicitado e estabelecido pelo banco, e tomou posse dela no fim de agosto. Nesse meio-tempo, providenciou móveis, roupas de cama e mesa, louças, algumas bonitas antiguidades infantis para o quarto de Consuelo, peças adoráveis para os próprios aposentos e móveis mais simples para Brigitte. Comprou móveis mais sóbrios para o consultório e passou o mês de setembro providenciando os equipamentos médicos necessários à prática clínica. Foi a uma gráfica e encomendou artigos de escritório e contratou uma atendente, que disse ter trabalhado na Abbaye de Royaumont também, embora

Annabelle jamais a tivesse visto lá. Hélène era uma senhora tranquila, que havia trabalhado para vários médicos antes da guerra e estava feliz por ajudar a jovem iniciante a começar seu consultório.

No início de outubro, Annabelle estava pronta para abrir o consultório. Demorou mais que o esperado, mas ela queria que tudo estivesse em ordem. Com mãos trêmulas, pendurou sua placa e esperou que algo acontecesse. Só precisava que uma única pessoa passasse pela porta, e depois as coisas aconteceriam pelo boca a boca. Se ainda estivesse vivo, o Dr. De Bré teria indicado Annabelle a alguns pacientes, mas, infelizmente, o médico não estava mais entre eles. O Dr. Graumont havia escrito a vários médicos que conhecia em Paris pedindo que indicassem a jovem doutora a alguns pacientes, mas a gentileza ainda não havia rendido frutos.

Nas primeiras três semanas, absolutamente nada aconteceu. Annabelle e Hélène, a secretária, ficavam sentadas olhando uma para a outra sem ter nada para fazer. Ela almoçava na parte principal da casa com Consuelo todos os dias. Por fim, no comecinho de novembro, uma mulher entrou em seu consultório com o punho torcido, e um homem com um corte profundo no dedo. Daí em diante, como mágica, havia um fluxo constante de pacientes na sala de espera de Annabelle. Um paciente indicava o outro. Não eram casos difíceis, eram coisas pequenas, fáceis de lidar. Mas a seriedade, a competência e a gentileza dela com os pacientes os conquistaram imediatamente. Logo as pessoas estavam trocando de médico, mandando amigos para o consultório dela, levando seus filhos, consultando-a sobre problemas pequenos e até mais sérios. Em janeiro, ela estava com o consultório cheio todos os dias. Fazia o que estava preparada para fazer, e adorava cada minuto. Teve o cuidado de agradecer aos outros médicos pelas referências, e era sempre respeitosa com suas opiniões prévias, de modo a não fazer que parecessem tolos perante os pacientes, embora alguns bem merecessem. Annabelle era meticulosa, talentosa e tinha um jeito ótimo com os pacientes acamados. Apesar da beleza e da aparência jovem, estava claro que era uma profissional séria, e os pacientes confiavam plenamente nela.

Em fevereiro, ela hospitalizou o filho de uma das pacientes. O garoto tinha apenas 12 anos e estava com uma pneumonia grave. Annabelle o visitava duas vezes por dia no hospital e, em dado momento, ficou muito preocupada, mas o menino resistiu, e a mãe ficou grata a ela para sempre. Annabelle tentou algumas técnicas usadas no hospital em Villers-Cotterêts com os soldados, e era sempre criativa ao mesclar métodos novos e antigos. Ela ainda lia e estudava com devoção à noite, para saber sobre novas pesquisas. Estava sempre aberta a novas ideias, e isso a mantinha em vantagem. Também lia tudo o que saía em todas as revistas médicas. Ficava lendo até tarde, geralmente aconchegada na cama com Consuelo, que agora falava que queria ser médica também. Outras menininhas queriam ser enfermeiras, mas, na família de Annabelle, os padrões eram altos. Ela não conseguia deixar de se perguntar às vezes o que a mãe teria pensado disso. Sabia que não era o que ela desejava, mas esperava que estivesse orgulhosa dela mesmo assim. Sabia o quanto Consuelo teria ficado devastada com o divórcio e imaginou se Josiah teria insistido em se separar dela caso sua mãe ainda estivesse viva. Mas agora eram águas passadas. E por que ela ficaria casada com ele, se ele sempre foi apaixonado por Henry a vida inteira? Annabelle jamais teve qualquer chance. Não ficou amarga por isso, e sim triste. Sempre que pensava no assunto, sentia uma dor estranha que suspeitava ter de carregar pela vida inteira.

A única coisa que nunca a deixava triste era Consuelo. A filha era a criança mais feliz, iluminada e engraçada do mundo, e adorava a mãe. Achava que o sol se erguia e se punha nela, e Annabelle lhe criou um pai de fantasia, para que a menininha não se sentisse privada. Contou que ele era inglês, uma pessoa maravilhosa, de uma família adorável, e que havia morrido como um bravíssimo herói de guerra antes de seu nascimento. Nunca pareceu ocorrer à menina perguntar por que não conhecia a família do pai. Sabia que todos os parentes da mãe estavam mortos, mas Annabelle nunca disse que os de Harry também haviam morrido. Consuelo nunca tocava nesse assunto, apenas ouvia com interesse, mas certo dia se dirigiu à mãe durante o almoço e perguntou se a "outra" avó poderia visitá-la um dia, aquela da Inglaterra. Annabelle a encarou do outro lado da mesa como se uma bomba houvesse explodido, e não soube o que responder. Nunca ocorrera a Annabelle que aquele dia chegaria, e ela não estava preparada para isso. Consuelo estava com 6 anos, e todos os seus amigos no parque tinham avó. Então por que a dela não podia visitá-la também?

— Eu... hã... bem, ela está na Inglaterra. E não falo com ela há muito tempo... bem, na verdade... — Ela odiava mentir para a filha — nunca... nunca a conheci. Seu papai e eu nos apaixonamos e nos casamos durante a guerra, e depois ele morreu, então nunca conheci a família dele. — Ela se atrapalhou com as palavras enquanto era observada pela filha.

— Ela não quer me ver? — Consuelo parecia desapontada, e Annabelle sentiu o coração afundar. Havia criado aquela confusão, e, em vez de contar à filha que seus avós nem sabiam de sua existência, simplesmente não sabia o quer dizer. Mas também não queria ser forçada a entrar em contato com eles. Estava em um dilema terrível.

— Garanto que ela gostará de conhecer você, se puder... isto é, se não estiver doente ou coisa parecida... talvez ela esteja muito velha. — E então, com um suspiro e o coração pesado, Annabelle prometeu: — Vou escrever para ela, e veremos o que ela diz.

— Que bom. — Consuelo abriu um grande sorriso do outro lado da mesa.

E quando Annabelle voltou para o consultório, estava amaldiçoando Harry Winshire como não o fazia havia anos.

Capítulo 21

Fiel à promessa feita a Consuelo, Annabelle sentou-se para escrever uma carta para Lady Winshire. Não sabia o que dizer ou como começar o assunto. A verdade — que havia sido violentada pelo filho dela, tendo mais tarde uma filha ilegítima — não lhe parecia uma introdução muito atraente, tampouco o pareceria para Lady Winshire. Mas não queria mentir para a nobre senhora. Por fim, escreveu uma versão extremamente reduzida e simplificada, mas aceitável. Não queria exatamente ver Lady Winshire, ou sequer que Consuelo a conhecesse, mas ao menos queria dizer à filha que havia tentado.

Escreveu que ela e Harry haviam se conhecido durante a guerra em Villers-Cotterêts, no hospital no qual ela trabalhava. Esse tanto era verdade, embora dizer que fora atirada em degraus de pedra e violentada por ele teria sido mais preciso. Disse então que não se conheciam muito bem e que não eram amigos — o que também era verdade —, e que um infeliz incidente havia acontecido — extremamente verdade —, e o resultado foi que ela teve um bebê, uma menininha, seis anos atrás. Contou então que não havia entrado em contato antes porque não queria nada deles. Explicou que era americana, que havia vindo para Paris como voluntária e que seu encontro com Harry, e a gravidez resultante disso, foi uma daquelas infelizes consequências da guerra, mas que sua filha era

218

uma criaturinha maravilhosa que recentemente havia perguntado sobre a avó paterna, o que era uma situação extremamente difícil para Annabelle também. Disse que não queria mentir mais do que já havia mentido. Que a menina acreditava que os pais haviam sido casados, o que não era o caso. E Annabelle então sugeriu, caso Lady Winshire estivesse disposta a ter contato com a neta, que mandasse uma carta ou um bilhete para Consuelo, ou talvez até uma fotografia. Podiam deixar as coisas assim. Assinou a carta como "Dra. Annabelle Worthington", para que a mulher soubesse pelo menos que ela era uma pessoa respeitável, não que isso importasse realmente. O filho dela é que não havia sido nada respeitável e devia ter sido preso, mas, em vez disso, foi pai da criança mais encantadora do mundo, portanto Annabelle não podia odiá-lo por isso. De certa forma, seria grata a ele para sempre, mas Harry não era uma recordação feliz.

Depois de enviar a carta, Annabelle esqueceu-se daquilo. O mês de maio foi bastante atribulado, e sua sala de espera estava constantemente cheia. Não recebeu resposta de Lady Winshire, e, no momento, Consuelo parecia ter se esquecido do assunto. Havia começado a frequentar a escola diariamente naquele inverno, o que dava a Brigitte tempo para ajudá-las no consultório.

Annabelle havia acabado de retornar da visita a um paciente no hospital quando Hélène lhe disse que uma mulher estava esperando por ela. Estava lá havia duas horas e se recusara a dizer do que se tratava. Annabelle presumiu que ela provavelmente tinha algum problema embaraçoso. Colocou seu jaleco branco, sentou-se à mesa e pediu que Hélène a deixasse entrar.

Dois minutos depois, Hélène escoltava uma idosa de proporções impressionantes. Era uma mulher volumosa, de voz forte, com um chapéu enorme e cerca de seis fios longos de pérolas imensas, e carregava uma bengala prateada. Parecia que iria bater em alguém quando adentrou o consultório. Annabelle se pôs de pé para cumprimentá-la e se obrigou a sorrir. A mulher ignorou a mão estendida e ficou olhando de cara feia para Annabelle. Não parecia doente, e Annabelle não sabia o que ela estava fazendo ali. Mas a mulher foi direto ao assunto.

— Que bobagem é essa de neta? — ladrou a mulher em inglês.

— Meu filho não tinha filhos, dependentes, nenhuma mulher importante em sua vida quando morreu. E se você está declarando que teve uma criança com ele, por que exatamente esperou seis anos para me escrever sobre o assunto? — Ao falar, sentou-se na cadeira diante da mesa de Annabelle e voltou a olhá-la de cara feia. Era tão agradável quanto o filho, e Annabelle não ficou satisfeita quando percebeu do que se tratava, pois, em vez de responder à carta, aquela senhora simplesmente aparecera e entrara.

— Esperei seis anos para contatá-la — disse Annabelle com frieza — porque não queria falar com a senhora. — Podia ser tão franca quanto a própria Lady Winshire. Ela aparentava ter uns 70 anos, o que parecia estar correto, já que Harry, se estivesse vivo, estaria agora com cerca de 30. Havia presumido que ele tinha mais ou menos a sua idade na noite em que a violentou. — Escrevi porque minha filha estava triste por não ter uma avó. Ela não consegue entender por que nunca a conhecemos. E eu disse que o pai dela e eu estávamos casados havia pouco tempo, no *front*, quando ele foi morto. Então nós nunca tivemos tempo de nos conhecer. Isso é muito desconfortável para mim também.

— Foi casada com meu filho? — Lady Winshire parecia pasma. Annabelle meneou a cabeça devagar.

— Não, não éramos casados. Só encontrei seu filho uma vez. — Dizer aquilo dava à mãe dele uma péssima impressão sua, mas ela não achava que aquela mulher, mesmo sendo desagradável, precisava saber que o filho era um estuprador. Annabelle achava que aquela senhora e Consuelo mereciam que ela mantivesse as aparências, então estava preservando Lady Winshire, às próprias custas. — Prefiro que minha filha continue acreditando que fomos casados. Gostaria ao menos de lhe conceder isso.

— Você era médica na época? — perguntou Lady Winshire, com súbito interesse.

Annabelle meneou a cabeça outra vez.

— Não, não era. Eu era uma socorrista, vinculada à divisão de ambulâncias.

— Como o conheceu? — Algo no olhar dela abrandou. Ela havia perdido os dois filhos na guerra, e não era estranha à perda ou à dor.

— Não é importante — murmurou Annabelle em resposta, desejando que ela não tivesse vindo. — Nunca nos conhecemos realmente. Minha filha foi um acidente.

— Que tipo de acidente? — Ela era como um cão com um osso. E Annabelle era o osso.

Annabelle suspirou antes de responder, tentando decidir o quanto dizer. Claro que não a verdade.

— Ele havia bebido muito.

Lady Winshire não ficou surpresa.

— Ele sempre fazia isso. Harry bebia demais e fazia muitas coisas estúpidas quando estava bêbado. — Seus olhos se fixaram nos de Annabelle. — Que estupidez ele fez com você?

Annabelle sorriu, imaginando que a mãe dele achava que estava sendo vítima de uma tentativa de chantagem, então decidiu tranquilizá-la.

— Não quero nada de você.

— Essa não é a questão. Se é esse o caso, então eu tenho o direito de saber sobre o mau comportamento do meu filho.

— Por quê? Que diferença isso faz? — Annabelle falou com dignidade.

— Você é uma mulher muito generosa — disse Lady Winshire com tranquilidade, recostando-se na cadeira. Parecia estar ali para ficar, até saber a verdade. — Mas eu também conhecia o meu filho. Meu filho Edward era praticamente um santo. Harry era o demônio em nossas vidas. Adorável quando criança, malcomportado quando adulto. Às vezes *muito* malcomportado. Não melhorava quando ele bebia. Acho que sei quase todas as histórias sobre ele — disse ela, suspirando. — Quis vir vê-la porque ninguém jamais me disse que havia uma criança. Fiquei desconfiada de você quando li sua carta. Pensei que quisesse algo. Posso ver agora que é uma mulher honesta, e que desconfia de mim, como eu desconfiava de você. — A velha senhora exibiu um sorriso frio e passou a mão pelas várias pérolas.

— Hesitei em vir — admitiu. — Não queria me envolver com uma mulherzinha vulgar qualquer, que tem um fedelho mal-educado que diz ser herdeiro do meu filho. Mas está claro que não é o seu caso, e tenho a forte sensação de que seu encontro com meu filho foi desagradável, ou pior, e não quero ser para você um lembrete disso.

— Obrigada — disse Annabelle, gostando do que acabara de ouvir. Mas então Lady Winshire a assustou com o que disse.

— Ele a violentou? — perguntou de maneira direta. Aparentemente, ela conhecia bem o filho. A hesitação na sala foi interminável, mas Annabelle enfim assentiu, lamentando dizer a verdade.

— Sim.

— Sinto muito — disse a senhora, com mais gentileza. — Não é a primeira vez que escuto isso — prosseguiu, com pesar maternal. — Não sei o que deu errado. — Seus olhos estavam cheios de aflição enquanto ela e Annabelle se encaravam. — O que fazemos agora? Tenho de admitir que tinha medo do que iria encontrar aqui, mas também não podia resistir a ver minha neta, caso ela realmente existisse. Meus dois filhos estão mortos. Meu marido morreu de pneumonia na última primavera. E nenhum dos meus meninos jamais casou, nem teve filhos. Até você aparecer. — Havia lágrimas nos olhos dela, por isso Annabelle a fitou com compaixão.

— Gostaria de conhecer Consuelo? — perguntou. Depois alertou--a, embora não tivesse tanta importância, já que não estava reivindicando os bens dele: — Ela não se parece com ele. Ela se parece comigo.

— Eu diria que isso pode ser uma grande bênção — falou a senhora, sorrindo. Levantou-se com certa dificuldade e usou a bengala para ficar de pé.

Annabelle se levantou também, contornou a mesa e conduziu Lady Winshire para fora do consultório, depois de dizer a Hélène aonde iriam. Felizmente ela tinha uma brecha entre os pacientes agendados. As duas mulheres atravessaram o pátio em direção à parte principal da casa. Annabelle sabia que Consuelo já teria chegado da escola, então usou sua chave para entrar, ainda vestindo o jaleco branco. Lady Winshire subiu os degraus, ainda do lado de fora, e olhou ao redor quando entraram.

— Sua casa é muito bonita — disse educadamente. Estava impressionada com tudo o que vira. Annabelle tinha bom gosto e estava claro que sua classe era de berço.

— Obrigada — agradeceu Annabelle, guiando-a à sala de estar. Depois subiu depressa a escada para buscar a filha. Disse-lhe que tinham uma convidada que queria lhe dar um olá. Não quis dizer mais nada.

Quando Annabelle e Consuelo desceram a escada, estavam numa conversa animada e de mãos dadas. Ao pé da escada, a menina parou, sorriu com timidez para a convidada, fez uma mesura e foi apertar-lhe a mão. Estava óbvio que era uma criança extremamente educada e bem-comportada, e Lady Winshire olhou com aprovação para Annabelle por cima da cabeça da menina.

— Como vai, Consuelo? — perguntou ela, enquanto a menina reparava no chapéu imenso e nos vários fios de pérola.

— Seu chapéu é muito bonito — disse a menininha, olhando o acessório enquanto a senhora sorria.

— Que coisa gentil de se dizer. É um chapéu bobo, meio velho, mas gosto dele. E você é uma menina muito bonita. — Ela nunca tivera netos, e não falava com uma criança havia anos. — Vim lá da Inglaterra para ver você — prosseguiu, enquanto Consuelo a encarava. — Sabe quem eu sou? — perguntou com carinho, e Consuelo balançou a cabeça. — Sou a avó que nunca conheceu. Sou a mãe do seu pai. — Os olhos de Consuelo estavam arregalados quando olharam para a mãe por cima do ombro, antes de voltá-los para a avó. — Lamento nunca termos nos visto antes. Não vamos mais ficar tanto tempo sem nos encontrarmos — disse Lady Winshire com solenidade. Nunca vira criança tão encantadora, e seus modos eram educados. — Trouxe comigo algumas fotografias do seu pai de quando ele era um garotinho. Gostaria de vê-las? — Consuelo aceitou e sentou-se junto dela no sofá quando Lady Winshire tirou uma pilha de fotografias desbotadas da bolsa, enquanto Annabelle saía em silêncio para pedir a Brigitte que fizesse chá.

Lady Winshire ficou por mais de uma hora e, quando Consuelo subiu com Brigitte, congratulou Annabelle por ter uma filha tão adorável.

— Ela é uma menininha maravilhosa — concordou.

— Meu filho não soube o quanto teve sorte ao esbarrar em alguém como você e deixar uma menininha tão doce no mundo. — Estava olhando para Annabelle com gratidão e compaixão. Havia se apaixonado por Consuelo à primeira vista. Era difícil não se apaixonar pela menina, e, pela primeira vez, Annabelle ficou contente por ela ter vindo, em vez de simplesmente escrever de volta. Havia sido um presente adorável para Consuelo também.

— Lamento que ele tenha sido tão mau com você. Havia um lado doce nele. Lamento que nunca o tenha conhecido. Deve ter sido muito difícil para você no começo.

Annabelle assentiu.

— Fiquei no hospital o quanto pude, e depois fui para Antibes. Consuelo nasceu lá.

— E sua família nos Estados Unidos? — Parecia-lhe muito estranho que Annabelle estivesse exercendo a medicina em Paris, e não em casa, embora a gravidez obviamente tivesse complicado tudo para ela.

— Minha família se foi — disse Annabelle. — Todos morreram antes de eu vir para cá. Somos só Consuelo e eu. — Lady Winshire também estava sozinha no mundo. E, de uma forma estranha, agora elas tinham uma à outra.

224

Ela por fim se levantou e pegou a mão de Annabelle.

— Obrigada por esse presente tão extraordinário — disse, com lágrimas nos olhos. — É um pedacinho de Harry no qual posso me segurar, e Consuelo é uma criança muito especial. — E então abraçou Annabelle e a beijou na face. Annabelle a ajudou a descer a escada e chegar até o carro, o motorista a esperava lá fora. Lady Winshire de repente parecia mais velha do que quando chegou. Mas sorriu para Annabelle novamente antes de partir, deixando, com delicadeza, algo em sua mão. — Isto é para você, minha querida. Você o merece. É só um pequeno presente. — Annabelle tentou resistir, mesmo sem olhar o objeto, mas Lady Winshire insistiu. As duas mulheres se abraçaram de novo, e para Annabelle era como ter uma nova amiga, uma espécie de tia mais velha, maravilhosa e excêntrica. Agora estava contente por lhe ter escrito. Havia sido a coisa certa a fazer, para todas elas.

Acenou quando o carro de Lady Winshire deu partida e só então olhou para o objeto na palma da mão. Tinha sentido que era um anel, mas de forma alguma estava preparada para o tipo de anel que viu. Uma bela e antiga esmeralda de proporções enormes, num antiquado engaste de diamantes. Annabelle ficou impressionada. Parecia com os anéis que sua avó costumava usar, que ainda estavam no cofre do banco em Nova York. Mas ela enfiou o anel no dedo com a aliança de casamento que havia comprado para si mesma. Estava muito sensibilizada com o gesto. Daria o anel para Consuelo um dia, mas, por enquanto, iria usá-lo. E enquanto caminhava de volta para seu consultório, pensou consigo mesma que elas agora tinham uma avó. Ela e Consuelo não estavam mais sozinhas no mundo.

Capítulo 22

Houve uma epidemia branda de gripe em Paris naquele verão, atribuída por alguns ao calor, e Annabelle estava com vários pacientes no hospital. Visitava-os duas vezes por dia, mas esperava viajar com Consuelo e Brigitte em agosto. Não conseguia se decidir entre Dordogne, Brittany ou o sul da França. Por fim, não foram a nenhum desses lugares. Ela tinha muitas pessoas doentes de quem cuidar. Em vez disso, foram para Deauville, na costa da Normandia, onde passaram alguns dias, quando seus pacientes se recuperaram.

E depois que voltaram, mais dois pacientes seus foram hospitalizados com pneumonia. Certo dia, saiu do hospital já no fim da tarde, pensando na paciente que acabara de visitar, uma idosa que não estava nada bem. Annabelle tentava encontrar novas soluções para os inúmeros problemas daquela paciente quando esbarrou em alguém que subia a escadaria do hospital. Trombaram com tanta força que o homem quase a jogou no chão, mas conseguiu segurá-la antes que ela rolasse pela escada.

— Ah, sinto muito — disse ela em tom de desculpas. — Não estava prestando atenção.

— Nem eu. — Ele também soou arrependido e exibia um sorriso deslumbrante. — Veio visitar alguém? — Era um engano da parte dele, então ela riu.

— Não, sou médica. — Pelo menos ele não tinha perguntado se ela era enfermeira.

— Que feliz coincidência — disse ele, sorrindo para ela. — Eu também. Por que nunca tive a felicidade de conhecê-la antes? — Era muito charmoso, e Annabelle não estava acostumada a flertar com homens daquela maneira. Já fazia anos que se escondia por trás do papel de médica, como viúva ou mãe de Consuelo. Os homens jamais flertavam com ela, mas aquele homem parecia travesso e divertido, além de ser inegavelmente muito bonito. — Qual a sua especialidade? — perguntou-lhe com interesse, nem um pouco incomodado por não terem sido apresentados formalmente. Disse que se chamava Antoine de St. Gris e perguntou o nome dela, ao que ela respondeu. Recusou-se a acreditar que ela era americana, já que falava um francês impecável.

— Sou clínica geral — respondeu com simplicidade, mas embaraçada por estar falando com um estranho.

— Sou cirurgião ortopédico — falou ele, com visível petulância. Annabelle sabia que a maior parte dos cirurgiões ortopédicos possuía um ego enorme, exceto durante a guerra, quando ficaram abatidos, como todo o mundo, pelo que viram, e com o pouco que poderiam reparar.

Ele a conduziu pela escadaria do hospital, para garantir que não caísse, brincou Antoine, e a acompanhou até o carro que ela mesma dirigia.

— Terei a felicidade de vê-la novamente? — perguntou ele com olhos cintilantes, o que a fez rir.

— Se eu quebrar a perna, chamo você.

— Não espere até lá. Ou terei de desenvolver pneumonia e chamar você. E seria uma grande lástima. Prefiro vê-la enquanto nós dois estamos saudáveis. — Ele acenou quando ela partiu e correu de volta para a escadaria do hospital. O fato de um homem ter conversado com ela trouxe um pequeno brilho ao seu dia. Aquilo raramente acontecia, ou melhor, quase nunca.

Passou uma noite tranquila lendo para Consuelo, antes de colocá-la na cama. E, no dia seguinte, no consultório, estava atendendo os pacientes quando Hélène disse que havia um médico na sala de espera exigindo vê-la imediatamente. Ele disse que queria consultá-la a respeito de um caso. Annabelle terminou sua consulta e foi vê-lo, intrigada. Não conseguia imaginar quem era. E lá estava Antoine de St. Gris num belo sobretudo azul, criando confusão em sua sala de espera, entretendo os pacientes, muitos dos quais estavam rindo. Antoine estava contando piadas, e Annabelle o levou para dentro do consultório por um instante.

— O que você está fazendo aqui? — perguntou-lhe com um sorriso embaraçado. Ficou contente por vê-lo de novo, mas estava trabalhando. — Estou atendendo meus pacientes.

— Estou muito impressionado. Acho que peguei uma gripe grave na noite passada. Estou com a garganta bastante inflamada. — Ele colocou a língua para que ela o examinasse ao falar isso. E Annabelle riu dele. Era escandaloso, irreverente e embaraçosamente charmoso.

— Você me parece normal.

— Como está sua perna? — perguntou ele.

— Minha perna? Boa. Por quê?

— Parece-me quebrada. Deixe que eu dê uma olhada. — Ele fez como se pretendesse levantar a barra de sua saia, e Annabelle se afastou dele, rindo.

— Doutor, devo pedir que saia. Tenho de atender meus pacientes.

— Bem, se vai ser assim. Então aceite jantar comigo esta noite.

— Há... Não devo... Não posso...

— Nem consegue pensar numa desculpa decente. — Antoine riu dela. — É realmente patético. Venho buscá-la às oito. — E, dito isso, saiu do consultório, passou pela sala de espera, acenou para os pacientes e foi embora. Ele foi completamente devastador, muito impróprio e, apesar disso, ou talvez por causa disso, muito atraente, quase irresistível, de fato.

— Quem era aquele homem? — perguntou Hélène com ar de desaprovação, antes de chamar o próximo paciente.

— Ele é cirurgião ortopédico.

— Isso explica tudo — resmungou Hélène, notando então a expressão abobalhada na face de sua patroa. Nunca a vira daquele jeito. — Ele é um lunático — acrescentou, mas sorriu apesar de tudo. — Mas um lunático bonito. Vai vê-lo outra vez?

Annabelle corou.

— Esta noite. Vamos sair para jantar.

— Uh-oh. Tenha cuidado com ele — avisou Hélène.

— Terei — garantiu-lhe Annabelle, voltando em seguida para seus pacientes.

Chegou em casa depois das sete da noite, após atender o último paciente e fechar o consultório. Consuelo estava na banheira, rindo com Brigitte. Annabelle olhou no relógio e percebeu que tinha menos de uma hora para se vestir para jantar com o ligeiramente devastador Dr. St. Gris. Foi dar um beijo em Consuelo, que queria jogar cartas com a mãe depois do banho.

— Não posso — desculpou-se Annabelle. — Vou sair.

— Vai sair? — Consuelo parecia chocada. Era algo muito incomum. De fato, nunca acontecia, exceto uma vez ou outra, quando Annabelle ia a alguma reunião de médicos, ou a uma conferência sobre medicina. Fora isso, nunca saía, e não tinha vida social, não desde que deixara Nova York há nove anos. Então aquele anúncio era praticamente uma bomba. — Aonde vai?

— Jantar com um médico — disse inocentemente.

— Ah. Onde? — Consuelo queria saber tudo, e a mãe parecia ligeiramente embaraçada.

— Não sei. Ele vem me buscar às oito.

— Ele vem? Como ele é?

— Ele é só um amigo — disse Annabelle, sendo vaga. Não queria mencionar que ele era muito bonito. Então deixou o banheiro e foi se vestir. Estava uma noite quente. Vestiu um conjunto de linho branco que havia comprado em Deauville e colocou um chapéu muito bonito que encontrara na mesma loja. Sentia-se um pouco boba por se

229

arrumar tanto, mas não era todo dia que era convidada para jantar, e não poderia vestir o conjunto nem o chapéu para trabalhar.

Antoine de St. Gris chegou pontualmente às oito, e Brigitte o deixou entrar. Ela o convidou a sentar na sala de visitas, e, tendo ficado desacompanhada por cinco minutos, Consuelo desceu saltitando a escada de camisola e roupão. Entrou na sala de estar e sorriu para ele, enquanto Brigitte tentava sem sucesso mandá-la de volta para cima.

— Olá — disse ela, alegre. — Você é o médico que vai jantar com a minha mãe? — Faltavam-lhe dois dos dentes da frente naquele momento, o que a deixava muito bonitinha.

— Sim, sou eu. O que aconteceu com seus dentes? — perguntou Antoine, olhando diretamente para ela.

— Eu perdi eles — disse ela com orgulho.

— Lamento ouvir isso — respondeu ele, sério. — Espero que os encontre logo. Seria muito incômodo crescer sem dentes. Como conseguiria comer uma maçã?

Ela deu uma risadinha.

— Não, eu não vou encontrar eles. Uma fada levou e me deixou um doce no lugar. Vou ganhar outros novos em breve. Já consigo sentir... olha. — Ela virou a cabeça num ângulo engraçado, meio para baixo, e mostrou para ele as pontinhas brancas aparecendo nas gengivas.

— Ah, fico muito contente — disse Antoine com um grande sorriso no momento em que Annabelle entrou na sala e viu a filha conversando animadamente com ele.

— Já se conheceram? — perguntou ela, parecendo um pouquinho nervosa.

— Não oficialmente — confessou ele, para em seguida curvar-se elegantemente para Consuelo. — Antoine de St. Gris — disse em tom formal. — É uma honra conhecê-la, particularmente agora que vai ganhar dentes novos. — Ela deu outra risadinha. Annabelle apresentou a filha, que fez uma perfeita mesura para Antoine.

— Pronta? — perguntou ele para Annabelle, que assentiu. Ela beijou Consuelo, mandando-a subir para a cama, pois já havia jantado antes de tomar banho. Consuelo subiu correndo a escada acenando para o convidado, enquanto Annabelle o acompanhava até o carro. — Sinto muito — disse ele, sério, enquanto a conduzia ao belo Ballot Open Tourer azul que havia estacionado lá fora. Era um carro muito elegante que combinava com ele perfeitamente. Tudo a respeito dele era elegante, lisonjeiro e seguro. — Não devia mais levá-la para jantar. Estou comprometido. Acabei de ficar perdidamente apaixonado pela sua filha. Acho que é a criança mais adorável que já vi. — Annabelle sorriu ao ouvir isso.

— Você tem muito jeito com crianças.

— Fui uma, há muito tempo. Minha mãe garante que ainda sou e que nunca cresci. — Annabelle podia ver por que ela dizia isso, mas a meninice era parte de seu charme. Imaginou quantos anos teria, e supôs que seria cerca de 35, o que significava que era quatro anos mais velho que ela. Eram bastante próximos em idade, mas Annabelle tinha um comportamento muito mais sério e reservado. Gostava de sua jovialidade e de seu senso de humor. Os pacientes em sua sala de espera também o amaram. O mesmo acontecia com os pacientes dele.

Conversaram tranquilamente enquanto ele dirigia até o Maxim's. Annabelle jamais estivera lá, mas sabia que era um dos melhores restaurantes de Paris, um lugar bem requisitado, que existia desde sempre.

Quando chegaram, ficou óbvio que o cirurgião era bastante popular ali. O *maître* reconheceu Antoine, que tinha conhecidos em várias mesas e apresentou Annabelle para as pessoas, orgulhoso. Apresentou-a como Dra. Worthington, o que sempre a fazia se sentir importante. Havia batalhado muito por seu título.

Ele imaginou o que ela provavelmente gostaria de comer e pediu o jantar para ambos, e uma garrafa de champanhe. Annabelle raramente bebia, mas o champanhe fazia a noite parecer uma celebração. Não saía com um homem para uma noite assim desde que tivera um relacionamento com Josiah, dez anos atrás. Sua vida fora inteiramente diferente ali na França, no *front*, na escola de medicina, e agora como mãe de Consuelo, mas de repente ali estava ela, no Maxim's, com Antoine. Era algo completamente inesperado, um regalo.

— Há quanto tempo é viúva? — perguntou ele com delicadeza durante o jantar.

— Desde antes de Consuelo nascer — respondeu ela simplesmente.

— É um longo tempo para se estar sozinha, presumindo que viveu sozinha desde então — comentou ele, sondando um pouco. Estava curioso a respeito dela. Era uma mulher incomum: bonita, distinta, claramente bem-nascida e médica. Jamais conhecera mulher parecida, e sentia-se muito atraído por Annabelle.

— Sim — confirmou ela, e, de fato, estava sozinha desde muito antes. Nove anos, desde que fora abandonada por Josiah, mas não podia lhe contar isso.

— Não deve ter ficado casada por muito tempo — disse ele, parecendo pensativo.

— Só alguns meses. Ele foi morto no *front* logo depois que nos casamos. Nós nos conhecemos quando eu estava trabalhando em Villers-Cotterêts, no hospital que Elsie Inglis montou lá, com equipe médica feminina.

— Você já era médica na época? — Antoine parecia confuso, pois tal fato a tornaria mais velha do que parecia. E ela lhe parecia muito jovem.

— Não. — Ela sorriu. — Apenas uma socorrista. Deixei a escola de medicina para trabalhar lá. Trabalhei na Abbaye de Royaumont antes disso, em Asnières. Voltei para a escola de medicina depois que Consuelo nasceu.

— Você é uma mulher muito ousada, e muito corajosa — disse ele, parecendo impressionado, enquanto saboreavam o jantar, que

estava delicioso. Ele havia pedido lagosta para ele, e ela degustava um delicado prato de vitela. — O que fez você querer ser médica?
— Queria saber tudo a respeito dela.

— A mesma coisa que você, provavelmente. Amo ciências e medicina desde que era criança. Só nunca pensei que teria a chance de exercer a profissão. E você?

— Meu pai e meus dois irmãos são médicos. E minha mãe devia ter sido. Ela sempre nos diz o que fizemos de errado. E tenho de admitir que ela às vezes está certa. — Antoine riu. — Ela ajuda meu pai no consultório há anos. Mas por que está trabalhando aqui e não nos Estados Unidos? — Ele ainda não conseguia acreditar que ela não era francesa, pois falava a língua como uma nativa. Nunca teria suspeitado que era americana.

— Não sei. Não aconteceu lá. Eu vim para cá para ser voluntária nos esforços de guerra. E depois simplesmente aconteceram várias coisas. Um dos cirurgiões em Asnières me ajudou a entrar na escola de medicina em Nice. E eu nunca teria conseguido fazer isso se meus pais estivessem vivos. Minha mãe nunca ficou feliz com meu fascínio pela medicina. Achava que eu acabaria contraindo uma doença. Trabalhei com imigrantes em Nova York.

— Ora, sorte a minha que tenha vindo para cá. Acha que voltará para os Estados Unidos um dia?

Annabelle meneou a cabeça solenemente.

— Não me restou ninguém lá. Toda a minha família se foi.

— Isso é muito triste — disse ele, solidário. — Sou muito próximo da minha. Ficaria perdido sem ela. Somos uma espécie de tribo. — Annabelle gostou do que ouviu. Pareciam ser acolhedores e amigáveis, e se eram tão divertidos quanto Antoine, provavelmente formavam um grupo animado. — E a família de seu finado marido? Você os vê?

— Muito pouco. Vivem na Inglaterra. Mas a avó de Consuelo nos visitou recentemente. É uma mulher muito simpática. — Mas ela não contou que tinha sido a primeira vez que se viram.

233

Havia muita coisa em sua história que não podia ser contada. Que seu verdadeiro marido a deixara por ser apaixonado por outro homem. Que eles tinham se divorciado por causa disso. Que tinha sido violentada e jamais fora casada com o pai de Consuelo. A verdade era muito mais chocante que a versão que contava. O pior era que estava pagando por pecados que não cometera, e os pagaria pelo resto da vida. Antoine era tão sereno que ela achava que ele não ficaria tão chocado com a verdade quanto outros homens talvez ficassem. Mas, mesmo assim, Annabelle não falaria nada. A história que contou era muito respeitável, e não havia razão para ele suspeitar do contrário. Tudo o que dizia era altamente verossímil, e ela parecia tão correta que ninguém jamais esperaria menos dela.

Antoine comentou durante o jantar que nunca havia se casado. Sua especialização em cirurgia ortopédica o manteve na escola de medicina por um longo tempo, ele havia estudado na Faculté de Médecine em Paris. Havia treinado no hospital Pitié-Salpêtrière, e a guerra interrompera seus estudos por algum tempo. Ele deixou escapar que havia sido condecorado duas vezes durante a guerra. Apesar do estilo brincalhão, era uma pessoa impressionante, e era óbvio que achava o mesmo de Annabelle. Durante o jantar, tiveram uma conversa agradável, e Annabelle achava que ele era um presente dos céus. Estava feliz por quase ter sido jogada no chão por ele na escadaria do hospital, do contrário, nunca o teria conhecido. E ele parecia igualmente contente por tê-la encontrado.

Quando a levou para casa, perguntou se podia vê-la de novo. Ela de fato não possuía quaisquer compromissos conflitantes, pelo resto da vida, exceto jantar com Consuelo e passar as noites com a filha. Então Antoine prometeu ligar no dia seguinte e convidá-la para jantar. E, para sua grande surpresa, ele cumpriu a promessa.

Ela estava sentada à sua mesa, preenchendo os arquivos dos pacientes que atendera naquela manhã, quando Hélène lhe disse que ele estava na linha. Antoine a convidou para jantar no sábado, dali a dois dias. Ele era um inesperado prazer em sua vida. E perguntou se, no domingo, ela e Consuelo gostariam de almoçar com seus dois irmãos e os filhos deles, na casa de seus pais. Era um convite muito tentador. E comentou com a filha naquela noite. A menina ficou encantada. Consuelo havia achado muito divertida a conversa sobre os dentes dela. Olhou então para a mãe de maneira pensativa e disse que ele era simpático. Annabelle concordou com ela.

No sábado, Antoine a levou ao La Tour d'Argent para jantar, era ainda mais elegante que o Maxim's. Ela usou um vestido preto bem simples e bem-talhado, e o anel de esmeralda que Lady Winshire lhe dera. Annabelle não possuía outras joias na França, mas parecia muito elegante como estava. Sua beleza natural era mais impactante que qualquer coisa que usasse. Os dois tiveram mais uma noite maravilhosa e conversaram quase até meia-noite sobre vários assuntos — a guerra, práticas cirúrgicas, medicina, a reconstrução da Europa. Ele era uma companhia fascinante e divertida.

O domingo que passaram com Antoine foi ainda melhor. Descobriu que a casa dos pais dele ficava a poucos quarteirões da dela. Os irmãos eram tão divertidos quanto ele, e suas esposas, muito agradáveis. As crianças regulavam idade com Consuelo, e a família de Antoine inteira falava sobre medicina constantemente, o que Annabelle adorou. A mãe era uma ditadora benevolente que tentava organizar a vida de todos. Ralhava constantemente com Antoine e revirava os olhos de desgosto por ele ainda não ser casado, o que não deixou de comentar. Parecia aprovar Annabelle, e não conseguiu acreditar que a moça não era francesa. Deixou Consuelo sentar em seu colo, assim como todas as crianças faziam, depois colocou todas para brincarem no jardim. Quando Antoine levou Annabelle e Consuelo para casa, as duas estavam exaustas mas felizes, depois de um dia maravilhoso.

— Obrigado por aturar a minha mãe — disse ele com um sorriso. — Não costumo levar ninguém para almoçar lá no domingo. A maior parte das mulheres sairia correndo.

— Eu adorei — disse Annabelle, sendo honesta. Sentia tanta falta de sua própria família que considerou a dele uma verdadeira

235

bênção, e era maravilhoso para Consuelo conviver com famílias como aquela, com tias, tios, primos e avós. Era tudo o que lhes faltava. E a menina havia aproveitado cada minuto, muito mais que a mãe. — Obrigada por nos convidar.

— Faremos isso de novo — prometeu ele. — Ligarei para marcarmos de jantar essa semana. — E não quero apenas um jantar, e sim vários. — De repente, Antoine se tornara uma grande atração em sua vida e, Annabelle precisava admitir, ele a fazia feliz. E a família dele, aos seus olhos, era um bônus.

Ele ligou na terça convidando-a para jantar na sexta à noite e sugeriu que fossem almoçar no La Cascade, um dos mais antigos e melhores restaurantes de Paris, no sábado, e com a família dele novamente no domingo, caso ela achasse que ia suportar. Antoine estava causando um grande agito em seus dias.

E todos os encontros eram absolutamente perfeitos. O jantar na sexta-feira, no Ritz, foi magnífico, assim como os dois encontros anteriores. O almoço no La Cascade foi suntuoso e relaxante, e depois eles foram passear nos Jardins de Bagatelle e admirar os pavões. Quando, mais tarde, ele a levou para casa, Annabelle o convidou para um jantar improvisado com ela e Consuelo na cozinha. E, depois disso, Antoine jogou cartas com Consuelo, que gritou de alegria quando o venceu, o que Annabelle suspeitava ter sido forjado.

O domingo com a família dele foi ainda melhor que o anterior. Os familiares de Antoine eram um exemplo clássico da burguesia francesa, com todas as suas opiniões, visões políticas, regras veladas e etiqueta, e sólidos valores familiares, o que ela adorava. Annabelle era tão tradicional quanto eles e gostou de conversar com as duas cunhadas de Antoine antes do almoço, trocando informações sobre as crianças.

Depois do almoço, ela participou de discussões médicas com os irmãos de Antoine, um dos quais havia sido cirurgião em Asnières, embora nunca tivessem se encontrado, pois ela já estava na escola de medicina quando ele fora designado para lá. Todos ali pareciam ter muito em comum, e Annabelle se encaixava bem.

No fim de semana seguinte, Antoine a convidou para ir a Deauville com Consuelo. Havia reservado quartos separados. Consuelo ficou nas nuvens com a ideia; Annabelle também. Hospedaram-se em um hotel maravilhoso, passearam juntos pelo calçadão, pegaram conchas, olharam todas as lojas e provaram pratos deliciosos com frutos do mar. Quando voltaram, Annabelle disse que não sabia como lhe agradecer. Consuelo subiu com Brigitte, meio sonolenta após a longa viagem. Annabelle e Antoine ficaram no pátio. Ele a fitava com carinho. Tocou-lhe o rosto com seus longos dedos de cirurgião e depois a beijou, puxando-a em seguida para seus braços.

— Eu me apaixonei por você, Annabelle — murmurou ele, parecendo chocado consigo mesmo, mas ela também ficou abalada com o que Antoine disse. Sentia-se do mesmo jeito. Jamais conhecera alguém tão maravilhoso quanto ele, ou que fosse tão gentil com ela e com a filha. Jamais se sentira assim por alguém, nem mesmo por Josiah, que sempre fora muito amigo, e não tão romântico. Antoine havia lhe tirado o chão, ela estava tão apaixonada quanto ele. E tudo havia acontecido muito depressa. Ele a beijou outra vez e sentiu que Annabelle estava tremendo. — Não tenha medo, minha querida — disse ele, tentando tranquilizá-la. E acrescentou: — Agora sei por que nunca me casei. — Ele a fitou com um sorriso grande e vagaroso. Era o homem mais feliz do mundo, e ela, a mulher mais feliz. — Eu estava esperando por você — murmurou, ainda com Annabelle em seus braços.

— Eu também — disse ela, entregando-se ao abraço dele. Sentia-se completamente segura com ele. Uma coisa que sabia sobre Antoine, e na qual podia confiar sem medo, era que ele jamais a magoaria. Nunca esteve tão segura a respeito de uma pessoa na vida.

Capítulo 23

As semanas e os meses seguintes ao lado de Antoine foram como um sonho para ambos. Ele passava os fins de semana com ela e Consuelo. Até deixou que Annabelle assistisse a algumas das suas cirurgias. Ela o consultava a respeito de vários pacientes e respeitava seus diagnósticos e suas opiniões, às vezes confiava mais nele do que em si mesma. Antoine a levou aos melhores restaurantes de Paris, e eles sempre saíam para dançar depois. Como os dias foram se tornando mais frios, eles faziam longos passeios no parque. Levou-a aos jardins do Palácio de Versalhes, e estavam de mãos dadas, se beijando, quando a primeira neve caiu. Cada momento que compartilhavam era mágico, e nenhum homem jamais foi tão gentil e amoroso com ela em toda sua vida, nem mesmo Josiah. Seu relacionamento com Antoine era bem mais maduro, muito mais romântico, e os dois tinham uma profissão em comum. Ele era sempre atencioso com ela, aparecia com flores, e deu a Consuelo a boneca mais bonita que ela já tinha visto. Nunca era o bastante o que fazia por elas. E passavam todos os domingos com a família dele. Para Annabelle, era como se ela e Consuelo tivessem sido adotadas e abraçadas de todas as formas.

Ela preparou um verdadeiro banquete de Ação de Graças para ele, caprichou na decoração e tentou lhe explicar o feriado, que Antoine considerou bastante tocante. Passaram a véspera de Natal com a família dele, e todos lhes deram presentes. Annabelle também havia escolhido um presente para cada um: um xale de caxemira para a mãe dele, bonitas canetas de ouro para os irmãos, um exemplar raríssimo da primeira edição de um livro de medicina para o pai, lindos suéteres para as duas cunhadas, e brinquedos para todas as crianças. E a família foi igualmente generosa com ela.

No dia de Natal, convidou-os à sua casa, para agradecer por tantos domingos que ela e Consuelo dividiram com eles. Antoine não havia oficializado nada ainda, mas era óbvio que estava pensando a longo prazo. Já estava fazendo planos com ela para o próximo verão. E Hélène fazia comentários sobre isso o tempo inteiro.

— Já ouço os sinos da igreja! — dizia, sorrindo. Havia decidido que iria gostar dele, que era tão bom para Annabelle. Ela parecia em êxtase de tanta felicidade.

Na véspera de Ano-Novo, Antoine a levou para dançar no Hôtel de Crillon. Beijou-a com carinho à meia-noite, depois a olhou nos olhos. E então, sem aviso, ajoelhou-se e ergueu seus olhos imploradores a Annabelle, que ficou parada ali, num vestido de cetim branco bordado com miçangas prateadas, fitando-o espantada. Antoine falou em tom solene, com voz embargada.

— Annabelle, você me daria a honra de se casar comigo? — Não havia a quem pedir a mão dela, então, com lágrimas nos olhos, ela assentiu e disse "sim". Antoine se ergueu e a tomou nos braços, e as pessoas no clube aplaudiram. Era o casal de ouro aonde quer que fossem, eram pessoas bonitas, talentosas, inteligentes, elegantes, dignas. Nunca discordavam sobre nada, e Antoine era sempre amoroso e gentil.

Anunciaram o noivado à família no dia de Ano-Novo. A mãe dele chorou e beijou os dois, e todos brindaram com champanhe. Contaram a Consuelo naquela noite. Antoine se mudaria para a casa delas quando se casassem, e os dois já falavam em ter filhos. Era o que mais queriam. E, daquela vez, tudo daria certo, e Annabelle não ficaria sozinha. Era o casamento que deveria ter tido, mas que lhe fora negado até aquele momento. Daquela vez, tudo estava sendo perfeito. Não haviam dormido juntos ainda, mas ele era tão sedutor e apaixonado por ela que Annabelle não tinha qualquer preocupação quanto a isso.

A única coisa que a aborrecia era o fato de Antoine ainda não saber a verdade sobre seu passado. Nunca havia lhe contado sobre Josiah, sobre seu casamento, o motivo do divórcio ou a razão para ter deixado Nova York, para não ser marginalizada e expulsa da cidade como uma pessoa que tivera a honra manchada.

Antoine nada sabia sobre a concepção de Consuelo, consequência do estupro cometido por Harry Winshire em Villers-Cotterêts. A princípio, ela não tinha motivo para compartilhar isso com ele. Conforme ficavam mais íntimos, quis que o noivo soubesse de tudo, pois achava que lhe era devido. Mas nunca encontrava o momento certo para falar. E agora que ele lhe pedira em casamento e ela havia aceitado, era estranho lhe contar, e Annabelle se perguntava se já não seria tarde demais. Mas ela era uma mulher honrada e achava que Antoine deveria saber toda a verdade. Havia uma boa chance de ele nunca descobrir, mas, mesmo assim, ela ainda sentia que lhe devia isso. Havia sido casada, e fora violentada por outro homem. E a verdade, que ele jamais poderia imaginar, era que ela havia sido virgem a vida inteira até ser estuprada. Estava com 31 anos, havia ficado casada por dois, e jamais fizera amor com um homem, mas fora violentada por alguns minutos nuns degraus de pedra no escuro. E, de certa forma, parecia importante para Annabelle que ele soubesse disso. O que vivera e experimentara era parte de quem ela era. E como tudo aquilo era tão angustiante, não tinha dúvida de que Antoine seria compassivo.

Um dia depois do Ano-Novo, eles conversaram sobre o casamento. Como nunca havia se casado, Antoine queria uma grande cerimônia, pois possuía muitos amigos. Annabelle teria preferido algo menor, já que oficialmente era viúva e tinha poucos conhecidos e nenhum familiar vivo, exceto Consuelo. Mas queria fazer o que o deixasse feliz, o que ele achasse melhor.

240

Estavam conversando sobre a lista de convidados e os possíveis locais do casamento, quantos filhos queriam, enquanto almoçavam no Le Pré Catalan no Bois de Boulogne. Depois foram dar um passeio. O dia estava frio e claro. E, de repente, com a mão enlaçada no braço dele, Annabelle soube que aquele era o momento certo, quer gostasse ou não. Não podiam conversar sobre os detalhes do casamento, quantos bebês queriam ter, sem que Antoine soubesse de tudo o que tinha acontecido em sua vida. Sabia que isso não mudaria nada entre eles, mas se sentiu na obrigação de lhe contar.

Houve um momento de silêncio enquanto andavam, então ela se virou para ele com a expressão séria.

— Preciso lhe contar algo — murmurou. Sentiu um frio na barriga, mas queria colocar um fim naquilo, e ignorou a sensação.

— Sobre o quê? — perguntou ele, sorrindo. Era o homem mais feliz do mundo.

— Sobre meu passado.

— Ah, sim. Claro. Para pagar a escola de medicina, você foi dançarina na Folies Bergère, correto?

— Quase isso. — Annabelle sorriu. Era bom saber que ele a faria rir pelo resto da vida.

Passaram por um banco, então ela sugeriu que eles se sentassem. Acomodaram-se, e Antoine passou o braço pelos ombros dela e a puxou para perto. Annabelle adorava quando ele fazia isso. Pela primeira vez em anos, sentia-se amada, protegida e segura.

— Há certas coisas sobre o meu passado que eu não lhe contei — disse, sendo honesta. — Não sei se são significativas, mas mesmo assim acho que você deve saber. — Annabelle respirou fundo e começou. Era mais difícil do que pensava. — Já fui casada uma vez.

Antoine deu um largo sorriso.

— Sim, meu amor, já sei.

— Bem, não exatamente da maneira que pensa, ou com quem pensa.

— Isso soa misterioso.

241

— De certa maneira, é. Ou assim era para mim. Por um longo tempo. Eu me casei com um homem chamado Josiah Millbank quando tinha 19 anos. Em Nova York. Ele trabalhava no banco do meu pai. Agora, olhando para trás, acho que ele sentiu pena de mim quando meu pai e Robert morreram. Ele era um verdadeiro amigo, 19 anos mais velho que eu. E um ano após a morte deles, ele me pediu em casamento. Josiah é de uma família muito respeitada, ou melhor, era. Na época, tudo fazia sentido. Nós nos casamos e nada jamais aconteceu. Para ser franca, nunca fizemos amor. Eu sempre pensei que havia algo de errado comigo. Nunca aconteceu, ele sempre adiava. Dizia que nós "tínhamos muito tempo".

Antoine não disse uma palavra, e Annabelle estava com lágrimas nos olhos devido às lembranças do desapontamento e do sofrimento há muito esquecidos. Então ela continuou.

— Dois anos depois do nosso casamento, ele me contou que achava que podia viver casado comigo e levar uma vida dupla. No fim, não conseguiu. Josiah estava apaixonado por um homem, seu velho e querido amigo que estava sempre conosco. Nunca suspeitei de nada e, no fim, Josiah me contou que era apaixonado por ele havia mais de vinte anos. Iriam para o México juntos, ele estava me deixando. O que finalmente o fez tomar a decisão foi o fato de ter descoberto que os dois tinham sífilis. Nunca o vi depois disso. Ele morreu no começo deste ano. E eu nunca fui posta em risco, pois Josiah nunca dormiu comigo. Eu era virgem ao fim do nosso casamento, exatamente como era quando nos casamos. Para ser honesta, queria ficar casada com ele de qualquer maneira. Eu o amava e estava disposta a abdicar de qualquer tipo de vida ou futuro. Mas Josiah não queria. Disse que me devia a liberdade e que eu merecia algo melhor, um marido de verdade e filhos, e tudo o que ele tinha me prometido e não conseguiu me dar.

Agora as lágrimas escorriam pelo rosto dela.

— Ele pediu o divórcio, pois eu me recusei a fazê-lo. Josiah achou que estava fazendo a coisa certa. E, em Nova York, o único motivo pelo qual o divórcio pode ser concedido é por adultério. Então ele se divorciou de mim por adultério. Alguém vendeu a história aos jornais, e eu me tornei uma pária da noite para o dia. Ninguém falava comigo, nem mesmo minha melhor amiga. Se eu tivesse ficado, teria sido marginalizada por todos que conhecia em Nova York. Eu era uma excluída e uma desonrada. Então deixei o país e vim para a França. Não tive outra escolha. E fui trabalhar na Abbaye de Royaumont. Foi assim que fui parar lá.

— E então se casou de novo? — Antoine parecia estupefato. A única reação legível em seu rosto era espanto.

Annabelle meneou a cabeça.

— Não, não me casei de novo. Nunca me envolvi com outro homem. Fiquei muito abalada com tudo o que aconteceu em Nova York. Eu só trabalhava, dia e noite. Nunca olhei para outro homem.

— E Consuelo nasceu por partenogênese? — perguntou ele, parecendo confuso.

— Mais ou menos — admitiu ela, respirando fundo para contar o resto. — Fui violentada numa noite em Villers-Cotterêts. Por um oficial britânico embriagado, que era de uma família nobre, embora fosse uma ovelha muito negra. Só o vi naqueles poucos minutos, e nunca mais. Foi morto pouco depois. Então descobri que estava grávida. Trabalhei até quase os sete meses de gravidez, amarrando a barriga. — Eram detalhes dolorosos também, difíceis de serem admitidos. Mas não havia escolha. Uma vez que ele soubesse de tudo, ela jamais lhe guardaria segredos outra vez. E isso era tudo. — Nunca fui casada com ele. Nem mesmo o conhecia. Só sabia seu nome. E ele me deixou Consuelo. Nunca contatei a família dele até este ano. A mãe dele veio nos ver, e ela foi muito gentil e carinhosa conosco. Aparentemente ele havia feito coisas semelhantes antes. Ela não ficou surpresa. — Virou-se para Antoine, o rosto lavado em lágrimas. — Então fui casada, mas não com ele. Tecnicamente, Consuelo é ilegítima. E não sou viúva. Estou divorciada, de um casamento com outro homem. É isso — disse ela, finalmente aliviada.

243

— É tudo? — perguntou ele, parecendo tenso. — Não cumpriu pena na prisão nem matou ninguém? — Annabelle achou graça da pergunta e meneou a cabeça.

— Não. — Fitou-o com adoração e enxugou as lágrimas. Havia sido difícil contar-lhe aquela história, mas estava contente por tê-lo feito. Queria ser completamente honesta com Antoine. E, enquanto o fitava, ele ficou de pé num pulo e começou a andar de um lado para o outro. Parecia transtornado, como se estivesse em choque. E até Annabelle tinha de admitir que a história era chocante.

— Deixe-me ver se entendi. Você foi casada com um homem com sífilis, mas alega que nunca dormiu com ele.

— Isso mesmo — confirmou ela, num fio de voz, preocupada com o tom dele.

— Ele se divorciou por adultério, que você alega nunca ter cometido, embora ele nunca tenha dormido com você. E você se tornou uma pária na sociedade de Nova York, por causa do adultério que não cometeu, mas ele se divorciou porque você se recusou a divorciar-se dele, embora ele a tenha traído com um homem. Então você fugiu depois do divórcio. E uma vez aqui, ficou grávida fora do casamento, de um homem pelo qual alega ter sido violentada. E nunca foi casada com ele. E nunca mais o viu de novo. Então deu à luz uma bastarda, fingindo ser viúva, em vez de divorciada, abandonada pelo marido que queria dormir com outro homem. E depois levou sua bastarda à casa dos meus pais e a deixou brincar com meus sobrinhos, se passando por uma viúva para meus pais e para mim, o que também é mentira. Pelo amor de Deus, Annabelle, alguma coisa que tenha me dito desde o início foi verdade? E, acima de tudo, você alega que, fora este estupro conveniente, que gerou sua bastarda, você agora é praticamente virgem. Acha que sou algum idiota? — Os olhos dele a fulminavam, as palavras apunhalavam seu coração.

Annabelle nunca viu alguém tão transtornado, mas ela também se encontrava assim. Começou a chorar novamente enquanto se encolhia em desespero no banco, e Antoine andava de um lado para o outro cada vez mais furioso. Ela nem ousou tentar tocá-lo: ele parecia bastante capaz de lhe esbofetear. O que Antoine lhe havia dito era imperdoável.

— Você tem de admitir — disse ele, em tom gélido — que é um pouquinho difícil de acreditar. Sua santa inocência nisso tudo, sua falta de responsabilidade, quando, de fato, suspeito que tenha traído seu marido, que provavelmente tenha sífilis, e graças a Deus que não dormi com você. Pergunto-me agora quando planejava revelar esse segredinho. Foi tratada como a vadia que obviamente era em Nova York, e depois teve uma criança bastarda com alguém que alega ser da nobreza britânica, e quem se importa com isso? Comportou-se como uma prostituta desde o início. E poupe-me dessa ladainha de ser virgem — esbravejou. — Dado o risco de sífilis, não pretendo colocar isso à prova. — Se ele tivesse lhe dado um soco, não teria lhe causado dor maior. Annabelle então levantou-se para encará-lo, tremendo dos pés à cabeça. Antoine havia acabado de fazer tudo o que ela mais temia: comprovar que estava para sempre marcada pelos pecados de outras pessoas e que ninguém jamais aceitaria sua inocência, nem mesmo um homem que alegava amá-la, que não acreditou nela quando descobriu a verdade.

— Tudo o que acabei de falar é verdade — disse ela, desesperada. E *jamais* chame minha filha de bastarda. Não é culpa dela que eu tenha sido violentada, nem minha. Eu poderia ter feito um aborto, mas tive muito medo, então decidi levar a gravidez adiante de qualquer forma, e encobrir a história da melhor maneira possível, para que as pessoas não falassem sobre ela o que você acabou de falar. A sífilis pode ser contagiosa, mas a ilegitimidade não. Não precisa ter medo de que seus sobrinhos sejam contaminados. Posso lhe garantir que não há risco nenhum.

Annabelle agora estava zangada, e ferida pela crueldade das palavras dele.

— Não posso dizer o mesmo de você! — Ele a acusou com raiva, os olhos pareciam fogo sobre gelo. — Como ousa pensar que poderia me enganar para se casar comigo fingindo ser viúva, sem me contar tudo isso. Desde a sífilis ao adultério e a filha bastarda. Como pôde se apresentar para a minha família como algo que não era? E tentar me convencer agora de todas essas mentiras ultrajantes. Ao menos tenha coragem de admitir o que é. — Antoine estava visivelmente furioso. Era como se Annabelle tivesse lhe roubado algo, sua fé, sua confiança e a santidade de sua família. O que ela havia contado era inimaginável, nunca mais acreditaria em nada que ela dissesse, e tampouco acreditava no modo como ela tentava se eximir da culpa agora.

— E o que acha que sou, Antoine? Uma vadia? O que aconteceu com o amor e a fé em mim? Eu não precisava lhe contar nada disso. Você provavelmente nunca teria descoberto. Mas eu quis contar a verdade porque amo você, e você tem o direito de saber tudo a meu respeito. As coisas ruins que me aconteceram foram em grande parte cometidas por outros, e eu tive de pagar um preço muito alto por elas. Fui abandonada por um marido por quem eu era apaixonada e com quem vivia um casamento que era uma fraude, depois fui marginalizada pelo único mundo que conhecia por causa disso. Perdi todas as pessoas que amava e vim para cá sozinha aos 22 anos. Fui violentada quando ainda era virgem. E tive um bebê que não queria, sozinha. Precisa piorar ainda mais para que você se torne um ser humano e tenha um pouco de compaixão e fé em mim?

— Você é uma mulher perdida, uma mentirosa, Annabelle. Está escrito em sua testa.

— Então por que não viu isso antes? — perguntou ela, chorando em meio às palavras. Estavam gritando um com o outro no Bois de Boulogne, mas não havia ninguém por perto.

— Não vi antes porque você é uma mentirosa terrivelmente boa. A melhor que conheci. Enganou-me direitinho. Contaminou minha família e violou tudo o que me é precioso — disse, parecendo pomposo e soando cruel. — Não tenho mais nada a lhe dizer — continuou ele, ficando o mais longe possível dela. — Vou para casa e não pretendo levá-la comigo. Talvez possa escolher um soldado ou um marinheiro e se divertir um pouco no caminho de volta. Não me atreveria a encostar nem o bico da minha bota em você. — Antoine deu-lhe as costas e afastou-se com longas passadas, enquanto Annabelle ficava parada, fitando-o, tremendo da cabeça aos pés, sem conseguir acreditar no que havia acabado de ouvir ou no que Antoine havia feito. Um instante depois, ouviu o carro dele se afastar, então saiu vagarosamente do Bois de Boulogne. Era como se seu mundo tivesse ruído, e sabia que jamais voltaria a confiar em alguém. Nem em Hortie. Nem em Antoine. Nem em ninguém que conhecia. De agora em diante, seus segredos eram só seus, e ela e Consuelo não precisavam de ninguém. Estava tão devastada que quase foi atropelada por um carro quando finalmente alcançou a rua.

Parou um táxi e deu seu endereço ao motorista. Estava congelando de frio, e sentou-se soluçando no banco traseiro. O russo gentil que estava dirigindo por fim perguntou se havia algo que pudesse fazer para ajudá-la. Mas tudo o que Annabelle fez foi balançar a cabeça. Antoine havia acabado de confirmar todos os seus piores temores, que ninguém jamais acreditaria em sua inocência e que ela seria condenada eternamente por um crime que não cometeu. O que havia lhe sobrado do coração estava em um milhão de pedaços. Ele acabara de lhe provar que não havia amor ou o perdão para ela. E a ideia de que Consuelo contaminaria a família de alguém, ou que fosse acusada de tal coisa, a deixava enjoada.

Quando chegaram à sua casa no 16º *arrondissement*, o gentil russo recusou-se a receber pela corrida. Apenas meneou a cabeça e devolveu o dinheiro a Annabelle.

— Nada pode ser tão ruim assim — disse ele. Havia enfrentado alguns momentos difíceis nos últimos anos.

— Sim, pode — disse ela, sufocando um soluço. Annabelle lhe agradeceu e correu para dentro de casa.

Capítulo 24

Annabelle vagou pela casa feito um fantasma durante os três dias seguintes. Cancelou os compromissos, não foi ao consultório, e disse a todos que estava doente. E estava mesmo. Estava deprimida e muito triste com tudo o que Antoine lhe dissera e tudo o que ele havia destruído. Se tivesse lhe apedrejado na rua ou cuspido nela, não a teria machucado tanto. E, de fato, ele fizera ambas as coisas. E pior. Ele havia partido seu coração.

Pediu a Brigitte levar Consuelo à escola e ao parque, dizendo--lhes também que estava doente. Só Hélène, no consultório, não acreditou nela. Ela sentia que algo terrível havia acontecido e temia que isso tivesse alguma relação com Antoine.

Annabelle estava deitada pensando nos últimos acontecimentos, nas coisas que ele lhe dissera, quando a campainha tocou. Não queria levantar para atender a porta, e Brigitte não estava em casa. Não queria ver ninguém. E depois de tudo o que Antoine lhe dissera, ela não tinha mais nada a falar, com ninguém, principalmente com ele. Não tinha notícias dele desde que a deixara no parque. E pretendia nunca mais falar com ele novamente. De qualquer forma, duvidava que fosse receber qualquer notícia de Antoine.

A campainha persistiu por pelo menos dez minutos, então, por fim, ela vestiu o robe e desceu. Talvez fosse uma emergência e alguém na vizinhança precisasse de um médico. Abriu a porta sem se preocupar em olhar quem era e deu de cara com Antoine. Ela não tinha ideia do que dizer. E, por um instante, nem ele.

— Posso entrar? — perguntou, solene. Annabelle hesitou, sem saber o que ele queria ali. Então, devagar, deu um passo para o lado. Levou um instante para fechar a porta, e não o convidou a sentar. Ficou de pé olhando para ele parado perto da porta. — Podemos sentar e conversar um pouco? — perguntou, cauteloso. Felizmente ele não lhe dera nenhum anel de noivado, por isso Annabelle não precisava lhe devolver nada.

— Melhor não — disse ela, com uma voz sem expressão. — Acho que você falou mais do que o suficiente naquele dia. Acho que não há razão para dizer mais nada. — Antoine ficou surpreso com a expressão dos olhos dela. Parecia que algo dentro dela havia morrido.

— Annabelle, eu agi com severidade. Mas o que você me contou era difícil demais de engolir. Houve um casamento sobre o qual nunca me contou, um bebê que não era desse homem. Você mentiu dizendo que era viúva. Você me devia mais do que isso. Foi inclusive exposta a uma doença fatal que poderia facilmente ter me transmitido uma vez que estivéssemos casados. — O que ele disse foi mais um tapa na cara, provando novamente que ele não havia acreditado em uma única palavra do que ela lhe contara. As palavras de Antoine mais uma vez apunhalaram seu coração já fragilizado.

— Eu lhe disse que jamais fui exposta a isso. Se existisse qualquer risco, jamais teria sequer saído para jantar com você. Não teria corrido o risco de me apaixonar, caso tivesse sido exposta a uma doença que poderia matá-lo. Eu amo você, Antoine. Ou amava. Eu que jamais dormi com Josiah.

— Isso é um pouquinho difícil de acreditar. Você ficou casada com ele por dois anos.

— Ele estava dormindo com o melhor amigo — disse ela, com voz arrastada. — Eu simplesmente não sabia. Pensei que houvesse algo de errado comigo. No fim, havia muitas coisas de errado com ele. E tudo o que você fez só reforça que eu não devia ter lhe

249

contado nada. — Annabelle estava devastada quando encontrou os olhos de Antoine.

— Preferiria continuar mentindo para mim, como fez desde o início? Teria se casado comigo sob falsas pretensões. Devo lembrá-la que isso é fraude.

— Foi por isso que eu lhe contei. O que eu quis dizer agora é que eu não devia nem ter me preocupado em lhe contar. Nunca devia ter me envolvido com você.

— Como pode dizer tal coisa? Eu amo você — disse Antoine, parecendo pomposo. Mas Annabelle não estava mais apaixonada por ele.

— Não consigo mais acreditar nisso, depois de tudo o que me disse. Não se trata alguém que se ama assim.

— Eu estava angustiado. — Annabelle não fez qualquer comentário e desviou o olhar. Antoine não se aproximou dela. Tinha medo de que, caso chegasse perto, Annabelle fosse violenta com ele. O olhar dela era fulminante.

— O que falou sobre Consuelo é imperdoável. Nunca deixarei que se aproxime dela outra vez. Não é culpa dela ser filha ilegítima. É minha porque fui eu quem a pari, e por livre escolha, apesar de tudo. E eu também não tive culpa por um bêbado lunático ter me atirado no chão e me violentado. Você me culparia para sempre por isso, em vez de acreditar em mim. — Seus olhos carregavam mágoa e tristeza.

— Foi por isso que vim conversar com você. Pensei muito sobre o assunto — disse Antoine, cauteloso. — Admito que isso não é o que eu esperava. E não é realmente o que eu queria de uma esposa. Mas eu amo você e estou disposto a ignorar seus erros do passado e perdoá-la. Tudo o que quero de você é que faça um exame e me prove que não está com sífilis.

— Isso não será necessário — disse Annabelle, abrindo a porta outra vez e estremecendo com o vento frio da tarde de janeiro. — Não precisa me desculpar pelos meus erros nem pelos de ninguém, nem ignorá-los. Consuelo não contaminará seus sobrinhos nem seus encontros de família porque nós não estaremos lá. E eu não preciso fazer um exame, porque você jamais chegará tão perto de mim novamente.

— Isso significa então que você tem a doença — retrucou ele, estreitando os olhos.

— Você esqueceu que falou que não encostaria nem o bico da sua bota em mim? Lembro-me disso muito bem. De fato, lembro de tudo o que disse, e nunca esquecerei. Pode ser capaz de me perdoar, mas eu não conseguirei perdoar você.

— Depois de tudo o que fez, como ousa? — Antoine de repente se enfureceu com ela outra vez. — Você tem muita sorte por eu estar disposto a lhe aturar. Uma mulher como você, que sabe lá Deus quantos homens teve na vida, maridos sifilíticos, filhos ilegítimos, e quem pode adivinhar ou saber com quem mais esteve entre estes dois e depois. — Annabelle queria lhe dar um tapa, mas não valia a pena. Não mais.

— Ouvi tudo o que disse, Antoine. Nunca esquecerei. Agora saia da minha casa. — Os dois estavam tremendo com o vento frio, e Antoine a encarou sem acreditar.

— Deve estar brincando. Quem mais você acha que a aceitaria depois de tudo o que fez? — Ele parecia majestoso parado ali, e muito bonito. Mas Annabelle não gostava mais do homem no terno bem-talhado.

— Talvez ninguém — disse ela, respondendo à pergunta. — E eu realmente não me importo. Estou sozinha desde que Josiah me abandonou há nove anos, quase dez. Tenho Consuelo, minha "bastarda", como você ressaltou. Não preciso de mais ninguém. E não quero você. — Ela indicou a porta aberta novamente. — Obrigada por sua generosa oferta, doutor, mas não vou aceitá-la. Agora saia, por favor. — Ela havia se empertigado em sua plena altura, e Antoine viu nos olhos dela que estava falando sério. Ele não conseguia acreditar no que estava acontecendo.

251

Antoine a olhou com desprezo.

— Você é uma tola. Ninguém jamais a desejará se contar a verdade.

— Não pretendo estar em tal situação outra vez. Você me ensinou a lição. Muito obrigada. Lamento que isso tenha sido um desapontamento para nós dois, e que a verdade tenha sido tão difícil de acreditar, e aceitar, uma vez que a contei.

— Eu lhe disse — repetiu ele —, estou disposto a perdoá-la, ou tolerar, pelo menos, desde que faça o exame que pedi. Você tem de admitir que isso é justo.

— Nada a respeito disso é justo. Nunca foi, nem antes de você, nem agora. E não quero ser tolerada. Eu quero ser amada. Pensei que fosse. Aparentemente, nós dois cometemos um grande erro. — Antoine ficou parado, encarando-a, balançou a cabeça e, sem dizer mais nada, saiu. Annabelle fechou a porta, recostou-se nela e tremeu da cabeça aos pés. Nenhum homem lhe fora tão gentil quanto ele no início, ou tão cruel no final.

Sentou-se sozinha na sala de estar, olhando para o nada. Ainda não conseguia acreditar que Antoine achava que Consuelo era uma bastarda e que poderia contaminar a família dele, ou que ele a considerava uma prostituta por ela ser divorciada e, ainda, que duvidava de sua palavra quando ela contou que havia sido violentada.

Ainda estava sentada quando Brigitte e Consuelo voltaram do parque. A menina sentou no colo da mãe, parecendo preocupada, e passou os braços por seu pescoço. Aquilo era tudo o que Annabelle precisava agora. A filha era a única pessoa em quem podia confiar, em quem sempre confiaria.

— Te amo, mamãe — disse ela, fazendo os olhos de Annabelle se encherem de lágrimas.

— Eu te amo também, querida — respondeu, abraçando a filha.

E mesmo ainda se sentindo péssima, como se tivesse sido atropelada por um caminhão, Annabelle voltou a trabalhar no dia seguinte. Não havia escolha. Precisava tocar sua vida. Tinha aprendido uma terrível lição com Antoine sobre como as pessoas tinham mente estreita, e que faziam suposições sobre os outros. Havia sofrido o mesmo em Nova York, anos antes, quando todos acreditaram no pior a seu respeito. Antoine violara sua confiança e destruíra sua fé na raça humana de uma vez por todas.

Hélène parecia preocupada com ela havia semanas. Annabelle não teve mais notícias de Antoine. Ele a achava uma tola por não estar disposta a ser "tolerada" e "perdoada" pelos erros que alegava não ter cometido. Estava disposto a acreditar apenas no pior.

Annabelle voltou a se dedicar aos pacientes e à filha, e se esqueceu dos homens. Parecia amarga nos meses seguintes, mas em março já estava um pouco melhor. Ela sorria outra vez e passava as tardes de domingo com Consuelo no parque. A menininha havia ficado triste no início, por não ir mais aos almoços dos St. Gris — costumava se divertir com os sobrinhos de Antoine. A mãe lhe dissera que ela e Antoine acharam que haviam cometido um engano e não eram mais amigos. E sempre que Annabelle pensava no que ele havia falado sobre a filha contaminá-los, de ser indigna deles, lembrava-se do porquê de estar sozinha, e pretendia continuar assim. Tudo o que Antoine fizera no fim, além de desapontá-la e de acabar com qualquer esperança que lhe restava sobre a decência da humanidade, foi convencê-la do que ela já sabia: jamais escaparia do destino ao qual Josiah lhe condenara, destino que Harry Winshire confirmara. Tudo o que qualquer um veria nela seriam rótulos impostos por outros, e sempre pensariam que ela era culpada. Estava convencida agora de que ninguém jamais acreditaria em sua inocência, que confiaria nela ou que a amaria, independentemente do que ela dissesse. Antoine havia confirmado cada um dos seus piores temores.

Capítulo 25

Annabelle recebeu duas cartas nos primeiros dias de primavera. Ambas lhe deram o que pensar. Uma era de Lady Winshire, convidando mãe e filha para passarem alguns dias com ela. A distinta senhora achava que seria bom para Consuelo ver de onde a outra metade da família tinha vindo e como vivia, para que a menina conhecesse parte de sua origem. Esperava que fossem assim que tivessem chance. Annabelle pensou na possibilidade, mas não estava segura. Harry Winshire era uma lembrança terrível, porém, o que a mãe dele dissera era verdade. O assunto não tinha a ver com Harry, e sim com Consuelo e a avó, que finalmente havia conhecido. E ela tinha a sensação de que Consuelo apreciaria visitá-la.

A outra carta era do funcionário do banco de seu pai que ainda gerenciava seus bens. Annabelle sempre recebia uma remessa de dinheiro na França, mas o grosso de sua fortuna havia permanecido nos Estados Unidos. Ele estava perguntando, pela primeira vez em muito tempo, o que ela queria fazer com a casa em Newport. Annabelle não ia lá havia dez anos, mas nunca teve coragem de se desfazer da propriedade. Tinha muitas recordações daquela casa, porém não conseguia se imaginar voltando para lá, mesmo como visita. E aquilo era parte da herança de Consuelo também, muito mais do que os bens de Lady Winshire, já que o pai da menina jamais fizera parte da vida delas.

O funcionário do banco havia escrito para dizer que tinha recebido uma oferta bastante razoável pelo chalé. Blanche, William e os outros criados ainda estavam lá, cuidando da casa e haviam perdido qualquer esperança de revê-la. Annabelle não podia dizer que estavam errados. Nunca tivera vontade de voltar aos Estados Unidos em todos aqueles anos. Às vezes sentia falta de seu lar, mas também conhecia as misérias do ostracismo que experimentaria caso retornasse, mesmo se fosse apenas para fazer uma visita. Não lhe restava mais ninguém. E ela temia que, caso voltasse, pudesse reabrir velhas feridas causadas pela saudade que sentia da família e de tudo o que perdera, inclusive Josiah. Não queria reviver aquela dor. Mas não se sentia pronta para vender o chalé, embora o bancário tivesse razão, a oferta que tinham recebido era boa. Annabelle não sabia o que fazer.

Pensou primeiro na oferta de Lady Winshire e conversou sobre o assunto com Consuelo no jantar daquela noite. A menininha ficou animada na mesma hora e disse que queria ir. E, de uma estranha forma, este era o desejo de Annabelle também. Achava que sair de Paris por um tempo seria bom para as duas. Consuelo implorava para que fossem a Deauville outra vez, mas Annabelle estava relutante, depois da sua amarga experiência com Antoine. Era como se tivesse lembranças ruins por toda a parte, parecia que estava constantemente se escondendo dos próprios fantasmas.

Respondeu à carta de Lady Winshire no dia seguinte dizendo que aceitariam o convite. Lady Winshire escreveu de volta imediatamente para marcar a data. Acabaram, escolhendo o fim de semana do aniversário de Consuelo. Ela faria 7 anos. O tempo estaria um pouco melhor até lá. Annabelle pediu que Hélène comprasse as passagens e providenciasse tudo para a viagem. Pegariam o trem para Calais, atravessariam o Canal até Dover, e Lady Winshire disse que mandaria alguém encontrá-las. Era uma viagem de apenas duas horas até sua propriedade.

Quando o fim de semana escolhido chegou, Consuelo estava tão empolgada que mal conseguia ficar sentada quieta. Deixariam Brigitte em Paris, onde a jovem pretendia passar uns dias com o novo namorado. Annabelle embarcou no trem, carregando suas duas valises e guiando Consuelo. Acomodaram-se no compartimento da primeira classe que Hélène havia reservado. Era a maior aventura de Consuelo desde que viera para Paris dois anos antes, e o fim de semana em Deauville com Antoine. Já não falavam mais sobre ele. Mesmo em tenra idade, Consuelo havia compreendido que o assunto era doloroso para a mãe e que ela o evitava. Annabelle o viu certa vez no hospital, mas, no momento em que percebeu que era ele, virou e subiu correndo a escada dos fundos para ver seu paciente. Não queria falar com ele de novo nunca mais. A traição dele era imperdoável.

Quando o trem deixou a Gare du Nord, Consuelo olhava para tudo com fascinação, fazendo Annabelle sorrir. Almoçaram no vagão-restaurante, "feito mocinhas", como Consuelo dizia, e depois ficaram admirando a paisagem pela janela, até a menina finalmente cair no sono no colo da mãe. Annabelle recostou a cabeça no assento, pensando nos últimos meses. Haviam sido difíceis. Era como se Antoine tivesse tomado não apenas o sonho que lhe oferecera, mas sua esperança de que as coisas um dia seriam diferentes em sua vida.

Era como se ela estivesse condenada para sempre pelo passado. Havia sido vítima das decisões, fraquezas e mentiras de outras pessoas. Era deprimente desprender-se da sensação de que a verdade jamais viria à luz e que seu nome nunca seria limpo. Não importava o tanto que fizera desde então, ou o que havia conquistado na vida, o que parecia persistir eternamente, como uma tatuagem que nunca conseguiria remover, eram os pecados com os quais fora marcada, mesmo todos eles não sendo seus. Era uma boa mãe e uma ótima médica, uma pessoa decente, mas, apesar disso, seria sempre rotulada por seu passado, e Consuelo também, para sempre. Apenas Antoine havia ousado dizer aquela palavra. Era um rótulo cruel para uma criança inocente.

Apenas três horas depois, chegaram a Calais e embarcaram no pequeno navio. Annabelle estava temerosa. Não costumava enjoar, mas o Canal estava sempre revolto e ela temia que Consuelo ficasse mareada. No fim, foi mesmo uma viagem difícil, mas Consuelo amou cada minuto. Quanto mais a balsa se inclinava e singrava o mar instável, mais ela achava graça e dava gritinhos de pura alegria. Quando chegaram a Dover, do outro lado, Annabelle estava começando a ficar enjoada, mas Consuelo estava mais feliz do que nunca. Desembarcou saltitando, segurando a mão da mãe e carregando a boneca favorita.

O chofer de Lady Winshire estava esperando por elas no cais, conforme prometido, em um antigo Rolls. A viagem durou duas horas e elas passaram por campos com fazendas, vacas e com propriedades enormes, e às vezes um velho castelo. Para Consuelo, aquilo era uma grande aventura. E agora que não estavam mais no mar, Annabelle estava apreciando a viagem também.

Mas nenhuma das duas estava preparada para a magnificência da propriedade Winshire, ou para o esplendor da enorme casa. Árvores imensas e antigas margeavam a longa entrada de carros e, graças à fortuna de Lady Winshire, independente da do finado conde, a casa em si, construída no século XVI, estava em condições impecáveis. O estábulo era maior, mais limpo e mais bonito do que muitas casas. Lady Winshire fora uma amazona notável na juventude e ainda gostava de manter um estábulo com cavalos impecáveis, com meia dúzia de cavalariços que os montavam todos os dias.

Ela saiu para cumprimentá-las parando nos degraus da entrada, parecendo mais magnífica do que nunca, trajando um vestido azul--escuro, resistentes sapatos de caminhada, as pérolas de costume e um chapéu enorme. Brandiu a bengala prateada como se fosse uma espada, apontando para as valises e pedindo ao motorista que levasse as malas para os aposentos delas. E, com um sorriso largo, depois de abraçar tanto Annabelle quanto Consuelo, que examinava com olhos arregalados tudo o que via, gesticulou para que a acompanhassem para dentro de casa.

Havia uma galeria interminável com uma fileira de retratos de família, uma sala de estar gigantesca com um candelabro magnífico, uma biblioteca com quilômetros de prateleiras de livros antigos, uma sala de música com duas harpas e um grande piano, uma sala de jantar com uma mesa comprida o bastante para acomodar quarenta pessoas nos jantares dançantes que costumavam oferecer. As salas de recepção pareciam intermináveis, até que alcançaram uma pequena e acolhedora sala de visitas, na qual a nobre senhora gostava de sentar para admirar os jardins. Enquanto Annabelle olhava ao redor, admirando a casa, era difícil crer que alguém que tivesse crescido ali pudesse violentar uma mulher, e depois ameaçar matá-la caso contasse o fato a alguém. Havia muitas fotografias dos dois filhos dos Winshires na cornija da lareira na sala em que estavam sentadas. E depois que saborearam chá com bolinhos, coalhada e geleia, Lady Winshire pediu que uma das criadas mostrasse o estábulo para Consuelo. Ela havia arranjado um pônei, para o caso de a neta querer tentar montar, e Annabelle lhe agradeceu pela gentileza de recebê-las e pelas calorosas boas-vindas quando Consuelo desapareceu para ver o pônei.

— Tenho muito o que compensar — disse a senhora com simplicidade, e a jovem sorriu. Annabelle não a considerava responsável pelos crimes do filho. E como poderiam ser considerados crimes quando haviam resultado em Consuelo? Foi o que disse a Lady Winshire, que agradeceu Annabelle por sua generosidade dizendo que o filho não merecia tanto, por mais que o tivesse amado. Lady Winshire confessou, com tristeza, que ele havia sido impetuoso e mimado.

Conversaram durante algum tempo e passearam pelo jardim. Então, logo depois, um dos cavalariços apareceu, trazendo Consuelo no pônei. Ela sentia-se em êxtase. Parecia que a menina estava se divertindo, graças à avó recém-descoberta. Lady Winshire perguntou se Annabelle gostaria de cavalgar também. Ela disse que não fazia isso havia anos, mas que talvez tentasse na manhã seguinte.

Ela não estava mais habituada àqueles luxos e indulgências desde que deixara os Estados Unidos. Seria divertido, pensou Annabelle, cavalgar outra vez. Cavalgara muito na juventude, principalmente nos verões que passara em Newport.

Quando Consuelo e o cavalariço voltaram ao estábulo, Annabelle comentou que estava pensando em vender a casa de Newport.

— Por que a venderia? — perguntou a senhora, com ar de desaprovação. — Você disse que é da sua família há gerações. Precisa preservá-la, se é parte da sua história. Não a venda.

— Não sei se voltarei para lá um dia. Estou longe faz dez anos. Ela está lá, desprezada e quase vazia, com cinco criados.

— Deveria voltar — disse Lady Winshire com firmeza. — Faz parte da história de Consuelo também. A menina tem direito a ela, à sua, à nossa casa, é tudo parte de quem ela é, e de quem ela se tornará um dia. Assim como é parte de você. — Claro que nada disso ajudara Harry, pensou Annabelle, mas não o diria à mãe dele, que, de qualquer maneira, estava ciente disso. — Não pode fugir do que é, Annabelle. Não pode negar sua origem. E Consuelo devia vê-la. Você deveria levá-la para visitar a casa um dia.

— Está tudo acabado para mim — disse Annabelle, parecendo teimosa enquanto Lady Winshire meneava a cabeça.

— Está só começando para ela. Consuelo precisa de mais do que Paris, assim como você. Ela precisa de nossas histórias misturadas, e oferecidas como se fossem um buquê.

— Recebi uma boa oferta pelo chalé. Sempre se pode comprar uma propriedade na França. — Mas ela nunca o fizera, entretanto. Tudo o que possuía era a casinha modesta no 16º *arrondissement*. Não tinha nada no país em que morava e, precisava concordar, ver Consuelo ali estava lhe fazendo bem.

— Suspeito que possa fazer isso a hora que quiser — adivinhou a nobre senhora. Annabelle havia herdado uma grande fortuna do pai, e outra ligeiramente menor da mãe, e não gastara quase nada nos últimos anos. Esbanjar já não combinava mais com seu estilo de vida, ou com sua vida como médica, e sempre teve o cuidado de não ostentar sua riqueza nos últimos dez anos. Isso lhe dava certo mérito, mas, agora, aos 32 anos, tinha idade suficiente para desfrutar de sua fortuna.

Lady Winshire se dirigiu a ela com um sorriso.

— Espero que vocês duas venham me visitar com frequência. Ainda vou a Londres de vez em quando, mas fico aqui na maior parte do tempo. — Aquela propriedade havia sido a residência da família de seu finado marido, o que a fez abordar outro assunto que queria discutir com Annabelle quando Consuelo não estivesse presente. Não sabia se era muito cedo para mencioná-lo, mas aquilo não saía de sua cabeça. — Andei pensando muito na situação de Consuelo, pois você e o pai dela nunca foram casados. Isso pode ser um fardo pesado para ela carregar daqui a alguns anos. Você não poderá mentir para sempre, e um dia ela pode desconfiar de alguma coisa. Falei com meus advogados, e não faz sentido que eu a adote. Afinal, ela é sua filha. Harry não pode desposá-la postumamente, o que é uma pena. Mas posso reconhecê-la oficialmente, o que melhoraria um pouco as coisas, e Consuelo poderia acrescentar nosso nome ao seu, se lhe parecer aceitável — disse, com cautela. Não queria ofender a mãe da menina, que havia sido muito corajosa ao assumir todas as responsabilidades sozinha. Mas Annabelle sorriu. Havia ficado mais sensível ao assunto desde os insultos ultrajantes de Antoine, especialmente por ele ter chamado Consuelo de bastarda. Pensar nisso agora era terrível.

— Acho uma ótima ideia — disse Annabelle, agradecida. — Provavelmente vai facilitar as coisas para ela no futuro.

— Não se importaria? — Lady Winshire parecia esperançosa.

— Eu apreciaria muito. — Ela associava o nome da família a Lady Winshire, e não ao filho maligno. — Isso a tornaria Consuelo Worthington-Winshire, ou Consuelo Winshire-Worthington. O que preferir.

— Acho que Worthington-Winshire ficaria ótimo. Posso mandar os advogados redigirem os papéis quando quiser. — Ela abriu um grande sorriso para Annabelle, que se inclinou e a abraçou.

— A senhora tem sido muito gentil conosco — disse Annabelle, agradecida.

— Por que não seria? — respondeu, irritada. — Você é uma mulher admirável. Tem sido uma mãe maravilhosa para ela. De alguma forma, apesar de tudo, conseguiu se tornar médica. E, pelo que soube, uma ótima médica. — Seu próprio médico havia verificado isso discretamente, através de conhecidos seus na França. — Apesar do que meu filho lhe fez, você se recuperou e não guardou ressentimentos da criança, nem de mim. Nem sei se tem mágoa dele, e não sei se eu teria sido capaz de fazer o mesmo no seu lugar. Você é respeitável, responsável, decente, batalhadora. Trabalhou feito uma troiana durante a guerra. E não tem ninguém da família para apoiá-la. Fez tudo sozinha, sem ninguém para ajudá-la. Foi muito corajosa por ter uma criança fora do casamento e conseguiu fazer o melhor possível. Não consigo pensar em uma única coisa em você que não seja digna de respeito ou louvor. De fato, eu a considero bastante notável e estou orgulhosa de você. — O que ela disse fez os olhos de Annabelle se encherem de lágrimas. Era o antídoto para tudo o que Antoine dissera.

— Queria poder ver isso da mesma maneira — comentou Annabelle, triste. — Tudo o que vejo são os meus erros. E tudo o que as pessoas veem, exceto a senhora, são os rótulos que os outros me colocaram. — Ela lhe confessou um dos seus piores segredos e revelou que havia se divorciado antes de deixar os Estados Unidos, e contou o motivo. Aquilo só fez Lady Winshire admirá-la ainda mais.

— É uma história bastante impressionante — disse ela. Não ficava chocada com facilidade, e a história do casamento de Annabelle com Josiah só fez com que ela sentisse pena de Annabelle. — Foi tolice dele achar que poderia acabar com isso.

261

— Acho que ele acreditou que podia e depois descobriu que não daria certo. E o amigo dele estava sempre por perto. Isso deve ter tornado as coisas ainda mais difíceis para ele.

— As pessoas às vezes são idiotas — disse Lady Winshire, balançando a cabeça. — E foi idiotice ainda maior da parte dele pensar que o divórcio não mancharia o seu nome. Foi muito bonito dizer que estava tentando deixá-la livre para outra pessoa. Divorciar-se de você por adultério simplesmente a atirou aos lobos. Ele poderia muito bem tê-la queimado num poste em praça pública. Francamente, os homens às vezes conseguem ser tão ignorantes e egoístas. Imagino que não possa desfazer isso com facilidade agora. — Annabelle meneou a cabeça. —Só precisa dizer a si mesma que não se importa. Que sabe a verdade. Isso é tudo o que interessa.

— Mas isso não impedirá que as pessoas batam a porta na minha cara — disse Annabelle, lastimosa. — E na de Consuelo.

— Você se importa mesmo com essas pessoas? — perguntou Lady Winshire. — Se são mesquinhas o bastante para fazer isso com você e com a sua filha, elas é que não são boas o suficiente para nenhuma de vocês duas, e não o contrário. — Annabelle lhe contou então tudo o que aconteceu com Antoine, e Lady Winshire ficou revoltada. — Como ele ousou lhe dizer tais coisas? Não há nada mais baixo e cruel que o falso moralismo da chamada burguesia. Ele não iria fazê-la feliz, minha querida. Fez muito bem em não aceitá-lo de volta. Ele não era digno de você. — Annabelle achou graça do que ela disse, e teve de concordar. Estava triste pelo ocorrido, mas, uma vez que descobriu quem Antoine era, não sentia mais falta dele. Só sentia saudades do sonho do que esperava que teriam, mas claramente nunca aconteceria. Havia sido uma ilusão. Um belo sonho que se transformara em pesadelo diante das palavras feias e das suposições dele. Antoine estava bastante disposto a acreditar no pior a seu respeito, fosse verdade ou não.

Nesse momento, Consuelo entrou na sala saltitando, empolgada com todos os cavalos que havia visto no celeiro e com o passeio no pônei. E ficou ainda mais animada quando viu o seu quarto. Era um cômodo grande, ensolarado, decorado com sedas e chitas floridas, anexo ao quarto da mãe. E, naquela noite, ao jantar, contaram-lhe sobre seu novo nome duplo.

— Parece difícil de soletrar — disse Consuelo, sendo prática, e tanto a mãe quanto a avó riram.

— Você vai se acostumar com ele — disse-lhe a mãe. Estava mais grata do que nunca ao reconhecimento legal de Lady Winshire à sua filha. Talvez evitasse que fosse chamada de bastarda outra vez por alguém tão cruel quanto Antoine.

Jogaram cartas depois do jantar, e por fim as três foram para a cama. Consuelo já estava quase dormindo, recostada na mãe. Acabou dormindo na cama de Annabelle. E foi direto para o celeiro na manhã seguinte tão logo estava vestida.

As duas mulheres conversaram tranquilamente durante o dia inteiro, sobre assuntos variados, de política e medicina a romances. Lady Winshire era inteligente e extremamente culta. Suas conversas lembraram a Annabelle as que tinha com a própria mãe, e a nobre senhora lhe deu muito o que pensar com a conversa do dia anterior, sobre não ter medo dos rótulos que as pessoas lhe colocaram injustamente. Durante o fim de semana inteiro lembrou-se de que era uma mulher livre. Aquilo fez Annabelle sentir orgulho de si mesma, e não se achava mais a pária que havia sido ao deixar Nova York. As palavras de Antoine só haviam sido piores porque vieram de alguém que ela amava, alguém que ela acreditava que a amava também.

No último dia, durante um almoço no jardim, a avó de Consuelo lhe fez uma surpresa. Quando serviram o bolo de aniversário da menina, Lady Winshire chamou um dos cavalariços, e este veio carregando uma caixa de chapéu amarrada com um grande laço cor-de-rosa. Tanto Consuelo quanto a mãe acharam que, dentro, havia um chapéu de montaria para ela usar quando voltasse. E então Annabelle viu que a caixa se mexeu um pouco e começou a

263

desconfiar do que havia ali dentro. O cavalariço segurou a caixa com firmeza enquanto Consuelo desfazia o laço e removia a tampa com cuidado. Tão logo o fez, um rostinho preto lhe deu uma olhada e pulou da caixa para suas mãos. Era um filhote de *pug* preto e castanho, como os cães da própria Lady Winshire, e Consuelo ficou tão feliz que mal conseguiu falar enquanto o cão lhe lambia o rosto. As duas mulheres ficaram sorrindo, e Consuelo virou-se para a avó e se atirou no pescoço dela.

— Obrigada! Ela é tão maravilhosa! Que nome devo colocar nela?

— Você escolhe, minha querida. — Lady Winshire estava sorridente. Aquela neta inesperada havia se tornado uma grande alegria em sua vida.

Todas ficaram tristes com a despedida quando Consuelo e a mãe entraram no carro rumo a Dover, para a longa viagem de barco e depois de trem até Paris. Lady Winshire lhes recomendou que voltassem logo. Consuelo agradeceu novamente pela cadelinha, que ainda não tinha nome, mas estava muito animada com a viagem. E Lady Winshire lembrou Annabelle, discretamente, que enviaria os papéis sobre Consuelo tão logo fossem redigidos.

A nobre senhora ficou de pé nos degraus da entrada acenando enquanto elas se afastavam, e Consuelo brincou com a cadelinha durante todo o caminho de volta até Paris. Disse à mãe que havia sido o melhor aniversário que ela já teve. A viagem havia sido boa para Annabelle também.

Um dia depois que chegou em casa, Annabelle escreveu aos advogados pedindo que não vendessem o chalé de Newsport. E, já no consultório na manhã seguinte, pediu a Hélène que reservasse passagens em um navio para Nova York, em junho, com retorno para Paris em julho. Havia levado todos os conselhos de Lady Winshire a sério.

264

Capítulo 26

Na terceira semana de junho, Annabelle, Consuelo e Brigitte zarparam no *Mauretania*. Deixaram Le Havre num radiante dia ensolarado e quente, e tinham duas belas cabines anexas num convés superior.

O *Mauretania* era um dos maiores, mais rápidos e luxuosos navios em funcionamento. Annabelle também havia viajado nele aos 16 anos com os pais. E havia reservado duas das cabines mais suntuosas do navio. Viajantes frequentes adoravam-no pelas cabines espaçosas, mesmo na segunda classe, o que era raro.

Consuelo estava eufórica de tanta empolgação. Brigitte mostrava-se nervosa com a travessia. Um parente distante dela, que estava na terceira classe do *Titanic*, não sobreviveu. Ela começou a chorar e a se benzer quase no momento em que embarcaram, falando sobre aquele desastre, o que aborreceu a patroa. Annabelle não queria que ela assustasse Consuelo, lembrando-lhe de como o avô e o tio haviam morrido. Brigitte não lhes poupava detalhes de tudo o que ouvira e lera na época, inclusive sobre os gritos das pessoas agonizando no mar.

— É verdade, mamãe? — A menina a fitou com olhos arregalados. Não conseguia imaginar um navio tão grande afundando. Consuelo conhecia a história, mas não os detalhes.

— Em parte — disse Annabelle, sendo honesta. — Às vezes acontecem coisas ruins, mas não sempre. Isso foi há muito, muito tempo, e muitos, muitos, muitos navios foram e voltaram pelo oceano desde então sem nenhum problema. Este aqui viaja em segurança há 18 anos, e não haverá icebergs em nosso caminho nesta viagem. Veja como o dia está bonito e ensolarado, e como o navio é grande. Eu prometo que nós vamos ficar bem — disse com carinho, lançando um olhar de advertência para Brigitte por cima da cabeça da menina.

— O *Titanic* era maior... o que me diz do *Lusitania*? — insistiu Brigitte. Annabelle quis estrangulá-la por assustar a filha.

— O que é lufimânia? — perguntou Consuelo, errando o nome.

— Brigitte só está assustada. Eu prometo que a viagem será fantástica. E faremos muitas coisas divertidas em Nova York, e veremos minha antiga casa em Newport. — Por razões diferentes, estava tão nervosa quanto Brigitte. Não estava preocupada com a possibilidade de o navio afundar naquela viagem, principalmente em tempos de paz, mas seria a primeira vez que iria para Nova York em dez anos. Estava ansiosa para saber como seria e por ter de enfrentar os fantasmas e traumas que havia deixado para trás. Acabara concordando com Lady Winshire. Consuelo tinha o direito de conhecer sua história e aprender mais sobre sua origem, assim como havia feito com a família Winshire. E Annabelle não podia esconder isso da filha para sempre. Demorara muito para voltar. A guerra havia sido uma boa desculpa, mas não por muito tempo, depois vieram os estudos. Mas a guerra havia acabado há quase sete anos, praticamente o tempo que Consuelo tinha de vida. Era muito tempo. Mas ela não precisava ouvir os detalhes do naufrágio do *Titanic*, cortesia de Brigitte, com direito a gritos agonizantes na água. Não, ela não queria, muitíssimo obrigada. E foi o que lhe disse com clareza quando Consuelo se afastou para brincar com o cachorro de alguém. Havia muitos passageiros no navio. E crianças com as quais Consuelo poderia brincar.

Pediu a Brigitte para desfazer as malas, mantendo-a ocupada, e levou Consuelo para ver a piscina, o espetacular salão de jantar, as salas de jogos e o canil no outro convés. Haviam deixado a *pug* em casa com Hélène, que a adorava. Consuelo lhe dera o nome de Coco.

Quando o navio deixou o porto, as três ficaram no convés e observaram a França desaparecer de vista lentamente. Consuelo estava implorando para jogar *shuffleboard*, então Annabelle lhe prometeu que brincariam à tarde. E, naquela noite, ela e a mãe jantaram no suntuoso salão de jantar. Aquela era uma viagem muito diferente da que Annabelle fizera para a Europa dez anos antes, quando raramente deixava a cabine e não fazia ideia do que o futuro lhe reservava quando chegasse ao destino. Tudo o que Annabelle queria então era fugir das pessoas que a desprezavam em Nova York. E agora, enfim, dez anos depois, estava voltando aos Estados Unidos.

Tudo transcorria perfeitamente, até que, no terceiro dia, Annabelle viu um casal de idade parado perto do *shuffleboard*, com um casal mais jovem que obviamente eram a filha e o genro. Estavam olhando para Annabelle, que fingiu não reconhecê-los quando passou por eles com Consuelo. Ela logo começou uma conversa animada com a filha, então não precisou admitir que os reconhecera de imediato. Eram conhecidos de seus pais. Quando ela e Consuelo passaram, ouviu a senhora falar com o marido, com uma voz baixa, que foi projetada com clareza pelo convés.

— ... casada com Josiah Millbank... não lembra?... filha de Arthur Worthington... um escândalo pavoroso... ela tinha um caso e ele pediu o divórcio... ela fugiu com outro homem para a França... — Então era isso o que pensavam dela, percebeu Annabelle, estremecendo. E eles ainda se lembravam da história. Imaginou que todos também se lembrariam. Havia sido mesmo uma sentença eterna, da qual nunca seria libertada ou perdoada. Seria uma adúltera para sempre.

Chocava-a perceber que certas pessoas pensavam que havia ido para a França com um homem. Só de ouvir, queria correr para o quarto e se esconder. E então ela se lembrou das palavras de Lady Winshire: "Mantenha a cabeça erguida, Annabelle. Você é uma mulher livre. Não ligue para eles." Ao pensar nisso, percebeu que Lady Winshire estava certa, até certo ponto. Ela se importava com aquilo, pois não queria ser uma pária, odiava os rótulos que haviam lhe atribuído... adúltera era o pior deles... mas Annabelle não era adúltera e jamais seria. Havia sido fiel ao marido, fora uma mulher virtuosa na época, e ainda o era. Nada havia mudado, independentemente se ela fosse divorciada ou não. E depois de tantos anos, o que eles tinham a ver com a vida dela? Ninguém ficou do seu lado para apoiá-la, consolá-la ou abraçá-la pelas perdas que sofreu. Do contrário, sua vida talvez tivesse sido diferente. Mas, por outro lado, ela nunca teria ido para a Europa, se tornado médica, nem teria Consuelo ao seu lado. Então, no final, ela era a vitoriosa.

Retornando de outra visita ao canil, onde admiraram um adorável *pug* preto, Annabelle passou por eles novamente, segurando a mão de Consuelo. E desta vez olhou a mulher nos olhos, reconhecendo-a com um aceno de cabeça. Annabelle estava usando um sofisticado chapéu em forma de sino que combinava com o conjunto de seda cinzento que havia comprado para a viagem, e estava muito elegante, não era mais uma americana, e sim uma francesa. No momento em que Annabelle a cumprimentou, a mulher se aproximou depressa com um grande e falso sorriso, jorrando palavras de saudação.

— Minha nossa, Annabelle, é você? Depois de todos esses anos! Como está? E que menininha linha. Deve ser sua filha, parece muito com você... seu marido está a bordo?

— Não — disse Annabelle, apertando educadamente as mãos do casal —, sou viúva. E esta é a minha filha, Consuelo Worthington-Winshire. — Consuelo fez uma educada mesura no vestido que escolhera para usar naquele dia, com luvas brancas e um chapéu.

— Ah... que graça... você deu a ela o nome da sua mãe. Uma mulher maravilhosa. Ainda está morando na França?

— Sim, em Paris — disse Annabelle, friamente.

— Nunca vem aos Estados Unidos? Não a vemos faz anos.

— Esta é a primeira vez que volto desde que parti. — Porque pessoas de duas caras como você, quis dizer, que nunca deixam os rumores morrerem, haviam lhe colocado rótulos e jamais permitiam que ninguém os esquecesse.

— É difícil de acreditar. E o chalé em Newport?

— Vamos ficar algumas semanas lá. Quero que Consuelo conheça o lugar. — A menina falava inglês com um leve sotaque francês, o que era uma gracinha. — E temos muito o que ver em Nova York, disse, sorrindo para a filha, quando já estavam se afastando. Ao menos a mulher havia conversado com ela. Já era algum progresso. Dez anos atrás, nem teria se aproximado. Teria simplesmente lhe virado as costas. Ao menos agora fingia ser agradável, apesar do que pensava de Annabelle ou dizia às suas costas.

— Talvez nos encontremos em Newport — disse a senhora, ainda curiosa, olhando para o conjunto e o chapéu caros de Annabelle e o bonito vestido de Consuelo. — O que faz em Paris? — perguntou, sendo intrometida, claramente querendo saber mais detalhes da vida de Annabelle, para poder fofocar quando voltasse. Estava escrito na testa dela. Também havia notado a bela esmeralda que Lady Winshire lhe dera e a aliança de casamento que Annabelle ainda usava. Era a que havia comprado para si mesma, antes de Consuelo nascer, e ela nunca tirava, era apenas um anel fino de ouro.

— Sou médica — disse Annabelle, sorrindo, lembrando-se novamente das palavras de Lady Winshire. Dessa vez, quase riu. Aquelas pessoas eram tão pequenas e insignificantes, tão mesquinhas, uns abutres, procurando coisas brilhantes no lixo para carregá-las para os outros, ou trocá-las pela reputação de pessoas de bem, que valiam dez vezes mais do que elas.

— *Médica?* Que *impressionante*! — Os olhos da mulher quase pularam das órbitas. — Como foi que conseguiu isso?

Annabelle lhe sorriu com benevolência.

— Fui para uma escola de medicina na França, depois que meu marido morreu.

— Ele era médico também?

— Não — disse simplesmente. O marido que havia morrido não existia. — O pai de Consuelo era o visconde Winshire. Foi morto na guerra, em Ypres. — Tudo isso era verdade. Ela não mentiu a respeito do pai de Consuelo. E não era da conta daquela mulher, e nunca seria, que nunca tivessem se casado. Isso não diminuía suas conquistas, nem o bem que fizera ao mundo.

— Claro — disse a mulher, fungando, mais impressionada do que queria admitir, mas mal podia esperar que Annabelle se afastasse para poder contar à filha, que Annabelle mal reconheceu por estar tão gorda e por ter convivido pouco com ela antes de partir. Ela estava jogando *shuffleboard* com os amigos.

Logo depois, Annabelle e Consuelo se afastaram.

— Quem era? — perguntou a filha, curiosa.

— Uma pessoa que meus pais conheciam em Nova York — disse ela, sentindo-se melhor do que há muito tempo. Antoine a atingira fundo. E aqueles que vieram antes dele também haviam cobrado seu preço. Mas, de repente, todos pareciam estar perdendo o efeito sobre ela.

— Ela tem olhos maldosos — disse Consuelo com sabedoria, fazendo a mãe rir.

— Sim, tem mesmo. E uma boca maldosa. Eu conheci muita gente como ela.

— Todos em Nova York são assim? — perguntou Consuelo, preocupada.

— Espero que não — disse Annabelle, sorrindo. — Mas não vamos lá por causa deles. Estamos indo por nós. — E também não estava mais disposta a ficar afastada e escondida de ninguém. Eles não eram donos de Newport nem de Nova York. Ela agora tinha seu próprio mundo, com sua vida em Paris, seus pacientes, sua profissão e sua filha. A única coisa que faltava era um homem, mas se tinha de ser menosprezada, humilhada e "perdoada" por homens como Antoine, que não acreditara nela e a desrespeitara, era melhor ficar sozinha. Estava bem assim.

270

A travessia transcorreu tranquilamente. Foi uma viagem adorável. Annabelle e Consuelo faziam as refeições juntas no salão de jantar todas as noites, e, quando o capitão as convidou para jantar em sua mesa certa vez, Annabelle declinou do convite com educação. Preferia jantar com a filha a suportar as idiotices e hipocrisias de pessoas como os amigos de seus pais que encontrara a bordo.

Quando avançaram pelo porto de Nova York, com o auxílio de rebocadores, Annabelle sentiu um nó na garganta ao ver a Estátua da Liberdade, orgulhosamente de pé com sua tocha erguida. Foi um momento emocionante, era como se a estátua estivesse à espera delas. Annabelle mostrou o hospital de Ellis Island para a filha e explicou o que havia feito lá antes de ser médica, o que na época era um sonho impossível.

— Por que, mamãe? Por que não podia ser médica aqui? — A menina não entendia. Para ela, a mãe ser médica era a coisa mais natural do mundo. Queria ser médica também, e talvez um dia fosse.

— Porque não era muito comum para as mulheres. E ainda não é. As pessoas acham que as mulheres devem casar, ter filhos e ficar em casa.

— Não podem fazer as duas coisas? — Consuelo a fitou com uma expressão intrigada.

— Acho que sim — respondeu, olhando novamente para a Estátua da Liberdade. Era um lembrete de que a luz da liberdade nunca se apagava. Mesmo quando você fecha os olhos, ela ainda está lá, iluminando o caminho de todos, homens, mulheres, ricos e pobres. A liberdade pertencia a todos, e agora pertencia a Annabelle também.

Consuelo parecia pensativa.

— Se fosse casada com Antoine, ou alguém como ele, você deixaria de ser médica?

— Não, não deixaria. — Ela não fez nenhum comentário sobre Antoine, que havia chamado sua filha de bastarda. Nunca o perdoaria por isso. E não fora capaz de perdoá-lo pelo resto.

Quando pararam no cais e passaram pela alfândega, encontraram dois táxis que as conduziram com suas bagagens ao Plaza Hotel, que tinha uma ótima vista para o Central Park e ficava a pouca distância de sua antiga casa. Annabelle estava chocada com o quanto Nova York havia mudado, com o número de prédios novos e a multidão de pessoas nas ruas. Consuelo estava fascinada, e, logo que se acomodaram e almoçaram, ela e a mãe saíram a pé para explorar a cidade.

Era inevitável que fossem à sua antiga casa primeiro. Annabelle não conseguiu resistir. Precisava vê-la. Estava em bom estado, embora as venezianas estivessem fechadas e a casa parecesse vazia. Supôs que os novos donos estavam viajando para aproveitar o verão. Annabelle ficou parada ali por um longo tempo, com a filha segurando-lhe a mão.

— É onde eu vivia quando era menina. — Ela quase falou "até eu me casar", mas se conteve. Nunca falou de Josiah para Consuelo, embora soubesse que teria de contar à filha um dia.

— Deve ter sido muito triste quando seu papai e seu irmão morreram — disse a menina, solene, como se estivesse visitando seus túmulos, o que de certa forma era verdade. Era também o de sua mãe. Ela havia morrido naquela casa. E Annabelle havia nascido ali.

— Sua avó Consuelo vivia aqui também.

— Ela era boa? — perguntou a menina, interessada, e sua mãe sorriu.

— Muito. E era bonita, assim como você. Era uma pessoa maravilhosa e gentil. E eu a amava muito.

— Deve sentir muita saudade dela também — murmurou Consuelo.

— Sim, sinto sim. — Parada ali, Annabelle lembrou-se da manhã em que descobriu que o *Titanic* havia afundado e do dia em que a mãe morreu. Mas se lembrou dos momentos felizes que vivera naquela casa também. De sua infância, de quando tudo era tão simples e fácil. Teve uma vida boa, com pessoas amorosas que a protegiam de todo o mal. E, nos últimos anos, havia pagado suas dívidas por tudo o que tinha conquistado.

Afastaram-se devagar, e Annabelle levou Consuelo para ver outros marcos de sua história. Contou-lhe sobre seu baile de debutante, e as duas visitaram o banco da família, onde Annabelle apresentou Consuelo ao gerente e a vários funcionários que ela conhecia. Consuelo fazia mesuras educadas e cumprimentava todos. No fim da tarde, voltaram para o Palm Court do Plaza para o chá. Foi muito impressionante, e viram mulheres elegantes, ricamente vestidas, ostentando chapéus e joias extravagantes, conversando e desfrutando da hora do chá sob a imensa claraboia.

Consuelo adorou Nova York, e Annabelle se sentia mais feliz do que imaginava. Era bom estar de volta, e estava sendo divertido mostrar tudo à filha. Lady Winshire tinha razão, era um pedaço de sua própria história e da história da filha, e era importante para Consuelo ver onde a mãe havia crescido. Ficaram em Nova York por uma semana, e Annabelle não encontrou nenhum conhecido. Não havia uma única alma que quisesse ver. Ao fim da semana, estava ansiosa para chegar a Newport e ao chalé. Sabia que Consuelo o adoraria, assim como ela própria o adorava quando criança. Independentemente da vida social — tão essencial aos residentes —, o oceano, a praia e toda a beleza natural do lugar eram muito mais atraentes que os chalés — tão vitais aos seus proprietários e a todos os que os conheciam.

Fizeram o *check-out* no Plaza e pegaram o trem para Boston. O antigo mordomo de seus pais, William, estava esperando por elas na estação, com um dos antigos carros que ainda mantinham em Newport. Ele começou a chorar no momento que viu Annabelle, e curvou-se para falar com Consuelo, que estava muito impressionada com o quanto ele era velho e o quanto era respeitoso com ela. E sentiu tanto por ele quando começou a chorar que ficou na ponta dos pés para beijá-lo. Tanto William quanto Annabelle estavam com os olhos marejados quando se cumprimentaram. Os criados sabiam de Consuelo pelas cartas que Annabelle mandava para Blanche, mas não estava claro quem era o pai da criança ou quando o casamento havia acontecido. Pelo que puderam entender, ele havia morrido logo após ter se casado com Annabelle. William olhou para Consuelo com os olhos cheios de lágrimas e expressão nostálgica.

— Ela se parece muito com você quando tinha essa idade. E tem um pouquinho da sua mãe. — Ele ajudou-as a se acomodarem no carro, depois partiram para a viagem de sete horas até Newport, com Consuelo observando e comentando sobre tudo ao longo do caminho. William lhe explicava cada detalhe. E também ali Annabelle descobriu que muita coisa havia mudado, embora não Newport em si. Quando entraram na cidade, esta parecia tão venerável quanto antes. E os olhos de Consuelo se arregalaram quando viu o chalé e a vasta extensão de terra no qual se localizava. Era uma propriedade imponente, em perfeitas condições.

— É quase tão grande quanto a casa da vovó na Inglaterra — disse Consuelo, maravilhada com a enorme propriedade, fazendo a mãe sorrir. O chalé estava exatamente como ela se lembrava, e lhe trouxe de volta sua própria infância com uma súbita pontada.

— Não exatamente — garantiu-lhe Annabelle. — A casa da sua avó é maior. Mas eu tive verões maravilhosos aqui. — Inclusive o último. Voltar àquele lugar trazia muitas lembranças de Josiah e do terrível fim de seu casamento. Mas a fazia pensar também no começo feliz, quando era jovem e cheia de esperança. Agora estava com 32 anos, e muita coisa havia mudado. Mas ainda lhe parecia seu lar.

Tão logo o carro parou, Blanche e os outros saíram correndo do chalé. Ela abraçou Annabelle e não conseguiu parar de chorar. Estava bem mais velha, e, quando viu Consuelo, a abraçou também. E, assim como William, disse a Annabelle que a filha era a cara dela.

— E agora você é médica! — Blanche ainda não conseguia acreditar. Era mais surpreendente ainda que finalmente tivesse voltado para casa. Achavam que isso jamais aconteceria. E tiveram muitíssimo medo de que ela vendesse a casa. Era a casa deles também. E haviam mantido tudo em condições impecáveis. Era como se ela tivesse partido no dia anterior, não dez anos antes. Aqueles dez anos pareciam uma vida inteira, porém, quando reviu a casa, o tempo desde a última vez que estivera ali pareceu se reduzir a nada.

A lembrança fez com que Annabelle sentisse saudade da mãe novamente, principalmente quando passou por seu quarto. Ela ficaria em um dos quartos de visita e dera para Consuelo e Brigitte seu antigo quarto de criança para que a filha pudesse brincar. Mas, na maior parte do tempo, a filha aproveitaria o ar livre, assim como Annabelle fazia naquela idade. Mal podia esperar para levar Consuelo para nadar, o que fizeram naquela tarde.

Annabelle lhe contou que havia aprendido a nadar ali, assim como Consuelo aprendera em Nice e Antibes.

— A água aqui é mais fria — comentou Consuelo, mas ela gostou assim mesmo. Adorou brincar nas ondas e passear pela praia.

Mais tarde naquele dia, quando voltaram para casa, Annabelle deixou a filha com Brigitte. Queria dar um passeio sozinha. Havia algumas recordações que não queria dividir. Estava justamente saindo de casa quando Consuelo desceu correndo a escada para ir com ela, e Annabelle não teve coragem de dizer não à filha. Ela estava tão feliz ali, descobrindo o antigo mundo da mãe, que era tão diferente daquele em que viviam agora, com a casa minúscula e confortável no 16º *arrondissement*. Tudo em seu velho mundo agora lhe parecia imenso, assim como parecia para a filha.

A casa que ela queria ver não era longe e, quando chegou lá, viu que as árvores estavam malcuidadas e as venezianas, fechadas. Estava abandonada. Blanche lhe dissera que fora vendida havia dois anos, mas achava que ninguém vivia lá e que não era usada havia uma década. Parecia deserta. Era a velha casa de Josiah, onde havia passado seus verões quando casada, e onde ele e Henry continuaram com o romance, mas Annabelle não pensava nisso agora. Só pensava nele. E Consuelo pôde notar que a casa havia

275

sido importante para a mãe também, embora fosse pequena e escura, e parecesse triste.

— Você conhecia as pessoas que viviam aqui, mamãe?

— Sim, conhecia — murmurou Annabelle. Pôde quase senti-lo perto dela ao pronunciar as palavras, e esperava que Josiah agora estivesse em paz. Há muito tempo ela o havia perdoado. Não restava mais nada a perdoar. Ele tinha feito o melhor que pôde, e a amara do seu próprio modo. E ela o amara também. Não existia o desapontamento que experimentou com Antoine mais recentemente. As cicatrizes do que acontecera com Josiah haviam se apagado há muito tempo.

— As pessoas morreram? — perguntou Consuelo, triste. Parecia que sim, a julgar pela condição da casa.

— Sim, morreram.

— Um bom amigo? — Consuelo estava curiosa porque a mãe parecia muito distante e abalada. E Annabelle hesitou por longos segundos. Talvez fosse a hora. Não queria mentir sobre sua história para sempre. A mentira de que havia sido casada com o pai de Consuelo bastava, e um dia ela lhe contaria a verdade sobre aquilo também, não que havia sido violentada, mas que eles nunca tinham sido casados. Agora que Lady Winshire a reconhecera, não seria tão pesado, mesmo que ainda fosse difícil de explicar.

— Esta casa pertenceu a um homem chamado Josiah Millbank — murmurou ela, enquanto espiavam o jardim. Estava malcuidado, e parecia completamente abandonado, o que era verdade. — Fui casada com ele. Nós nos casamos aqui em Newport quando eu tinha 19 anos. — Consuelo a fitou com olhos arregalados, quando estavam sentadas num velho tronco de árvore. — Eu fui casada com ele por dois anos, e ele era um homem maravilhoso. Eu o amei demais. — Ela queria que Consuelo também soubesse dessa parte, não apenas o que dera errado.

— O que aconteceu com ele? — perguntou Consuelo, falando baixinho. Muitas pessoas haviam morrido na vida da mãe. Todas haviam partido.

— Ele ficou muito doente e decidiu que não queria mais ficar casado comigo. Achou que não seria justo comigo, pois estava muito doente. Então ele foi para o México, e se divorciou de mim, o que significa que ele terminou com nosso casamento.

— Mas você não quis ficar com ele, mesmo ele estando muito doente, para cuidar dele? — Ela parecia chocada, e Annabelle sorriu enquanto assentia.

— Sim, quis. Mas não era o que ele queria. Ele pensava que estava me fazendo uma coisa boa, porque eu era muito jovem. Ele era bem mais velho. Velho o bastante para ser meu pai. E ele achava que eu devia me casar com outro homem que não fosse doente e ter muitos filhos.

— Como meu pai — disse ela com orgulho, mas uma nuvem passou por seus olhos. — Mas depois ele morreu também. — Era tudo muito triste, e fez com que ela percebesse, mesmo aos 7 anos, tudo o que sua mãe havia sofrido, apesar de agora estar inteira, viva e de até ter conseguido se tornar médica.

— De qualquer forma, ele se divorciou de mim e foi para o México. — Ela não falou sobre Henry. Consuelo não precisava saber. — E todos aqui ficaram muito chocados. Pensaram que ele havia se divorciado de mim porque eu havia feito algo errado. Ele nunca contou para ninguém que estava doente, nem eu. Então pensaram que eu tinha feito algo terrível, e fiquei muito triste. Fui para a França e comecei a cuidar dos feridos de guerra. E depois conheci seu pai e tive você. E todos viveram felizes para sempre — disse ela com um sorriso, segurando a mão de Consuelo. Era uma versão bem editada, mas era tudo o que Consuelo precisava saber. E seu casamento com Josiah não era mais um segredo. Parecia melhor assim. Não queria guardar segredos da filha, nem contar mentiras para encobri-los. E ela havia sido justa com Josiah na história. Sempre fora.

— Mas por que todo o mundo foi malvado com você quando ele foi embora? — Aquilo parecia horrível para Consuelo, e muito injusto com a mãe.

277

— Porque não entediam. Eles não sabiam o que realmente tinha acontecido. Então contaram histórias ruins sobre isso e sobre mim.

— Por que você não contou a verdade? — Aquela parte não fazia nenhum sentido para ela.

— Ele não queria que eu contasse. Ele não queria que ninguém soubesse que estava doente. — Nem o porquê, o que era muito mais compreensível. Sem mencionar a parte de Henry Orson.

— Isso foi bobagem dele — disse Consuelo, olhando por cima do ombro para a casa vazia.

— Sim, foi.

— Você o viu de novo?

Annabelle meneou a cabeça.

— Não. Ele morreu no México. Eu já estava na França.

— As pessoas sabem a verdade agora? — perguntou Consuelo, parecendo pensativa. Não gostou nem um pouco daquela parte da história, quando foram ruins com sua mãe. Ela devia ter ficado muito triste na época. Ela parecia triste só por falar agora.

— Não, não sabem. Já passou muito tempo — respondeu Annabelle.

— Obrigada por me contar, mamãe — disse Consuelo, orgulhosa.

— Eu iria contar para você um dia, quando fosse mais velha.

— Lamento que tenham sido ruins com você — murmurou. — Espero que não sejam mais assim. — O único que havia agido assim recentemente fora Antoine. Ele não fora apenas ruim, mas cruel. Havia sido a pior traição de todas, e aquilo reabrira velhas feridas. Falar com Lady Winshire sobre isso a ajudara. Naquele momento via que pessoa pequena e mesquinha que Antoine realmente era, já que não podia amá-la, devido ao seu passado. Annabelle não teria feito o mesmo com ele. Era uma pessoa muito superior.

— Agora não importa. Eu tenho você — garantiu-lhe Annabelle, e aquilo era verdade. Consuelo era tudo de que ela precisava.

Elas se levantaram e voltaram para o chalé. E, nas três semanas seguintes, elas brincaram, nadaram e fizeram todas as coisas que Annabelle tanto amava fazer quando era criança.

Na última semana, levou Consuelo ao Newport Country Club para almoçar. Era uma das poucas coisas de gente grande que haviam feito. Fora isso, Annabelle tinha evitado todos os lugares onde poderia encontrar velhos amigos. Mas, desta vez, decidiram sair, o que foi muita coragem da parte dela.

E justo quando estavam saindo de lá, Annabelle viu uma mulher corpulenta se dirigir ao restaurante. Estava irritada, com o rosto vermelho, e havia uma babá com ela. Guiava seis criancinhas e carregava um bebê no colo. Estava brigando com uma das crianças e seu chapéu estava torto. E foi apenas quando estavam a pouca distância uma da outra que Annabelle viu que era sua velha amiga Hortie. As duas ficaram chocadas e pararam onde estavam, olhando uma para a outra.

— Ah... o que *você* está fazendo aqui? — perguntou Hortie, como se aquele não fosse lugar para Annabelle. E depois tentou encobrir o momento desconfortável com um sorriso nervoso. Consuelo franziu o cenho, examinando-a. Hortie nem a notara, apenas encarava Annabelle como se tivesse visto um fantasma.

— Estou aqui com minha filha para uma visita. — Annabelle sorriu para Hortie, lamentando por ela. — Vejo que a fábrica de bebês ainda está ativa — provocou. Hortie revirou os olhos e gemeu, e, por um instante, pareceu a amiga que Annabelle tanto amou e que jamais teria abandonado.

— Está casada novamente? — perguntou Hortie, curiosa, olhando em seguida para Consuelo.

— Viúva.

— E ela é médica — anunciou Consuelo com orgulho, fazendo as duas mulheres rirem.

— É verdade? — Hortie olhou para Annabelle, impressionada, mas sabia que Annabelle amava qualquer coisa relacionada à medicina quando era moça.

— Sou, sim. Nós moramos em Paris.

— Foi o que ouvi falar. Disseram que você foi uma espécie de heroína na guerra.

Annabelle riu.

— Dificilmente. Eu era socorrista e dirigia ambulâncias até os hospitais de campanha para resgatar homens feridos. Não há nada de muito heroico nisso.

— A mim parece heroico — disse Hortie, rodeada por seu bando de crianças, enquanto a babá tentava mantê-los sob controle, com pouco sucesso. Hortie não se desculpou pela traição nem disse que sentia falta dela, mas era possível enxergar isso em seus olhos. — Vai ficar por um tempo? — perguntou, esperançosa.

— Mais alguns dias.

Mas Hortie não a convidou para ir à sua casa, tampouco disse que passaria pelo chalé dos Worthingtons. Sabia que James jamais permitiria isso. Ele achava que Annabelle seria má influência. Divorciadas e adúlteras não eram bem-vindas em seu lar, embora as histórias sobre ele fossem bem piores.

Por um minuto, Annabelle quis dizer que havia sentido falta dela, mas não ousou. Era tarde demais para as duas. E vê-la deixou Annabelle triste. Hortie parecia balofa, cansada e sobrecarregada, e não estava envelhecendo bem. A moça bonita de anos atrás havia desaparecido para dar lugar a uma mulher de meia-idade com uma penca de crianças, que dera as costas à melhor amiga. Annabelle sempre sentiria falta dela. Reencontrá-la foi como ver um fantasma. Elas se despediram sem se abraçarem, e Annabelle não falou nada quando saíram do restaurante.

Consuelo também não disse nada até estarem no carro a caminho de casa, quando se virou para a mãe e falou baixinho.

— Essa é uma das pessoas que falaram coisas ruins de você?

— Mais ou menos. Ela era minha melhor amiga quando éramos mais novas. As pessoas às vezes fazem coisas tolas — disse Annabelle, sorrindo para a filha. — Éramos como irmãs quando tínhamos a sua idade, e mesmo depois de crescidas.

— Ela é feia — disse Consuelo, cruzando os braços e fazendo cara feia. Estava zangada em defesa da mãe. — E gorda. — Annabelle riu.

— Ela era muito bonita quando era menina. Teve muitos filhos.

— São feios também e fazem muita bagunça — disse Consuelo em desaprovação, aninhando-se na mãe.

— Isso é verdade — comentou Annabelle. Hortie nunca fora capaz de controlar os filhos, mesmo quando só tinha um ou dois. Parecia que James a mantinha grávida deste então.

O resto dos dias delas em Newport foi tudo o que as duas esperavam. Soou como boas-vindas para Annabelle, algo que lhe aqueceu o coração. Enquanto faziam as malas para partir, Consuelo perguntou à mãe se poderiam voltar. Annabelle andava pensando a mesma coisa, e ficou feliz por não ter vendido a casa. Mais uma vez, Lady Winshire estava certa. Tinha razão sobre muitas coisas. E sua esmeralda nunca saía da mão de Annabelle. Era um presente que apreciava, particularmente agora que eram amigas.

— Eu estava pensando que seria bom voltarmos em todos os verões para passarmos algumas semanas. Talvez um mês. O que acha? — perguntou a Consuelo, enquanto Brigitte fechava as malas da menina.

— Eu iria gostar. — Consuelo abriu um grande sorriso.

— Eu também. — Aquilo manteria sua ligação com os Estados Unidos e estabeleceria um laço da filha com o país também. Com o tempo, tudo sarava. Havia entendido isso enquanto estava ali. Mesmo que falassem sobre ela e se lembrassem do escândalo de anos atrás, se você se mantém firme, as pessoas esquecem. Ou ao menos os rótulos feios desbotam o bastante para que as pessoas não se importem em lê-los com a mesma frequência. Aquilo já não lhe importava tanto agora. E muita coisa havia acontecido desde então. Ela agora tinha uma vida nova em outro lugar, um lar, uma profissão e uma filha que tanto amava. Mas também sentia que uma antiga parte dela lhe fora devolvida. E era uma parte de uma velha vida da qual sentia falta.

William as levou de carro de volta para Boston, onde pegaram o trem para Nova York. Estavam planejando passar apenas dois dias lá na volta e fazer as poucas coisas que deixaram de fazer na chegada.

— Cuide-se, Srta. Annabelle — disse William com lágrimas nos olhos outra vez. — Retorna em breve? — Todos viram que ela havia se divertido. Houve momentos, na praia, ou correndo pelo gramado com Consuelo, em que ela mesma parecia uma menina.

— No próximo verão. Prometo. — As despedidas com Blanche também foram cheias de lágrimas, mas ela lhe fizera a mesma promessa.

William abraçou e beijou Consuelo e Annabelle, que ficou acenando da plataforma enquanto conseguia vê-lo.

E então mãe e filha se acomodaram na cabine para a viagem a Nova York. Haviam se divertido muito em Newport. A viagem havia superado todas as expectativas de Annabelle.

Capítulo 27

Os últimos dois dias em Nova York foram agitados mas divertidos. Annabelle levou Consuelo ao teatro para assistir a um musical, que ela adorou. Jantaram no Sardi's e no Waldorf Astoria, em grande estilo. Passearam de balsa ao redor de Manhattan, e Annabelle mostrou o hospital de Ellis Island para a filha outra vez e contou mais a respeito. E, na última tarde, passaram por sua antiga casa outra vez, só para dizer adeus. Annabelle ficou parada ali por um bom tempo, prestando tributo à casa e a todos que haviam vivido ali, até à parte inocente de si mesma que havia sido perdida. Ela já não tinha mais nada em comum com a garota que havia sido. Ela tinha crescido.

Ela e Consuelo se afastaram em silêncio, de mãos dadas. A filha havia aprendido muito sobre a mãe naquela viagem, sobre os avós e sobre seu tio Robert, e até sobre alguns amigos da mãe. Não havia gostado da amiga de Newport, aquela cheia de filhos. Odiou saber que ela havia sido má com sua mãe, deixando-a triste. E lamentava pelo homem que havia morrido no México. Podia ver que a mãe gostava dele.

Na volta, Brigitte estava ligeiramente menos nervosa quando embarcaram no *Mauretania*. O navio lhe parecera tão confortável e luxuoso na vinda que ela havia se acalmado consideravelmente. Foi uma sensação estranha para Annabelle passar pelos velhos píeres da White Star e da Cunard. Lembrou-se, de repente, de quando foi buscar a mãe, 13 anos atrás, depois do naufrágio do *Titanic*. Mas não mencionou isso à filha, muito menos a Brigitte, que, de qualquer forma, trouxe o assunto à tona. Annabelle olhou para ela com cara feia, então ela se calou.

Sentiu que estava deixando um pedaço do coração para trás quando passaram pela Estátua da Liberdade outra vez. Não se sentia assim tão presa ao país havia muito tempo, e era confortante saber que estariam de volta no verão seguinte. Consuelo falava sobre isso constantemente em Nova York. Havia adorado o chalé e mal podia esperar para voltar.

Não conheciam ninguém no navio desta vez; Annabelle havia conferido a lista de passageiros. Não tinha nada a temer. Havia enfrentado Newport e Nova York sem incidentes, e não possuía mais segredos para esconder. E mesmo que alguém descobrisse sobre seu passado, o que poderiam fazer com ela? Não poderiam tomar sua casa, sua vida, seu trabalho, sua filha. Tudo o que poderiam fazer era falar sobre ela, mas já havia passado por isso antes. Eles não possuíam nada que ela quisesse. Até a dolorosa traição de Hortie havia encolhido de tamanho quando Annabelle a encontrou. Todas as pessoas que antes a haviam ferido tanto naquele momento eram passado e não representavam mais nada para ela. Não poderiam tirar nada dela. Annabelle possuía sua própria vida, e era uma vida boa.

Annabelle e Consuelo visitaram o canil outra vez, como fizeram na viagem de ida. Não havia *pugs* daquela vez, mas vários pequineses e *poodles*. Consuelo sentia falta de Coco, sua *pug*, e mal podia esperar para revê-la. A mãe lhe prometera um fim de semana em Deauville quando estivessem em casa. Mesmo o impacto de Antoine amortecera durante a viagem. Ele era um homenzinho tacanho, que vivia num mundo minúsculo, cheio de gente com ideias estreitas. Não havia espaço para ela naquele mundo. E não havia espaço para ele no mundo dela.

Estavam voltando do canil e pararam na amurada para admirar o mar. O longo cabelo loiro de Consuelo balançava com a brisa, e o chapéu de Annabelle voou de sua cabeça e saiu rolando pelo convés, enquanto elas corriam atrás dele, rindo. O cabelo de Consuelo era tão loiro quanto o da mãe, e o chapéu, enfim, parou aos pés de um homem que o apanhou e o devolveu à dona com um grande sorriso.

— Obrigada — agradeceu Annabelle, sem fôlego, com um sorriso infantil. O chapéu lhes rendeu uma perseguição animada. Seu rosto estava bronzeado do sol de Rhode Island. Ela recolocou o chapéu, num ângulo ligeiramente inclinado.

— Acho que vai voar de novo — advertiu o homem. Ela então tirou o chapéu e Consuelo começou a conversar com o homem.

— Meu avô e meu tio morreram no *Titanic* — anunciou ela, puxando assunto, e ele a fitou com seriedade.

— Lamento muito por ouvir isso. Meus avós também. Talvez tenham se conhecido. — Era uma possibilidade intrigante. — Isso foi há muito tempo. Antes de você nascer, eu acho.

— Tenho 7 anos — disse ela, confirmando. — E tenho o nome da mãe da minha mãe. Ela morreu também. — Ele tentou não rir da conversa, pois parecia que sua família havia sido dizimada. — E o meu pai — acrescentou ela, como que para confirmar. — Ele morreu antes de eu nascer, na guerra.

— Consuelo! — Annabelle a repreendeu, espantada. Nunca a ouvira dar tantas informações, e esperava que não fizesse isso com frequência. — Lamento — dirigiu-se ao homem que lhe devolveu o chapéu. — Não pretendíamos lhe dar nossa lista de falecimentos. — Ela estava sorrindo para ele, que sorriu de volta.

— Você deve saber que sou um jornalista — falou ele com Consuelo, gentilmente.

— O que é isso? — Ela estava interessada no que ele tinha a dizer.

— Eu escrevo para jornais. Ou, na verdade, publico um. O *International Herald Tribune*, em Paris. Mas não precisa lê-lo enquanto não for mais velha. — Ele sorriu para as duas novamente.

— Minha mãe é médica. — Ela estava conduzindo a conversa inteiramente por conta própria, enquanto Annabelle ficava ligeiramente embaraçada.

— Verdade? — perguntou ele, interessado, e apresentou-se, dizendo que seu nome era Callam McAffrey, natural de Boston, radicado em Paris.

Annabelle apresentou-se também, e Consuelo comentou que moravam em Paris também, no 16º *arrondissement*. Callam disse que morava na rue de l'Université, na Rive Gauche. Era perto da faculdade de Belas-Artes; Annabelle conhecia bem a área.

Ele as convidou para o chá, mas Annabelle disse que precisavam voltar à cabine para se arrumarem para o jantar. Callam sorriu enquanto as duas se afastavam. Achou a menininha adorável, e a mãe, muito bonita. Não combinava com a visão que tinha de uma médica. Havia entrevistado Elsie Inglis vários anos antes, mas Annabelle em nada se parecia com ela, para dizer o mínimo. Achou divertida a sinceridade da filha com as informações da família, para a consternação da mãe.

Ele as viu no salão de jantar naquela noite, mas não se aproximou. Não queria se intrometer. Mas notou Annabelle sozinha no convés no dia seguinte, andando com tranquilidade. Consuelo havia ido nadar com Brigitte. E, desta vez, Annabelle usava um chapéu amarrado ao queixo.

— Vejo que prendeu seu chapéu agora — comentou, sorrindo, ao parar por um instante junto dela na amurada. Annabelle se virou para ele com um sorriso.

— Está ventando mais agora que no mês passado, quando viemos. — Era fim de julho.

— Adoro essas travessias — comentou ele —, apesar de nossas respectivas perdas no mar e das tragédias pessoais. Isso nos dá chance de respirar, entre duas vidas e dois mundos. É bom ter um tempo livre para fazer isso de vez em quando. Ficou em Nova York esse tempo todo? — perguntou, interessado. Era agradável conversar com ele.

— Uma parte do tempo. Estive em Newport nas últimas semanas. Callam sorriu.

— Eu estava em Cape Cod. Tento voltar em todos os verões. Remete-me à minha infância.

— Esta foi a primeira visita da minha filha.

— O que ela achou?

— Ela adorou. Quer voltar em todos os verões. — E então ela deixou escapar um pouquinho de informação sobre si mesma. — Fazia dez anos que eu não voltava.

— A Newport? — Aquilo não o surpreendeu.

— Aos Estados Unidos. — Essa informação, sim.

— É um longo tempo. — Ele era um homem alto, magro e de cabelo grisalho, calorosos olhos castanhos e rosto de feições bonitas, por volta dos 40 anos. Parecia mais inteligente que bonito, embora sua aparência fosse respeitável. — Devia estar ocupada para ficar tanto tempo afastada. Ou chateada com alguma coisa — acrescentou ele, com o espírito de um bom jornalista, o que a fez rir.

— Não chateada. Apenas distante. Fiz minha vida na França. Fui ser voluntária no *front*, num hospital, e nunca voltei. Não senti falta dos Estados Unidos. Mas tenho de admitir, foi bom voltar para casa e mostrar antigos marcos para minha filha.

— É viúva? — perguntou ele. Era uma suposição fácil de se fazer, já que Consuelo dissera que o pai havia morrido, muito antes de seus 7 anos de vida. Annabelle começou a assentir, mas depois se deteve. Estava cansada de mentiras, especialmente aquelas que não precisava contar, para proteger alguém, ou mesmo a si mesma, de pessoas cruéis.

— Divorciada. — Ele não reagiu a isso, mas ficou intrigado. Para alguns, teria sido uma admissão impressionante. Mas Callam não pareceu se importar.

— Pensei que sua filha havia dito que o pai tinha morrido. — Annabelle o fitou por um longo instante e decidiu atirar a cautela ao vento. Não tinha nada a perder. Se ele ficasse chocado e se afastasse, não importaria se jamais o visse outra vez. Não conhecia o homem.

— Não fui casada com o pai dela. — Ela falou com calma, e de maneira firme. Era a primeira vez que contava isso a alguém. Nos círculos em que havia crescido, teria sido a causa imediata do fim da conversa e de um subsequente desprezo.

Callam não respondeu de imediato, mas depois assentiu, encarando-a com um sorriso.

— Se está esperando que eu desmaie ou pule do barco em vez de conversar com você, lamento desapontá-la. Sou repórter. Já ouvi muita coisa. E vivo na França. Parece ser uma ocorrência bem comum por lá, embora não admitam. Eles simplesmente têm filhos com as esposas dos outros. — Annabelle riu, e ele imaginou se este seria o caso e a causa do divórcio. Ela era uma mulher interessante. — Suspeito que aconteça com mais frequência do que sabemos ou queremos acreditar, mesmo nos Estados Unidos. As pessoas têm filhos com aqueles que amam, mas com quem não se casam. Desde que ninguém se machuque, quem sou eu para dizer que estão errados? Eu mesmo nunca me casei. — Callam era um homem de mente bastante aberta.

— Eu não o amava — acrescentou ela. — É uma longa história. Mas tudo ficou bem. Consuelo é a melhor coisa da minha vida. — Ele não fez comentários, mas parecia aceitar o que ela disse.

— Que tipo de médica você é?

— Uma das boas — respondeu Annabelle com um sorriso, e Callam riu em resposta.

— Presumo que seja. Quero saber sua especialidade. — Annabelle havia entendido a pergunta, mas gostou de brincar com ele. Era bom conversar com Callam. Ele era aberto, caloroso e amigável.

— Clínica geral.

— Exerceu a profissão no *front*? — Achava que ela não tinha idade suficiente para tanto.

— Como socorrista, depois de um ano na escola de medicina. Terminei o curso depois da guerra. — Parecia-lhe interessante que ela não quisesse exercer a profissão nos Estados Unidos, mas podia entender o motivo. Ele também amava Paris. Possuía uma vida muito mais rica ali do que a que levava em Nova York ou em Boston.

— Fui trabalhar como repórter na Grã-Bretanha no começo da guerra. E estou na Europa desde então. Vivi em Londres por dois anos depois da guerra, e há cinco moro em Paris. Acho que não conseguiria voltar a viver nos Estados Unidos. Minha vida é muito boa na Europa.

— Também não conseguiria voltar — concordou Annabelle. E não tinha nenhuma razão para isso. Sua vida agora era em Paris. Apenas sua história estava nos Estados Unidos, e seu chalé.

Conversaram um pouco mais, depois Annabelle foi procurar Consuelo e Brigitte na piscina. Elas o viram outra vez, quando saíam da sala de jantar depois de uma refeição adiantada. Callam estava entrando e perguntou se Annabelle não gostaria de tomar um drinque mais tarde. Ela hesitou, com Consuelo observando os dois, mas depois concordou. Marcaram de se encontrar no Verandah Café às nove e meia. Consuelo já estaria na cama, e ela, livre.

— Ele gosta de você — disse Consuelo, com naturalidade, quando voltavam para as cabines. — Ele é simpático.

Annabelle não fez comentários. Havia pensado o mesmo a respeito de Antoine, mas se enganara. Mas Callam McAffrey era diferente, e eles tinham mais coisas em comum. Ela ficou curiosa para saber por que nunca havia se casado, e ele lhe contou naquela noite, enquanto saboreavam um champanhe no Verandah Café, sob a brisa do mar.

— Eu me apaixonei por uma enfermeira na Inglaterra durante a guerra. Ela morreu uma semana antes do armistício ser assinado. Íamos nos casar, mas ela não queria fazer isso antes do fim da guerra. Demorei muito tempo para superar. — Fazia seis anos e meio. — Ela era uma mulher muito especial. De uma família muito imponente, mas nem dava para notar. Era muito pé no chão e trabalhava mais do que qualquer um que já conheci. Tivemos bons momentos juntos. — Callam não soava sentimental, apenas parecia ainda valorizar a lembrança. — Eu visito a família dela de vez em quando.

— O pai de Consuelo era britânico. Mas não era um homem bom, creio eu. Mas a mãe dele é maravilhosa. Provavelmente vamos visitá-la em agosto.

— Quando os britânicos são bons, eles são fantásticos — disse ele, sendo generoso. — Nem sempre me dou bem com os franceses. — Annabelle riu com melancolia, pensando em Antoine, mas não disse nada. — Eles nem sempre são sinceros e tendem a ser mais complicados.

— Acho que concordo com isso, em alguns casos. São amigos e colegas maravilhosos. Em relacionamentos, é outra coisa. — Pelo pouco que ela dissera, ele pôde perceber que ela havia sofrido, presumivelmente nas mãos de um francês. Mas o pai de Consuelo também não parecia nenhuma joia. Parecia-lhe que Annabelle extrapolara sua cota de decepções. E até hoje, ele também, exceto por Fiona, a enfermeira pela qual fora apaixonado. E fazia tempo que estava sozinho. Deixara de lado um pouco os relacionamentos. Sua vida era mais simples assim, e essa era a mesma conclusão a que Annabelle havia chegado.

Falaram um pouco sobre a guerra, a política nos Estados Unidos, algumas de suas experiências com o jornalismo e as dela com a medicina. Annabelle achava que, no mínimo, ele seria um bom amigo. Callam, por fim, a levou de volta à cabine, despedindo-se de maneira amigável e educada.

Convidou-a outra vez para um drinque no dia seguinte, e tiveram outra noite agradável. Jogou *shuffleboard* com Annabelle e Consuelo no último dia de viagem, e foi convidado para jantar com elas naquela noite. Ele e Consuelo se davam bem, e a menina falou sobre a cadela, convidando-o para ir vê-la, mas Annabelle não fez comentários.

Tomaram um último drinque naquela noite, e, do nada, enquanto a conduzia de volta à cabine, Callam disse que gostaria de conhecer a cadela. Ele também tinha um cachorro, um labrador. Annabelle riu do que ele disse.

— Será bem-vindo para conhecer a nossa cadela a qualquer hora — respondeu. — Pode inclusive nos ver.

— Bem, meu maior interesse na verdade é a cadela — disse ele, com brilho nos olhos —, mas acho que não faria mal ver vocês duas também, caso a cadela não se importe.

Callam então olhou gentilmente para Annabelle. Havia aprendido muito sobre ela na viagem, mais do que ela imaginava. Era o seu trabalho. Podia sentir a dor e as provações que ela havia enfrentado. Mulheres que tiveram tal criação não deixavam seus lares aos 22 anos, voluntariando-se para ficar a 5 mil quilômetros de casa, para servir numa guerra que não era delas. E não ficavam lá depois, exercendo a profissão que Annabelle exercia, a menos que coisas bem ruins tivessem lhes acontecido em casa. E ele tinha a sensação de que mais coisas haviam acontecido desde então. Annabelle não era o tipo de mulher, tinha certeza, que teria filhos fora do casamento, a menos que não tivesse escolha. Estava escrito em sua testa, e Callam esperava revê-la.

— Gostaria de poder ligar para você quando voltarmos — disse ele, oportunamente. Annabelle não era meticulosa, mas sempre agia de maneira refinada e correta, coisa que ele também apreciava nela. Lembrava-lhe Fiona, sua antiga paixão, em certos aspectos, embora Annabelle fosse mais jovem e mais bonita. Mas o que mais havia gostado em Fiona, e agora em Annabelle, era o que estava dentro dela. Dava para ver que era uma mulher com determinação e integridade, de alta moral, com um coração enorme e uma mente elevada. Um homem não podia pedir mais do que isso, e, se uma mulher como Annabelle cruza seu caminho, não se deve perder a oportunidade de conhecê-la melhor. Mulheres assim não aparecem todos os dias. Já teve muita sorte de ter encontrado uma, e sabia que se um dia tivesse a sorte de conhecer outra, não perderia a chance.

— Estaremos em Paris — disse Annabelle. — Talvez fiquemos em Deauville por alguns dias. Prometi a Consuelo que iríamos lá. E talvez à Inglaterra para passar um tempo com a família do pai dela. Mas voltaremos. Tenho de voltar ao trabalho, antes que meus pacientes esqueçam que eu existo. — Callam não conseguia imaginar ninguém que já a tivesse conhecido agindo assim. E não pretendia perdê-la de vista.

— Talvez nós três pudéssemos fazer alguma coisa neste fim de semana — disse ele, sendo agradável —, com a cadela, lógico. Eu não desejaria ferir os sentimentos dela. — Annabelle sorriu em resposta. Faltavam poucos dias para o fim de semana, e ela havia gostado da ideia. Na verdade, havia gostado de tudo o que descobrira sobre Callam na viagem. E tinha um bom pressentimento a respeito dele, de solidez, integridade, receptividade e gentileza. O respeito de um pelo outro era mútuo, até o momento. Era um bom começo, melhor do que muitos que tivera. Sua amizade fraternal com Josiah provavelmente lhe dissera algo que não compreendia na época. E os deslumbrantes e ilusórios rodeios de Antoine encobriam desde o princípio um coração vazio. Callam era um tipo de homem completamente diferente.

Eles se despediram diante da cabine dela e, na manhã seguinte, Annabelle se levantou cedo e se vestiu, exatamente como fizera quando chegou à Europa dez anos antes, quando deixara Nova York, desesperada. Não havia nenhum desespero dessa vez, nenhum lamento, quando estava parada na amurada assistindo ao nascer do sol. Conseguia enxergar Le Havre ao longe; aportariam em duas horas.

Enquanto admirava o oceano, tinha uma sensação incrível de liberdade, de finalmente ter se livrado das algemas. Não estava sobrecarregada pelas opiniões das outras pessoas, ou pelas mentiras ao seu respeito. Era uma mulher livre, uma mulher virtuosa, e sabia disso.

Quando o sol se ergueu no céu da manhã, ouviu uma voz junto dela e virou-se para se deparar com Callam.

— Tive o pressentimento de que a encontraria aqui — murmurou, enquanto seus olhares se encontravam e seus lábios se abriam em sorrisos. — Uma bela manhã, não?

— Sim, é sim — respondeu ela, o sorriso se ampliando. Era uma bela manhã. Os dois eram boas pessoas. E a vida era admirável.

Este livro foi composto na tipografia Adobe
Garamond Pro, em corpo 13/16, e impresso em
papel off-white no Sistema Digital Instant Duplex
da Divisão Gráfica da Distribuidora Record.